集英社オレンジ文庫

ベアトリス、お[illegible]廃墟を統べる深紅の女王

[illegible]ばき

本書は書き下ろしです。

ベアトリス、お前は廃墟を統べる深紅の女王
Contents

ギャレット・ピアス〈パルヴィア〉
ベアトリスの王杖にして、夫。
クローディア・エドモンズ
アルバートの婚約者。
アルバート・ベルトラム・イルバス
〈青の陣営〉の王。
ベアトリス・ベルトラム・イルバス
〈赤の陣営〉の女王。
ベアトリス、
お前は
廃墟を統べる
深紅の女王
Character
イラスト／藤ヶ咲

ジュスト・バルバ
ミリアム王女の息子。
秘密組織〈赤の王冠〉
を率い暗躍する。
エスメ・アシュレイル
サミュエルの王杖。
カミラ・ベルトラム・シュタインベルク
降嫁したイルバスの元王女。
サミュエル・ベルトラム・イルバス
〈緑の陣営〉の王。

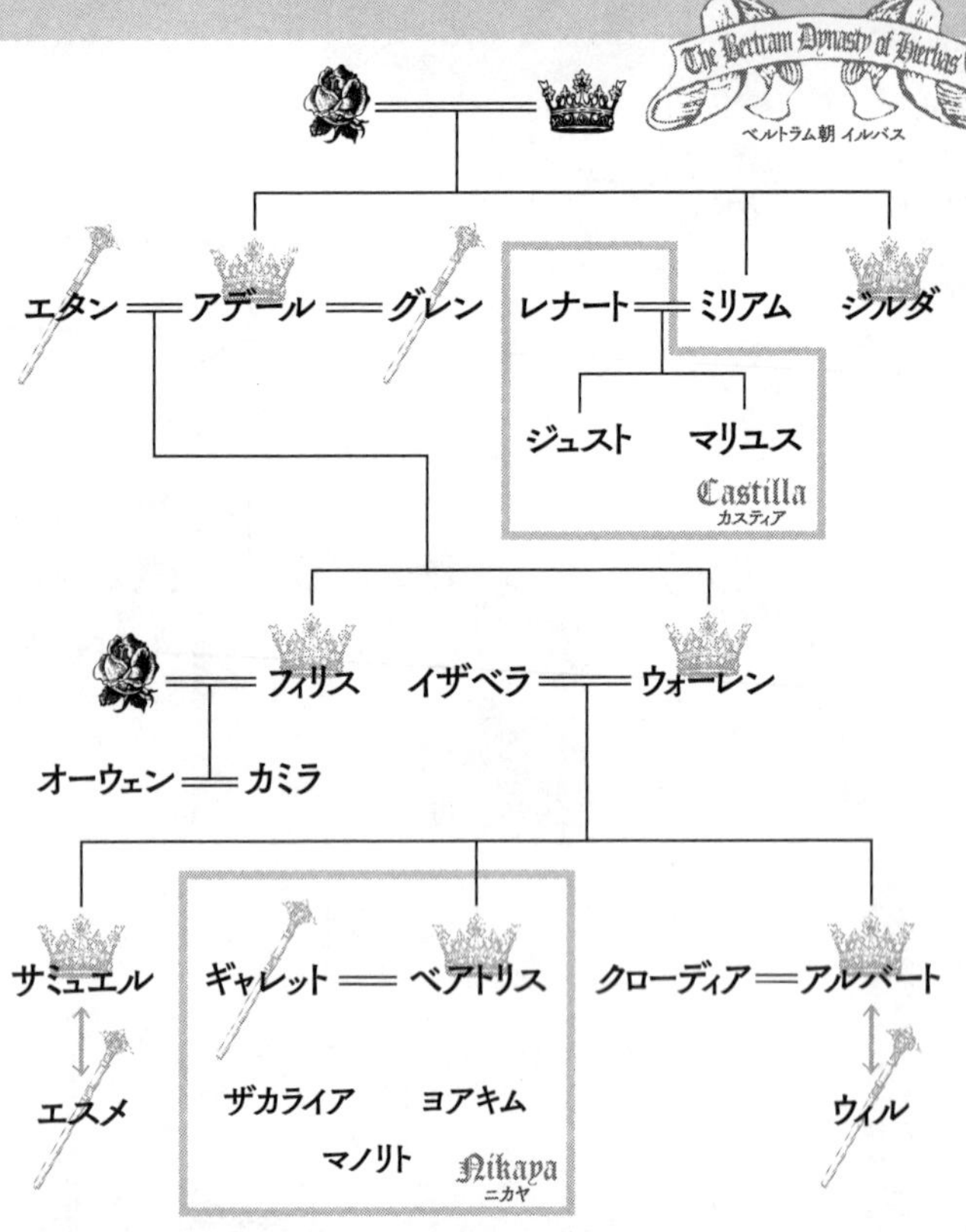

Story

大陸の北、一年のほとんどを雪に閉ざされる厳冬の国・イルバス。革命により王政が倒され、不遇の少女時代を送ったアデール王女は隣国カスティアとの戦渦の最中、異例の戴冠を果たす。それから数十年――王国はアデールの遺言のもと、ベルトラム朝の血族達による『共同統治』が行われ、平和な治世が続いていた。しかし「王家の血統を継ぐ全ての者が王位を継承する」という仕組みには問題も多く、王宮では様々な思惑が絡み合い、時に国全体を巻き込む嵐を生んでいく……。

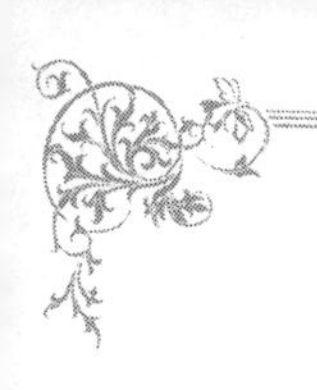
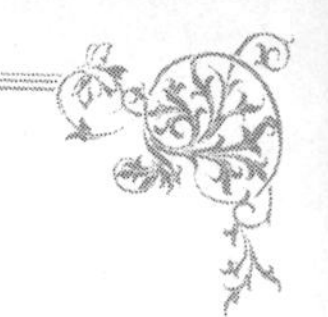

ベアトリス、お前は廃墟を統べる深紅の女王

第一部

調停者カミラ、お前は廃墟を捨てた眷恋の王女

プロローグ

郷愁とは、美しさからもっとも遠い感情である。

カミラ・ベルトラム・シュタインベルクはそう考える。

過去をかえりみて、思い出に浸(ひた)っても、今の自分が輝くことはけしてない。しみひとつなかった美しい肌や、今よりもこしのあった長い髪。少女時代に恋をしていた相手や、いつのまにかうわべだけの付き合いになってしまった友人。灰色の王宮で、誰よりも愛らしくなれるようにと苦心してそろえた、子どもっぽいドレスや髪飾り。

そして、手にすることのなかった王冠。

この故郷の、身ぶるいするような寒さが、カミラに少女時代を思い起こさせる。

でも、彼女は分かっている。

もう自分は無力な少女ではない。自分の運命は自分できりひらく。全身全霊を捧(ささ)げて愛しぬくと決めた人を夫とし、そしてその愛をつらぬいてみせた。

人生に反省はある。だが後悔はしない。過去の自分を恥としないために、誇りをもって今を生きること。

カミラの視線の向かう先は、常に「現在」と「未来」にある。

過去は——このイルバスはカミラを形づくるものではあるが、縛り付けることなどできないのだ。

……そう。だから私は、この国に帰ってきたとしても、呑みこまれたりはしない。

「お寒いですか、奥さま」

侍女のブリジットがひざかけを取り出そうとしたが、断った。

「平気よ。ありがとう」

頰のあたりで切りそろえた髪を指先でもてあそんでから、カミラは思い直したように背筋をのばし、つんとあごをそらす。

イルバスの気温は、人々の体を縮こませる。意識していなければ、美しい姿勢は保てない。

カミラを乗せた大型の箱型馬車は、イルバスの街並みをぐんぐんと進む。車内はうずたかく積まれたトランクのおかげで、後方の確認すらできない危険なありさまである。

しかしカミラの優秀な筆頭執事・ライナスのつかまえてきた御者はとびきりの腕ききで、トランクのひとつも座席へすべり落とすことはなかった。

ライナスは懐中時計の蓋をひらき、美しい顔をほんのわずか、神経質そうにゆがませた。

「奥さま。到着予定時刻をわずかに過ぎておりますが」

「そうね。保湿に時間をかけすぎたわね」

昼餐の後は化粧直し。入念に時間をかける。たとえ夫のオーウェンがかたわらにおらずとも、カミラは自分を美しく保つことを怠るつもりは毛頭ない。美とは、日々の積み重ねの答え合わせなのである。過去を色あせたものにしないためにも、努力は必要不可欠だ。

カミラの碧色の瞳は通り過ぎる景色をうつしとる。そのありさまは、にじみだすような怒りの感情を呼び起こす。

「荒らされたのね、イルバスは」

味気ない土色の建物が連なり、荷馬車を引く人々は女や子どもに老人ばかり。枯れた木々は風を受け、今にも折れそうに曲がっている。

現在のイルバスは、革命期以来のかつてない危機に直面していた。

謎の組織『赤の王冠』の煽動による武装蜂起。おそらく影で糸を引いているらしい、隣国のカスティアとの緊張状態。そしてばらばらになった三人の国王。

青の陣営の王、アルバートは国境にて反王制派・赤の王冠に応戦中。まもなく彼のいる場所は本格的な戦場となるだろう。

赤の陣営の王、ベアトリスは親交国のニカヤで幼き王マノリトの後見人をしている。こちらもクーデター騒ぎがあったばかり。彼女はおそらくニカヤを離れられない。

緑の陣営の王、サミュエルは危篤状態。何日も高熱が続き、意識が戻らない。王杖のエスメもニカヤにおり、緑の陣営は首脳ふたりを失い、身動きがとれないでいる。

そして王都にも反王制派・赤の王冠の軍勢が迫っている。

反王制派に対抗すべく、青の陣営は王立騎士団を中心とした、王都防衛軍を臨時編制した。

現在、防衛軍が王都の市民の避難誘導を行っており、街は静かだが、逃げ遅れた者たちがちらほらと目に入る。先ほどの荷馬車を引いていた人々もそうだろう。もしくは国境付近の町から避難するための道中なのかもしれない。

「奥さま、イルバスに里帰りされるのは、やはり危険だったのではないでしょうか」

ブリジットはめずらしく弱音を吐く。

「イルバスへ向かう船内でも、よくない噂をたくさん耳にしました。国境付近のブラス地方はいまにも戦争が始まろうとしていると……亡命の計画を立てている貴族たちもいるとか……」

実際、港では旅行鞄をたんまりと抱(かか)えたカミラたち一行を見て、「あなたがたはどちらへ逃げるの」と声をかけてきた者もいた。鞄の中身は化粧品とドレスと靴だが、彼らの方は生活用品や金めの品であろう。戦火を逃れたはいいが、薄いつながりの親戚をたずねるほかなく、心許(こころもと)ない様子が言わずともうかがえた。

「亡命ならまだいいわ。裏切りよりはね」

カミラは外交官の夫について、大陸中のさまざまな国を渡り歩いた。イルバス前女王の娘であるカミラはどこへ行っても歓待(かんたい)されたし、自分の立場や血筋が夫の仕事に役立てられていることも自覚していた。

だが、そのうち彼女は気がついた。

共同統治制度をしくイルバスに王女として生まれながら、王位につかなかった女。なにもせず、恋に酔うだけの人生を送れば人々は揶揄するだろう。「カミラ・ベルトラム・シュタインベルクは無能故に玉座に望まれなかった王女である」と。

それは夫の立場を向上させるどころか、彼を笑いものにする行いである。

「イルバスが危険であればあるほど、私の美しさと有能さを知らしめるチャンスというものよ」

カミラは自信に満ちた笑みを浮かべてみせた。

愛しい男性と夫婦になったからといって、カミラは安心していなかった。カミラが惚れ込んだ男・オーウェンは、とても女性にもてる。見た目は凡庸で、とりたてて秀でたところもなさそうなのに、彼の本質は芸術家で理想家でスマートだ。彼とほんの少しの時でも一緒にすごせば、そのすばらしさに感嘆せずにはいられない。

そう、妻の座は安泰ではないのである。妻がいようと子どもがいようと構わない、己の（自分勝手な）愛を貫きたいという女性は存在するのだから。オーウェンが手に入るかもしれないのなら、醜聞などものともしないという強者もいるかもしれない。

カミラがあぐらをかいてなにもしなければ、オーウェンはたちまち他の女にかすめ取られてしまうだろう。

でもこれを逆手に取ればいい。

カミラこそこのイルバス一、いや大陸一の美しく優秀な女性だとしらしめることができたなら、恋敵(こいがたき)はカミラに適(かな)うはずなどないと、みずから尻尾を巻いて退散するだろうし、オーウェンは自分に惚れ直すだろう。

(あの澄んだ灰色の瞳で見つめられて『カミラ、君ほどの女性は他にいない』って言われて、その後は……ふふっ……今からそんな未来が訪れるのが待ち遠しいわ!)

思わずにやけてしまいそうになるが、カミラは顔の筋力を総動員させて、表情の変化をけんめいにおさえる。

「どうかなさいましたか、奥さま」

「なんでもないのよブリジット。ちょっと愉快なことを考えていただけ。でもやめたの、笑ったら口紅がひび割れそうだから。蜂蜜を塗って頂戴(ちょうだい)」

ブリジットは陶器のケースを取り出して、紅と蜂蜜をまぜあわせた特製のルージュをカミラにほどこした。

「私が嫌いなのは戦争と乾燥よ。どちらもお断り。あの死にぞこないのジュスト・バルバとかいう男は靴のヒールで踏みつけて、頬骨を砕いてやらなくちゃ。ライナス、ブリジット。ふたりとも協力して。さっさと愛しいオーウェンのもとに帰るためにね」

「「かしこまりました」」

しめしあわせたかのようにぴったりと、ふたりの返事は重なった。

第一章

イルバス王宮、正面玄関口。

城中の明かりが落とされ、ただ月明かりだけがこの灰色の城を照らしていた。

バルコニーから無防備にも姿を見せたのは、クローディア・エドモンズ。アルバートの婚約者で、かつては「修道院の隠者」と呼ばれた女である。

静寂(せいじゃく)にただ耳を澄ませるクローディアは、かつて身につけていた修道服に再び袖(そで)を通し、眼帯をポケットに後生大事にしまいこんだ。黄金色の左目が、不吉な黒猫のごとく輝いた。

闇に紛(まぎ)れるならばこれが一番良い。真っ白な襟(えり)を外し、フードを深くかぶる。

クローディアは共に息を殺して待つ、ベンジャミンに声をかけた。

「サミュエル陛下の移送は無事にすみましたか」

「はい。フレデリックとクリスが付き添っております」

クリス・アシュレイルはサミュエルの王杖(おうじょう)エスメ・アシュレイルの兄。フレデリック・モリスはエスメたちの善(よ)き友人だ。王の世話を任せるにはこれ以上ない人選である。

「それでは、ピアス子爵(ししゃく)もサミュエル陛下(へいか)のもとへ向かってください」

「ここをあなたに任せてですか。そんなことはとても」

ベンジャミンは困惑している。

本来ならば彼の居場所はここではない。赤の陣営と緑の陣営の橋渡し役として、この王権を支えてきた。緑の陣営はサミュエルも目覚めず、エスメは不在。ベンジャミンは今や緑の陣営になくてはならない精神的支柱だ。彼を帰さなくてはならない。

「頼りないかもしれませんが、わたくしは陛下の求婚を受け入れてから、覚悟をもって王宮へやってきたのです。この国のために、わたくしの力でできるだけのことをしようと」

クローディアはこぶしをにぎりしめる。革手袋が、ぎゅっと音を立てる。

ぼんやりと浮かぶ金の眼。

この魔性じみた瞳をアルバートは認めてくれた。役に立つと言ってくれた。長いあいだ、この陽の光を厭う瞳を持て余していた。この力が国のいしずえとなれるのなら、これほどうれしいことはない。

遠くで明かりが揺れている。王宮を目指し進軍してくる集団がいる。

「始まったようですわね」

反王制派・赤の王冠。彼らの構成員はほとんどがカスティア人だが、権力闘争に敗れたイルバス人や、イルバス政府に不満を持つ不穏分子も含まれている。ジュスト・バルバが彼らをたくみに洗脳し、まとめあげた。

「彼らは王宮を落とすつもりなのでしょうか」

「おそらく奴らは、城を落とすことができれば僥倖。落とすことができなくとも、イルバス王宮にくせ者が侵入したという事実によって、社会に衝撃を与えることが目的であると思われます」

ベンジャミンの見立てでは、城を落とせるほど赤の王冠の勢力は大きく育っていないという。

ただ、イルバスのあちこちで起こる反乱騒ぎの対応で、騎士団の人員を大きく割いている。また流行病の蔓延により、医師や医療物資も足りない。徐々に弱体化するイルバス、その王宮に賊が侵入する。そして――。

「おそらく、赤の王冠はジュスト・バルバの王位継承を要求するはずです」

「彼に王位を認めることは不可能ではないのですか？」

「赤の王冠――彼らは現在のベルトラム王家のことを、簒奪者といって憚りません」

ベンジャミンはあごひげをなで、ゆっくりとしゃべった。

「簒奪者とは？」

「クローディア様。アルバート陛下の祖母にあたられるアデール女王の前に玉座についていた女王のことを、ご存じでいらっしゃいますか？」

「もちろん。ジルダ女王のことでしょう」

イルバスの歴史上――ベルトラム朝は、一度断絶している。敗戦や貧困、さまざまな要因が重なり、革命が起こったのだ。国王と王妃、王子たちは処刑。三人の姉妹だけが生き残った。

そして革命から七年。

ジルダ・ベルトラム・イルバスは王政復古の声にこたえ、二十六歳で戴冠した。

しかし、その後のカスティアとの戦争で疲弊した女王は、わずか二年後に病死してしまう。後を継いだのがのちに賢王となるアデールである。三姉妹の末王女だった。

「この時代は、女王たちの周囲で死が続きました。その最初の例となったのが、ジルダ女王の妹でアデール女王の姉、ミリアム王女です」

ミリアム王女とイルバスの間には、さまざまな問題があったと聞いている。彼女が秘密結婚したこと、姉のジルダとの間に対立があったこと。

ジルダ女王は、ミリアム王女とその子どもたちに、次の王位を認めなかった。ミリアム王女はその件に関して、さいさん不服を唱えていたという。

「結局のところ、姉妹の中で一番早くに亡くなったのがミリアム王女でした。疑念の残る死に方であったと」

「疑念……」

――つまり、ミリアム王女は姉と妹に殺されたということなの？

クローディアは言葉にしなかった。あまりにも恐ろしいたくらみだ。

「ジュスト・バルバはその死の陰に、ジルダ女王、アデール女王、エタン王配の関与を主張しているのです」

「そんな。きっと潔白ですわ」

いつも悪い方にばかり考えが及んでしまうクローディアだったが、そのような過去は想像したくもなかった。

「もはや全員が亡くなっている。潔白であると信じたいが、潔白であると確実に証明することもできない」

クローディアはくちびるをかんだ。

戦乱の時代だった。ミリアム王女だけではない。ジルダの王杖グレン・オースナー、そしてジルダ女王そのひと。若い王族や家臣が命を散らしていった。

ベルトラム王朝は、血塗られた歴史の上に成り立っている。

「……ピアス子爵は、どうお考えなの」

「混迷した時代でした。ひそやかなたくらみがなかったとは言えないでしょう。後に生まれた我々が知るところはひとつとしてありません。ただひとつはっきりしていることは、ミリアム王女に王位継承権が認められていたならば、現在の王たちの誰もが王冠をかぶっていないということです」

クローディアは、目を閉じた。

(アルバート陛下も、ベアトリス陛下も、サミュエル陛下も、王ではないイルバス)

そのような運命の分岐に、クローディアは思いを馳せる。

それはそれで平和だったのかもしれない。アルバートはきっと軍の総帥になり、ベアトリスはリルベクで工業の発展に心血を注ぎ、サミュエルはただ大切に薔薇を育てる。子どもたちは母親から引き離されることもなく、イザベラ王太后は心を病むこともなかっただろう。

　王杖たちは王と出会うこともなく、ただひたむきに己の人生を生きて。

（わたくしも、きっとアルバート陛下に見いだされることもなかったはず）

　王冠は、王と周囲の人間の運命をまるごと変えてしまう。そして、「変わることのできなかった者たち」の心をもかき乱す。

「ジュスト・バルバは、王冠に運命を与えられたかったのですね」

「おそらく。だが歴史はすでに、アデール女王のもとで動いたのです。我々ができるのは、歴史と共に生きる人々をひとりでも多く護ることだ。それがベルトラム王朝に人生を捧げた我々の使命です。そして、今夜の我々の行動いかんでは、歴史が赤の王冠側に動いてしまう」

　おそらく彼らの狙いは、イルバス王都に残る国王サミュエルである。彼に王位を譲り渡すように要求すれば、歴史的大事件となる。

「事件を未然に防ぐことが、我々の使命ということになるのですね」

　サミュエルはすでに逃がしている。いくら兵を投入されようが、王位の要求はすることはできない。

　だが――。クローディアは想像する。

（ここにサミュエル陛下がいないことがわかれば、敵は意地でもサミュエル陛下を見つけ出そうとするはず。ご病気の陛下を遠くへ移送することは叶わなかった。王都や近隣の町々へ捜索の手をのばされては……その間に罪なき民が危害を加えられる可能性だって……）

悪い方へなら、いくらでも想像することができる。クローディアの空想癖（へき）は常に『最悪の事態』を想定していた。彼女の頭の中で、病に倒れるサミュエルが赤の王冠たちに引きずりだされる。建造物が炎に包まれ、女や子どもたちが泣きながら逃げまどい、灰が風にのって国中へ危険を知らせる場面が作り出されるまで、さして時間はかからなかった。

「絶対にだめですわそんなこと……阻止（そし）しなくては……」

「クローディアさま」

突如（とつじょ）自分の世界に入ってしまったクローディアに、ベンジャミンは何と言葉をかけるべきか迷っていたが、ほどなくして彼女は自分を取り戻した。

大丈夫。まだ恐ろしい出来事は、現実になったわけではない。

「サミュエル陛下をお隠ししたからといって、安心はできません。ひとりでも多くの敵を排除し、のちの混乱の芽をつみとらなくてはなりませんわ」

敵襲を知らせる喇叭（ラッパ）が鳴り響く。クローディアは号令を発した。

「全軍、城壁前に待機。弓兵隊は構えを。銃の弾（たま）は貴重です。できるだけ敵を引きつけてから放ちなさい！」

　多くの銃弾は、アルバートが向かった戦地へと送ってしまっている。

「ピアス子爵。のちの兵の指揮はおまかせします。わたくしは裏口のねずみを捕らえにまいりますわ」

「クローディアさま！」

　ベンジャミンの制止を待たず、クローディアは身を翻した。彼らの目的はサミュエルだ。彼がここにいないことが露呈するまえに、勝負を決しておく必要がある。それには速さが勝負なのだ。

「なんて足の速さだ」

　背後でベンジャミンが舌を巻くような声をあげている。山間部のエルデール修道院で足腰をきたえたクローディアは、うさぎのようにとびはねてすばやく移動することを得意としていた。

　あえて甲冑をつけなかったのは、この機動力が損なわれることを危惧してである。

　分厚い雲が月を隠す。すでに明かりがなければ進めない。敵兵は迷うはずだ。明かりをつければそれを目標に矢や弾が飛んでくるが、立ち往生するわけにもいかない。

　兵を失う覚悟で明かりを灯すか、このまま手探りで進むか。

　茂みに身を隠し、息を潜める。

　——いた。

　バルコニーから見えていた。正面玄関口にいるのは敵の本隊。だがほんの一部の反王制派軍が、裏庭の方へまわったのである。

　もたもたしている時間はない。

『狩りでは間合いが大事だ、クローディア。迷えば獲物は逃げる。ここぞというとき、天が自分に味方したと確信したその瞬間にひきがねを引け。……まあ、お前の場合は銃など使わずに、走って自分の手でつかみとった方が、うまくいくかもしれないけどな』

　アルバートと狩りに出た。森に入って、ウサギを狩ったあのころ。平和だったほんのひとときのことが、脳裏をよぎった。

　金の瞳がきらめく。クローディアは小さく息を吸うと、地面を蹴った。甲冑姿の男をひとり、背後からはがいじめにし、渾身の力で首を締め上げた。

　男はうめき声をあげる。クローディアは片手で男の兜をつかむ。めきめきと兜がひしゃげ、亀裂が入る。その亀裂に指先を入れ砕くと、男は恐怖のあまり悲鳴をあげた。

（そう、もっと鳴いていただかないと）

　クローディアは男の首に手刀をたたきこんだ。

（ガーディナー公爵にならったものだけれど、うまくできたかしら、うっかり殺してしまっていないかしら。ああ、でもいまそんなことを心配するなんて、アルバート陛下に甘いと言われてしまうわね）

　地面に倒れた男を蹴り上げると、男たちに衝撃が走った。暗闇に閉ざされた中、仲間が何者かによって襲われたのだ。無理もない。

クローディアのしていることはあくまで警告だった。

この脅しを本隊に持ち帰ってくれればいい。本隊の控える合流地点には、イルバスの王都防衛軍を集結させてある。割ける人員の少ない中、敵に兵を分散されては困るのだ。まとまってくれるなら、こちらとしてもやりようがある。

(……混乱を、持ち帰っていただかないと)

恐怖で人を支配し、袋だたきにするのだ。

ただし、クローディアが単身で突っ込む作戦ではなかった。「けして単独行動はされないように」とのベンジャミンとの約束を破ったのは、正攻法でいけば勝負は五分五分だとわかっていたからだ。

茂みや建物の陰に隠れ、敵の間をすりぬけては腕の骨を折り、武器を破壊し、つかまりそうになれば素早く走って次の場所へと隠れる。この作戦を確実に遂行できるのは、おそらく夜目のきく瞳と怪力を持つ自分だけだ。

もちろん、女ひとりで敵兵を全員倒せるなどと傲っているつもりはない。

この城に侵入することを、ためらってくれれば良い。

(赤の王冠に、王位の要求などさせないわ)

敵がばらばらになりはじめる。クローディアが姿勢を低くしたとき、フードをつかまれた。彼女は目を見開く。フードを引かれ、転倒したところで、男の手が自分の首にかかった。

「生意気な暗殺者が、くたばりやがれ」

男の血走った目を、金色の瞳がとらえる。

「女だ」

「まさか、すごい怪力だったぞ」

「女の他に誰かいるんだろう。周囲を探せ」

敵兵たちがどよめいている。

クローディアは男をねめつけた。悪魔のような、不吉な金の瞳。ひげ面の男の顔がゆがむ。

「……いや、この女の仕業だ」

男に首を絞められ、クローディアの体がはねる。男の手首をつかみ、渾身の力をこめる。

(ここで、死ぬわけには)

「この女の四肢をおさえろ‼」

「明かりは」

「つけるな。敵に気づかれる」

クローディアは次々と男たちにおさえられ、身動きがとれなくなった。彼女は眉根を寄せ、つま先で地面をかく。

そのとき、銀色の光が反射した。彼女はとっさに後頭部を地面につけた。

「隊長‼」

男たちが絶叫する。クローディアの首を絞めていた男の額に穴が空いていた。クローディアは男の体を蹴り上げ、身を起こすと、死体となった男の胴体をつかみ、ふりまわした。男の生あたたかい血がとびちる。

（あの一発、ピアス子爵だわ）

バルコニーに身を潜める彼の姿は、クローディアだけがとらえることができた。

死体を石の壁に叩きつけると、びしゃりと音がした。それを見計らったようにイルバス軍が次々と矢を放つ。

クローディアなら避けられると信じてのことか。いちかばちかだが、矢が届くころにはクローディアは敵の間を走り抜けていた。

まだ闘志を失っていない敵たちがクローディアを追ってくる。

クローディアは、とびはねるようにして逃げ回った。戦闘でくずれた外壁の残骸を後ろ脚で蹴り上げ、敵の顔に命中させる。がれきを拾って、ふりむきざまに投擲した。投擲は見ごとに命中した。

彼女を追う足音は少なくなってゆく。

（このまま、走り抜けてしまえば）

クローディアは足を止めた。

「なんだあの女は‼」

敵の別部隊とはちあわせをしたのだ。

背中には先ほど追撃をふりきった男たちがせまっている。

(絶体絶命だわ)

敵は明かりをつけることを選んだようだった。松明が燃え上がる。クローディアに向けていっせいに銃口が向けられる。後ろ足を引き、構えをとるが、さすがに放たれる銃弾までは手で払いのけるわけにいかないだろう。

——ここまでかしら。

息を呑んだそのとき、クローディアの体が浮いた。

馬で駆けてきた男が、片手で彼女をすくいあげたのである。

視界が揺れる。クローディアはやっとの思いで口をひらいた。

「ガーディナー公」

「しゃべらないで。舌を噛みますよ」

「は、はい」

「お待たせいたしました。アルバート陛下の命により、あなたのもとへ馳せ参じました。それにしてもすごいお姿だ」

返り血はクローディアの顔にまで飛び散って、手袋も赤く染まっていた。馬は裏庭を抜け、いつかアルバートと狩りの練習をした森の中へと進んでいく。

ようやくの思いでクローディアを馬にまたがらせると、ウィルは速度をあげる。

ひとまず落ち着ける場所にたどりつくと、彼はため息をついた。

「なぜひとりで戦っていたのです」

「ひとりじゃないわ。ピアス子爵もいらっしゃいました」

「あなたになにかあれば、アルバート陛下は私をただではすまさないでしょう。勘弁してください、私のためにも。誰も貴女（あなた）にこのような役目を求めなかったはずです」

「わたくしが、みずから志願したことですわ……」

あとでベンジャミンのことは罰しないように釘を刺しておかなくてはならない。彼の制止を振り切ったのはクローディアなのだから。

「アルバート陛下はいらっしゃいませんの？」

「……」

ウィルは語らなかった。いつものぽつりと付け加えてくれる減らず口もない。

彼の引き連れた部隊と、防衛軍が合流する。反王制派たちは後退を余儀なくされた。

ウィルがクローディアの顔の汚れを手巾（しゅきん）でふき取っていると、伝令の兵が息せき切ってかけつけた。

「ご報告いたします。反王制派、賊の頭目とおぼしき男が自害いたしました」

とらえられた男たちの一部は、取り調べを受ける前にすでに事切れていたという。

「自害？」

「口の中に毒薬を仕込んでいたようです」

「ひとりでも多くの残党を狩れ。情報をしぼりださせるんだ。私は引き続きクローディアさまの護衛および軍の統括を行う」

「かしこまりました」

——アルバート陛下は、王都に戻るつもりはないのだわ。

アルバートは勘の鋭い男である。王杖のウィルをここによこしたということは、己になにかがあっても青の陣営の機能を止めないようにすることを優先させたということだ。

今の緑の陣営の様子をみれば、有事の際は彼がそうせざるをえないことは明白だった。

クローディアは顔を青くする。

「お守りしなくては」

「誰をです」

「国民をです。青も緑も動けなくなれば、もはや国民は無事では済みません。民を守り通す——それがアルバート陛下のご意志なのでしょう、ガーディナー公」

「……さようです」

国難である。

死の影が、イルバスに覆い被さるようにして、確実に忍び寄っていた。

*

「通行止めです。ここから先へは進めません」

御者が弱り切ったような声をあげた。

カミラは石畳にヒールを叩きつけるようにして馬車を降りると、なびく髪を耳にかけた。

王都では、あちこちから灰色の煙があがっている。小火が大火になるのも時間の問題で、火消しのために歩兵たちが川から水を汲み上げていた。

灰がドレスに付着し、カミラは顔をしかめる。

「状況は？」

「明け方近くになり、反王制派が撤退していったようです。しかし残党が空き家や街道に潜んでいる場合があります」

「そう。軍は青？」

「青の陣営が臨時に編制した王都防衛軍が応戦したと」

「ウィル・ガーディナーね。アルバートは王杖を手放したか……。ということは、サミュエルは城にはいないでしょうね」

王杖と王、二陣営の代表を同時に襲われればひとたまりもない。サミュエルは王宮から出したはずである。

「ここから一番近い修道院はどこ？」

「西の……ダリッジ修道院です」

「そこにいるのね、サミュエルは。馬車を回して。王宮へ行く必要はなくなったわ」

「なぜおわかりになるのでしょうか、奥さま」

ライナスは片めがねをかけなおしてたずねた。

「修道院は安全よ。とくにジュスト・バルバ……あの死に損ないいわく、奴の主張は正義を実現するというもの。神にそむく行いをしようものなら、説得力がなくなって、たちまち民衆の支持が失われてしまう。そのために聖職者と教会関係者に手は出さないはずよ。アルバートの婚約者は元シスターだそうね。逃げ場所としてまっさきに思い浮かぶのは修道院よ。サミュエルの体に負担をかけるから遠くの修道院へは移送できないわ」

「サミュエル陛下は離宮へ移されたとの噂もありましたが」

「離宮はサミュエルびいきのイザベラ伯母様がいらっしゃる。危篤のあの子を母親のもとへ――誰もが考える筋書きだからこそ、サミュエルは別の場所へ移されているはずよ」

「では、我々が目立った様子で修道院へ入るのはまずい、ということですね」

「そうね。馬車は手放しましょう。先ほど荷車を引いていた避難民がいたわね。馬車を取り替えてやりなさい。ライナス」

「荷は私が責任を持ってお隠しします」

「ブリジット」

「はい。避難中、家族とはぐれてしまった奥さまと侍女ということにして、ダリッジ修道院に助けをもとめてまいります」

ブリジットはきびきびと答えた。

トランクを開け、短い髪を隠すための布をかぶる。カミラは注意深くあたりを見回した。

王宮まで敵が侵入したということは、ただならぬことである。敵は勢いに乗じて増援を送り込んできそうなものだが、街は静かだ。軍がしっかりとおさえこんだせいだろうが、彼らはけしてねばろうとしていない。

王位の要求を諦めたか。あっさりと？　とてもそうとは思えない。

「薄気味悪いわね」

カミラは眉を寄せ、そう言い放った。

＊

「神様神様……どうかおねがいします……どうかどうか……」

クリス・アシュレイルはサミュエルの横たわるベッドのわきにひざまずき、ぶつぶつと祈りを唱えていた。

試せるだけの薬は試した。サミュエルは目覚めない。これ以上の投薬は危険だと判断し、サミュエルを修道院へ移送した。王宮襲撃の知らせを受け、クリスはまんじりともせず朝をむかえた。彼の目の下には、濃い隈がくっきりと浮かび上がっている。

窓辺から差し込む光が、死体のように青白いサミュエルの顔を照らし出す。

「どうか、げっ、サミュエル陛下をお助けください、げっ……僕のことはどうなってもいいですから……どうか……」

めそめそするクリスに、フレデリックは舌打ちをする。

「お前、ちょいちょいげっぷを挟むのをやめろよ。相変わらずみっともねえな」

「仕方ないだろ、城は襲われるし、サミュエル陛下に万一のことがあったら、ぼ、僕の責任じゃないか。ああ僕の薬が悪い方に作用したらどうしたらいいんだ」

緊張するとげっぷが出てしまう。このへんてこな体質のせいで、クリスの出仕は苦労した。最近は引っ込んでいたこの症状も、思い出したかのようにひどくなりはじめた。エスメがいなくなり、サミュエルが倒れてからだ。

「侍医(じい)軍団でさえお手上げだっていうのに、お前からしゃしゃり出ていったんだろ。サミュエル陛下になにかがあったときの責任は自分の命をもってあがなうんだな」

「げげっ」

フレデリックは苛立(いらだ)ったように足を踏み鳴らす。

「エスメはまだ戻ってこないのか。アルバート陛下はブラス地方の戦線から離れられない。城に残っておられるのがクローディアさまひとりだなんて由々(ゆゆ)しき事態だ」

「や、やっぱりフレデリックだけでも城に戻ってくれよ」

「お前ひとりにサミュエル陛下を任せて戻れるわけないだろ！」

「そ、そうだけど……そうなんだけど……」

こういうとき妹ならどうしただろう。

イルバス初の女性王杖となり、単身ニカヤへ渡った、恐れ知らずのエスメ。兄のくせに情けないと思うが、自分は妹とちがって度胸というものが足りないのである。

（女の子なのに男のふりをしてサミュエル陛下に仕えていたんだ、王杖になる前から、エスメはいつも堂々としていた……）

それに比べ兄の自分はこの体たらく。サミュエルが健在であったならこう言うだろう。

「その耳障りな音をいつまでも聞かせるつもりなら、僕の前から去れ」と。

クリスは涙をぬぐい、手巾を冷たい水に浸し、しぼりあげた。少しでもサミュエルを楽にしてあげたかった。ぬるくなった額の布と交換し、汗をふいてやる。かわいたくちびるに水をしたたらせる。

泣き言をこぼしたぶんだけサミュエルが回復してくれるのならば、いつまでもここでぐずぐずしているだろうが、残念ながらそういった魔法は存在していない。弱音を吐く暇があるなら行動するほかないのだ。

がつん、がつん。

古い扉が割れんばかりの激しいノックであった。

「ひえっ」

あまりにも強く扉が開かれたので、クリスはしぼり終わった手巾を再び水を張った桶の中に落としてしまった。

「失礼するわよ」

目の覚めるような紫色の、派手なスカーフを頭にかぶった女が、無遠慮に部屋を見まわしていた。

「あ、あの、あなたは」

「まだ寝ているの、サミュエルは。本当に昔っから根性なしの仕方ない子ね」

修道院に不釣り合いなするどいヒールの音を響かせて、彼女は連れの女に顎をしゃくって確認する。

「ブリジット。人払いはきちんとすませてきたのね」

「おおせのままに」

「ちょ、ちょっとちょっと。げげっ、何なんですかあなたたち。ここここ、この方は、その」

クリスは逡巡した。

（あ、ここにいるのがサミュエル陛下だってことはばらしちゃいけないんだった。でも今この人は「サミュエル」って言ってなかったっけ。聞き間違い？）

彼は口をぱくぱくあけたり閉じたりして、助けを求めてフレデリックを見やる。侵入者がやってきたというのに、彼は腰の剣に手をかけるそぶりすらない。

クリスは濡れた手を自分のシャツでぬぐいながら、けんめいに声をあげた。

「と、とにかく出ていってください。ここは病人が寝ていて、関係者以外立ち入り禁止、なんですから、げっ」

「おい、クリス」

「フレデリックも何とか言ってよ。こ、この場所がどこから漏れたのかわからないけどまずいよ、お、追っ払ってよあの女の人、げっ」

スカーフの女は片眉をあげると、クリスへ視線を向けた。彼の方へつかつかと近づくと、小さなハンドバッグから扇を取り出し、クリスのおとがいに添える。

「あなた」

「は、はひいっ、げっ」

「綺麗な顔に似合わずはしたないわね。何なのよその『げえげえ』は」

「な、なん……」

「あと、物覚えも悪い。サミュエルの戴冠式と妹の王杖就任式、あなたもしっかり出席していたでしょうが。私の顔を覚えていないとでも?」

「え……」

たしかに、サミュエルは栄えある素晴らしいその日に、アシュレイル伯爵家の長男として出席していた。

女はスカーフをほどいた。

そう。この光の川のような金色の髪に、緑色の瞳——といっても、目の前の彼女は青みがかった碧色ではあるが——ベルトラム王家の特徴を受け継ぐ女性は、ベアトリスの他にもうひとりいる。

「ご無沙汰しております、カミラ元王女殿下」

フレデリックはうやうやしく礼をした。

「国難の中、まずは我が陣営にご助力くださること、感謝いたします」

「フン、あなたたちのところが一番ガタガタじゃないのよ。反省なさい」

「面目しだいもございません」

「カ、カカカカ、カミラ」

壊れたからくり人形のようになったクリスを、カミラは扇で思い切りはたいた。

「あてえっ、げっ」

「降嫁したとはいえ、私は元王族よ。顔くらいきちんと把握なさい。あなたがたがしっかりしなきゃいけない時なのよ。泣きながら手巾しぼってるのなんて、そこらへんにいるガキでもできるわ」

「も、申し訳ありません」

長らく引きこもりをしていたクリスは、出仕しても人の顔をなかなか覚えることができなかった。しかも普段からイルバスに寄りつかないカミラとなればなおさらである。

しかし、フレデリックも人が悪い。知っていたなら教えてくれてもよいではないか。視線で抗議するが、彼はあさっての方向を向いてみせる。「お前がここまであほだと思わなかった」とでも言いたげな態度である。

「さて」

カミラはハンドバッグを侍女のブリジットにあずけると、腕まくりをした。

「これから、ここにいる誰もが、試したくてしょうがなかったけれど試すことのできなかったやり方で、私のいとこを起こしてみせるわ」

「へ……？」

「だいたいみんなこの子のことを甘やかしすぎなのよ。いい？　この世で丁重に優しく極上の愛で包み込むべき男というのは、私にとって夫のオーウェンだけです。つまり私にとって、サミュエルは特段気にかけなくてもよい存在なの。多少雑に扱っても私の信条には反しません」

「あ、あの」

「しかし、私の人生のすべてであるオーウェンのもとへ帰るには、この子の――言うなれば、この子の持っている国璽が必要です。というわけで失礼」

カミラは、繊細なレースの手袋に包まれた手を振り上げた。

ぱちぃん、と小気味の良い音がして、クリスは怖気をふるうあまり、げっぷ交じりの悲鳴をあげた。

＊

カスティア国境付近。イルバス東部、ブラス地方。空が白み始めた頃。

王杖と多くの兵を手放したアルバートは、苦しい戦いを強いられていた。

街のひとつが戦場となり、美しく整えられた建物はがれきの山となった。川には兵が死屍累々と重なり合い、野戦病院は火の付いたような騒ぎとなった。

ここは、イルバス一の激戦地となった。

(ただの不満分子だけではこれほどの戦力を用意できない。カスティアの軍隊が入り込んでいることは間違いない)

まだ関与を正式に表明していないが、おそらくカスティアは自軍を赤の王冠に投入している。この混乱に乗じて、イルバスを攻略しようというのだろう。

ジュスト・バルバはカスティアではそれなりの地位の資産家である。亡くなった父親もカスティアの政界に顔のきく存在だ。彼がカスティア国王をそそのかし、後ろ盾としているのはこの状況を見ればほぼ確定事項であった。

「状況を報告しろ。逃げ遅れた民はどの程度いる」

アルバートは顔についた泥を乱暴にぬぐいとった。

このブラス地方、厄介なのは赤の王冠だけではない。

住民たちが、腹痛や吐き気、頭痛や皮膚のかゆみなどを訴え、次々と倒れているのである。

騎士団の中にも罹患者が急増していた。

物資の運搬も遅れている。疫病のせいで動員できる男たちが少ない。女や子どもに重たい荷の運搬は無理である。

「捕虜になっていた女性や老人たちは解放しました。明るくなってから避難させるつもりですが、怪我で動けなくなった者が少なくありません。また、例の病に罹患している者が多すぎます。医師が圧倒的に足りない」

ウィルが後任を託した騎士、ブレント・ロウは民間出身の兵である。腕っぷし自慢の青の陣営ではめずらしい頭脳派で、その冷静さを買われて着実にのし上がってきた。アルバートから中隊ひとつを預けられたときに、彼から名誉爵位を賜っている。

「疫病に冒された民をひとり運ぶのに、ふたりの男手がいります。アルバート陛下……たいへん申し上げにくいのですが、病状が悪化している者と老人は、この地に捨て置くことも念頭に入れなくてはならないでしょう」

アルバートは、弟のサミュエルと違って甘くはない。ひとりを助けるためにふたりが犠牲になり、そして結果的に三人が死ぬのなら、ひとりを切り捨てることを選ぶ。

今までは、その取りこぼした犠牲を妹弟たちが拾い上げてきた。だが、この場で動ける王は現状、アルバートひとりである。

「やむをえないだろう。自力で歩ける民を選別し、撤退経路を確認しろ。敵に気づかれにくい経路はあるのか」

「あまり良い選択とは言えませんが、山の南側を伝っていく経路があります。無事に下山できれば城塞都市ラゴエラです。こちらの城で病人の看護をし、体勢をたてなおせれば御の字。ただしあまりにも険しい獣道で、ラゴエラまでたどりついたときには兵の数は三分の一になっているでしょう」

　城塞都市ラゴエラの手前には、スエフト山脈が連なっている。この山々には羊飼いの集落が少しあるだけだ。切り立った崖が多く、怪我人や病人を背負って踏破できる土地ではない。ただし、その険しい地形ゆえに敵を攪乱することもできる。思い切った策だが、このままじりじり押されるよりは良い——というのがジュードの意見だ。

「しかし、これ以上兵を失うのは避けたい。三分の一になったところで戦えないというわけではないかもしれないが」

　敵は武装蜂起したイルバスの平民だということだったが、その構成員の多くはカスティア人である。彼らはあきらかに一枚岩ではない。

　軍の強さは充実した武器や実戦経験だけでなく、精神面の一体感も非常に重要になってくる。彼らにはそれがない。

　どこかで隙が生まれれば瓦解してくれそうなものだが、今のところ隙の生まれるきざしがない。

「厳しい山道は敵の心をくじけさせます」

「敵が勝手に遭難してくれるならば良いが、六十年前のリルベク戦のときのようにはいかないだろう」

　うち捨てられた廃墟で戦ったアデール女王のときとは違う。

　あのときは気候や地形が味方していた。アデール女王自身が、七年間もそこに幽閉されていたため、廃墟というものを知り尽くしていた。イルバスの冬を甘く見ていたカスティア軍は雪崩にのまれて多くの命を落としたのだ。

しかし、敵方にイルバス人が交じっている以上、もはや六十年前のような勝利は期待できない。地形をよく知る人間が反王制派に属していればおしまいである。

「敵の多くは、おそらくカスティア国から支援を受けた民間兵です。まだカスティア国はこの小競り合いが『戦争である』と認めていません。認めさせる前に収束させなくてはなりません。思い切った作戦で短期決戦にでるべきです」

全面戦争となれば、カスティア国はもっと多くの兵を投入してくるはずだ。反王制派の戦況が不利になり、カスティア側がとかげの尻尾切りをしてくれることを期待するなら、早いうちに戦を終えなくてはならない。

「開戦のきっかけになるとしたら、おそらく『ジュスト・バルバの王位要求』です。しかしそれが行われたという知らせをもった伝令はいまだに現れてはいない」

「ウィルがおさえこんだか」

「最悪の事態はまぬがれました。あとはこの場をわれわれの勝利でおさめることです。物資の到着先をラゴエラにすればじゅうぶんに勝利は可能です。ラゴエラは城塞都市ですから、ブラス地方よりも守るのに適しています。兵の数ではなく、潤沢な武器でもってして敵を制圧する方法に変更するのです。今のままでは弾も薬も切れて、ただ敵に良いようにされるだけ。逆転するにはこの場所から移動するよりほかはありません」

それで勝てるのか。アルバートは眉間に皺を寄せる。

「スエフト山脈を進んだ場合、敵の動きはどうなると予想できる？」

「追ってくるでしょう。そして我々の撤退により、この国境付近は制圧されます」

「渡せない」

「渡すべきです。肉を切らせて骨を断つのです」

「スエフト山脈で敵に追いつかれたら、我々には物資もなく、山で体力の削られた手薄の兵しか残らない。短期決戦ならばこそ、この地に残るほかない」

「それは、陛下の勘ですか」

「――そうだ」

アルバートは勘にすぐれた男である。今までいくつもの危機をさえわたる勘で乗り越えてきた。

このまま撤退すれば追われる。追われる方は、追う方よりも消耗する。この地形はけしてイルバス側にとって有利な地形ではない。どしりと構えて、動かない。物資が到着するまでの籠城戦だ。

「ただし、女子どもはスエフト山脈経由で避難させる。案内人をたてろ。途中まで俺がついていこう。羊飼いに避難民を託すのだ。そしてラゴエラまで、羊飼いたちに送らせる。俺がじきじきに頭を下げれば、羊飼いたちはありがたがって、命にかえても避難民を護ろうとするだろう」

羊飼いたちは山脈に住まい、家畜にあわせてあちこちを移動している。遊牧のために社会から隔絶された人生をおくる羊飼いたちにとって、俗世のことはどこか遠い異界でのできごとのようなものである。イルバス人、カスティア人、王、戦争。そのような言葉など、彼らにとって何の意味も持たない。山の麓（ふもと）でこのような戦が起きていることにも気がついてるかはわからない。

だが山の民たちは受けた恩をけして忘れない。

「陛下、ですが」

「無事に民を避難させれば、俺たちとて思い切り戦えるだろう」

「——かしこまりました」

「雨が降りそうだな」

アルバートは険しい顔つきになった。

急がねばならない。ぬかるむ足元は避難の足を遅くさせる。滑落する者も出るだろう。

ブレントは、厳しい口調で部下に命じた。

「人数分の雨具を確認しろ。よけいな荷物はできるだけ置いていくように。食糧と火を熾（おこ）す道具だけは各自必ず持たせるんだ」

国境は越えさせない。国境を越えれば、敵はふたたび王城へ向かう。

城にはサミュエルとクローディアが。けしてふたりには指一本触れさせない。

「王がひとりでも生きていれば、ベルトラム王朝は続くのだ」

アルバートは剣を抜き放ち、刀身に己の顔をうつしとった。

剣はよく磨かれている。さえざえとした緑の瞳が、彼を見つめ返していた。

＊

頰に衝撃があった。それは幾度となく繰り返された。

サミュエルは眉間に皺を寄せた。

ひどい高熱だった。幼いときから、彼はよく熱を出した。昔は母が、成長するにつれ姉が、家臣が——そして、彼の大事な王杖のエスメが、サミュエルの手を握り、はげましの言葉をかけてくれた。

しかし、今回のサミュエルの看護人は、彼の頰に容赦なく平手を叩きつけているようである。遠くで、泣きだしそうなクリスの声が聞こえてくる。

だんだん意識がはっきりとしてきた。そうだ。ここにエスメはいない。何が起きたのだ。ニカヤでクーデター騒ぎが起きたのは聞いた。それにエスメが巻き込まれたことも。それから……それから？

今、このイルバスはどうなっている？

「起きなっ、さいよ、この甘ったれが‼」

「ひえっ、げっ、カミラ様、そのあたりで……」

「ふざけんじゃないわよ！　私がやりたいことやるには国璽が必要なのっ、出しなさい！　もう起きなくていいから国璽を出しなさい‼　どこに隠してるのよ！　ちょっと跳ねてみなさい！」

「げげっ、それもう恐喝ですって……」

　ベッドの上で馬乗りになったカミラが、自分の頬を叩き続けているのだと理解するまでに、しばしの時間を要した。

「お、お前、なんで……」

「あら、起きたわ」

　サミュエルの胸ぐらをつかんでいたカミラは、ぱっちりと目をまばたかせている。

「坊や、国の大変なときにゆっくりとお休みになっているなんてお気楽なものね。言っておきますけど、のんきにすやすやお眠りになっている王なんて、あなただけよ。ああ、寝ぼけていらっしゃるでしょうからお返事は結構。ただ私のお願いにだけは『はい喜んで』と言ってもらいたいだけなの。単刀直入に言わせてもらうと、あなたに愛想を尽かして赤の王冠に寝返った領主を脅しつけにいくつもりなので、ちょっと国璽を押してもらいたい書類があるのよね。ほら、そいつって私にお縄にされる予定だから、後に領地を管理する人間が必要でしょう？　感謝しなさい、私が少しの間引き継いであげるから。でもこれってて結局あなたに人望がないせいなんだから、尻拭いするはめになった私の顔をずんぶんに立てなさいよね。オーウェンによくよく『君の奥さんのおかげで僕は九死に一生を得ました』って言うのよ。で、国璽。起きているうちにさっさと押してもらえない？」

手のひらをさしだされ、サミュエルは眉間に皺を寄せる。

九死に一生どころか、今この女にとどめをさされそうである。

「相変わらず、酒に焼けたみたいに醜い声だな、カミラ。男が話しているのかと思った」

「ハスキーボイスって言いなさいよ」

「夫には猫撫で声で話しかけるくせして……」

咳き込むサミュエルに、クリスは感極まって声をあげる。

「へ、陛下っ……ようやく目覚められて、僕もうどうなっちゃったのかと……げげっ、げえっ」

「クリス、フレデリック……」

「陛下。まずは侍医をお呼びいたします」

フレデリックがきびきびと出ていってしまうと、サミュエルはあたりを見回した。見知らぬ部屋であった。王宮のサミュエルの私室ではない。自分はどこかへ移動させられている。石造りの、殺風景な部屋である。蠟燭の明かりが寄る辺なく揺れている。

「ここはどこだ」

「サミュエル」

カミラはベッドに腰をかけた。

「わかっているんでしょう。私はよほどのことがないかぎり、イルバスには戻らない。あなたの兄と姉は、すでに動けないの。今この国の中心を護ることができるのはあなただけ。私を放ちなさい」

「カミラ」

「あなたの体には、イルバス中に蔓延（まんえん）している伝染病の気がある。それは、そこで泣きじゃくっているげっぷ男が調べ尽くしたみたいなの。問題は、あなたがどこでそれをもらってきたか。そして、あなたの陣営は、この病に対抗するすべを見つけ出すことができるのか、ということよ。でも、できるのかって質問は適切じゃないわね」

カミラは言葉を切った。

「やりなさい、サミュエル。あなたにしかできないことよ」

到着した侍医団が、サミュエルの熱をはかり、脈をとる。体がだるく、頭が重たい。目を閉じ、医師たちに身を任せるサミュエルに、フレデリックが説明した。赤の王冠が動きだし、それぞれの陣営の王たちは対応に追われていること。緑の陣営のみ、王も王杖も不在。軍も医師も動かせず、手をこまねいているばかりであること。

「後（おく）れをとったようで……すまない」

サミュエルが素直に謝ると、カミラは驚いたようにまばたきをした。

「あなた、変わったのね。ただのわがまま国王かと思っていたけど。それとも熱のせいでしおらしいのかしら」

「うるさい」

まずは自分を回復させ、カミラが望むなら国璽を押してやるほかない。

カミラは王位に関心がない。国璽を押すのに互いの腹をさぐりあっていた兄姉たちとは異質である。彼女はどこまでも自分の愛と美にしかこだわらない。今はその彼女の異質さが信用できる。

「……わかった。お前の計画とやらを聞こうじゃないか、カミラ」

「そうこなくちゃね」

カミラは、病身のサミュエルに構わずに香水をつけなおした。サミュエルはむせてくしゃみをする。本当に、昔からこの女は苦手である。

汗がしたたる。息があがる。サミュエルは深く息を吐いた。

＊

冷たい雨が降り始めた。分厚い雲に視界は暗くさえぎられ、雨よけのフードはたちまち濡れそぼり、ぐっしょりと重みを増した。

城塞都市ラゴエラへ避難する民が選別された。まだ病に罹患していない女性や子供が中心で、誰もが不安そうにコートの前をかきあわせ、くちびるをかみしめている。

「前を歩く人の背中を見失わないようにしてください。お子さんから手を離さないで。誰かが滑落したら騒がずに、近くの兵へ知らせてください」

誘導係の兵士はまだ若い。これが初陣である。王都の防衛のため、アルバートは無理に兵を割いたので、新参者ばかりが目立つ。

兵がどこかおどおどした様子なのは、いやでも伝わってしまう。

新米の兵は、馬を引くアルバートにあわてて敬礼をする。アルバートはうなずくと、自信満々の笑みで民衆を見下ろした。

「安心するがいい。俺が先導を務める。これからスエフト山脈を抜け、城塞都市ラゴエラへ向かう。むこうには医師も食べ物もある。今しばらくの辛抱だ」

王の声かけにより、人々はいくぶんか安堵の表情を浮かべた。アルバートはこれまで、あまり民と馴れ合おうとはしてこなかった。そういったことは妹の役目であり、弟の仕事だと思っていた。

（常に人から顔色をうかがわれて当然の俺が、民の機嫌をとる側の人間になるとはな）

しかし、希望がなければ人は歩けない。健康な者を病人や怪我人から引き剝がし、避難させるのも一苦労だったのだ。家族を置いてきてよかったのだろうかという後ろめたさは、誰の心の中にも生まれて当然のことだった。

アルバートにできることは、この避難民を混乱させないことである。落ち着かせ、自分の選択は正しいのだと信じさせ、彼らの命を救うことだ。

立てなくなった女性を兵が背負い、迷子になった子どもは見知らぬ大人に手をひかれ、用心しながら進んだ。ぬかるみに足をとられてしまえば、滑落してしまう。声をかけながら道をふみしめる。松明の明かりは、雨によってたびたび消えてしまった。風が吹けば、再度火をつけるのに苦労した。

（――クローディアがいれば、役に立つし愉快であっただろう）

老人を背負い、山道を飛び跳ねるなど造作もなかったはずだ。彼女はシオン山脈の険しい山道を、誰よりも身軽にのぼっていた。病人の手当てにも慣れていた。

時折、気がつけば彼女のことを考えている。アルバートはそんな自分に苦笑してしまう。しばらくは彼女との再会も叶わないであろうことは分かっていた。それもこれもすべて赤の王冠とカスティア国のせいである。我が国を荒らした罪を許すつもりはなかった。ジュスト・バルバは逮捕し、みずからの手で処刑してやるのだ。

（アデール女王時代からの因縁……俺の世代で、すべてを叩き潰してやる）

こぶしをにぎりしめると、道の向こうから、血相を変えたように走ってくる男がいた。青の陣営の旗をにぎりしめている。斥候に向かわせた兵のひとりだ。

「どうした。羊飼いたちに話をつけに行ったはずでは――」

「に、逃げてください、早く!!」

「どういうことだ」

地面が揺れる。獣の叫び声のような、不吉な咆哮が響き渡る。

「山が崩れます!!」

兵が叫ぶやいなや、上空から石が雨のように降り注いできた。

雨でぬかるんだ地盤が、土砂崩れを引き起こしたのだ。

「引き返せ‼　女や子どもを馬に乗せて、来た道を引き返せ‼」

アルバートが振りかえると、ひとりの少女がおびえたように尻餅(しりもち)をついていた。ひざから出血している。石が当たったのだ。

ぱっくりと割れた膝頭(ひざがしら)が痛々しかった。アルバートは己の馬の装飾をはぎとり、止血してやった。

「大丈夫だ。縫えばなおるさ」

「ぬ、縫う……って……ちくちくするの……？」

少女はおびえたようにくちびるをふるわせる。しまった。よけいに怖がらせたか。

「縫うといっても、たいしたものじゃない。今の麻酔はなかなかのもので、痛みも感じないさ」

「うう」

アルバートが言葉をつけ加えればつけ加えるほど少女の表情は暗くなるので、彼はそれ以上彼女をなだめすかすのをやめた。

「落ち着け。ほら、お馬さんに乗れるぞ」

アルバートは少女をすくい上げ、愛馬に乗せてやった。

地盤が緩(ゆる)んでいるのなら、もうスエフト山脈を越えるのは不可能だ。引き返し、別の方法を考えなくてはならない。

アルバートが馬の鐙（あぶみ）に足をかけようとした、そのときであった。

再び激しい揺れが起こったのである。

「陛下!!」

――間に合わない。

やはりスエフト山脈を経由して兵を撤退させなくて正解だったのだ。ここで全滅するよりは、街に兵を残した方がよい。自分の勘は当たっていたらしい。皮肉なものだが。

上空から巨大な石が降ってくるのと、アルバートが少女を乗せた馬の尻を叩いたのは、同時であった。

*

イルバス西部・地方都市コンリィ。キャベツの栽培を主（おも）な産業とする小さな町である。いくつかの村落が集合してひとつの町となった。とりたてて目立つところのない地域であったが、ここ最近で領主は町を大きく変貌させた。みずからの館の大規模改築はもちろん、各家庭に井戸や農業用具を完備し、出稼ぎの若者を諸手（もろて）をあげて歓迎し、一人前になるまで面倒を見た。コンリィはいつしか、農家の夢の地とまで呼ばれるようになった。経済的な理由で土地を失った農民たちは、コンリィを目指すようになったのである。

カミラは、このコンリィという町に目をつけていた。

この規模の村では異例の制度の整いぶりである。

領主リダライス・ダルウィ子爵は、農家への支援も惜しまなかったが、同時に隣町や大都市へ繋がる乗合馬車で交通の便を整えた。これが劇的にコンリィの運命を変えることになる。

「コンリィ産のキャベツは各地へ流通し、人々の暮らし向きはさらによくなった。めでたしめでたし……とてもすばらしい手腕でいらっしゃいますこと、ダルウィ子爵」

「いやはや、カミラ元王女殿下にそうおっしゃっていただけるとは……私など、もとはただの農家の息子です。前領主が私を養子にしてくださったからこそ今は子爵を名乗れておりますが、以前の私ではイルバス王家のかたと直接お話しできるなどとは、考えにも及ばなかったことでございます……」

「いやだわ。私はとっくに嫁いで王家を出たのです。どうかシュタインベルク夫人とお呼びになってください」

「申し訳ありません。シュタインベルク夫人がまだ王女であらせられたとき、亡き養父が舞踏会で踊る王女殿下を目にしたことがあったらしいのです。あまりの美しさと存在感に圧倒されたと、熱心に話していたのをつい思い出してしまいまして」

「夫と踊っていたのだったら、きっと私は世界一美しい女でしたわ」

ダルウィ子爵は腰が低かった。熱心に紅茶と菓子をすすめ、笑みをたやさない。国を心配してかけつけたカミラが、病床のサミュエルの代わりに各地をまわっているのだと思っている。

──こんな男がね。人は見かけによらないものよ。

「それで、ダルウィ子爵。私、子爵にお伺いしたいことがあって、遠路はるばるここまで訪ねてきましたの」

「私にお答えできることなら何なりと」

「ええ。それでは単刀直入に申し上げますわね。ここで行われている違法賭博についてですわ」

子爵は、カップを静かにソーサーに戻した。

陶器のぶつかる音が、やけに大きく響く。

「違法賭博とは……？　なぜそのような質問を？　まったく心当たりがないことなのですが」

「そう？　あなたが交通の便を整えたのは、キャベツを売るためじゃない。賭博をしに来る連中の足を用意するためでしょう？」

キャベツを売るために道を整えた。儲かっているのはキャベツが売れたから。そういったわかりやすい表向きの理由が必要なのだ、違法に得た金を洗浄するためには。

「あなたは無垢な農家の青年だったわね。たしか五年くらい前までは。誰が後ろについているのかも、私はちゃんと理解していてよ。杖をついたおじいさんよね」

「シュタインベルク夫人、それはいったい──」

「とんだ売国奴だわ」

　カミラの背後に控えていたライナスとブリジットが、賭博場への招待状をつきつける。

キャベツを運ぶための乗合馬車のなかには、藍色に塗られた巨大なものがある。これは市庁舎の地下にある賭博場へと客を案内する専用車だ。

「あちこち探し回って、これを手にするの、大変でしたのよ」

「なぜ、どうして」

「私の夫は外交官です。ツテも多いの。でも私や私の夫の耳には入らぬよう、みなさん周到にお隠しになっていたけれど……ギャンブル好きの夫に愛想を尽かしている女性って、おうおうにして浮気心が芽生えるものなんです」

　カミラの使用人は、見目の良い男性で占められている。彼らはカミラに忠誠を誓い、ときにはそれなりの方法で情報を集めてくる。ベアトリスが民間人の間諜を使うのとは少し違うやり方だ。

「賭博場がイルバスの西側にあることはなんとなくつかめたけれど、あなたにたどり着くまでに少し時間を要しました。私、賭博中毒者のつもりになって考えたわ。外国からわざわざ足を運ぶのに、至れり尽くせりもてなしてくれそうな場所はどこかしらって。ここは馬鹿騒ぎしても誰も気がつかないような田舎で、たんまり儲かったら、稼いだ金を箱に詰めて、いかにも重たいキャベツを運んでいるように見せかけて持って帰れる」

「言いがかりだ」

「何よりも謎だったのは、キャベツの行き着く先。馬車の終点ではコンリィ産のキャベツってたいして出回ってないの。西部地域は寒冷地帯で、キャベツはもともとほかの野菜に比べてよく採れるんです。わざわざ輸送費をかけた割高のキャベツなんて買わなくても、各家庭で必要な分だけ自給自足できているのよ。なぜ需要のないキャベツに輸送コストをかけたのか。それは資金洗浄の隠れ蓑にするためだから以外に理由が見つからないのよ」

キャベツの出荷と、人々の移動の足を同時に整える。画期的なこころみだが、なにしろコストがかかる。キャベツの単価はそれほど高くない。余剰なキャベツを売りに行くとしても、せいぜいロバや荷馬車で運べばじゅうぶんだと、他の地域はそこまで輸送に力を入れてなどいない。

「それに記録によれば、収穫時期でなくとも馬車を動かしているわよね」

「シュタインベルク夫人、わ、私は……」

「違法賭博で得た資金って、どこに流れているのかしらね。あなたは土地を提供して分け前をもらっている、だけかしら……？　そもそもこの町がうるおいはじめたのは、あなたに代替わりしてからだわ。以前の子爵の死因は？　ブリジット」

「体中に斑点が浮き出る謎の病気です。今イルバスの東で蔓延しているもの、そして過去ニカヤで流行したものと、症状が酷似しています」

「売国奴に人殺しね。ずいぶん大それた罪を背負っているのね、ダルウィ子爵。草葉の陰で亡きお義父さまが泣いていらっしゃるわよ。あなたをそそのかしたのは誰？」

ダルウィ子爵は口を大きくあけた。カミラは彼のその口にとじた扇をねじ込んだ。むせかえる子爵に、カミラは地の底から響くような低い声で言った。

「死ぬのは許さないわよ。あなたがたがいつも奥歯の間に毒を仕込んでいるのはこちらもお見通しなの。赤の王冠の仲間になるときに、忠誠のあかしとして、その毒をはめ込むために抜いた歯を差し出しているんでしょう」

「ふごっ、ふがっ……」

「じいさんのときには歯ですんでよかったわね。でもあなたがこれから私に差し出すのは、首よ」

カミラが耳元でささやくと、ダルウィ子爵の額に大つぶの汗が伝った。ライナスが指を鳴らすと、緑の陣営から借りてきた兵士たちが次々と部屋になだれこんでくる。

「おおかた言われたんでしょう。一時期土地を——市庁舎の地下を貸すだけだと。はじめジュスト・バルバの要求はてぬるかったはずよ。五年前あなたがたは貧乏のどん底だった。イルバスから脱する手段を得るためなら、カスティア国が背後についたジュストの手をとるのも、悪い選択に思えなかったはず」

扇を口からはずしてやると、ダルウィ子爵は力なくソファに体をあずけ、宙を向いていた。カミラは扇を床に捨てる。

「選ばせてさしあげます。ここで、ジュスト・バルバに関する情報をすべて吐き出すか、さもなくば売国奴として処刑されるかです」

「シュタインベルク夫人……」

「違法賭博の顧客リストをすべて私に渡しなさい。コンリィは、本日から私が統治します。ダルウィ子爵、あなたは私の人形になるのよ。美しくない人形でも、美しく踊れるようになるすべを私は熟知しています」

コンリィ地方の代理統治の許可証。サミュエルの国璽を提示する。ここは緑の陣営の管轄の土地だ。三人の王が揃う議会がなくとも、この国璽だけでことは動く。

カミラがほほえむと、ダルウィ子爵は自分のこれからの運命を嘆き、嗚咽を漏らした。

第二章

エスメ・アシュレイル女公爵を乗せた大型船が、イルバスの港に到着した。ところが新たに停泊したこの船以外に船舶は一隻も係留されておらず、それどころか猫の子一匹見当たらなかった。

船乗りや旅行者向けの宿や飲食店はどこも閉まっており、幽霊街のようなありさまである。

港に着けばようやくゆっくりと休息が取れると喜んでいた船乗りたちは、たちまち落胆した。

エスメをイルバスに送り届ける役目をおおせつかっていたニカヤ捕鯨協会の会長・ヨナスは、後ろ頭をかいた。

「ニカヤも荒れたけど、もしかして俺たちが海を漂っている間、イルバスはそれ以上の出来事があったんじゃないか」

「どういうことなの……」

不安の表情を浮かべ、エスメは焦燥感にかられながら、歩み板を渡った。

エスメを笑顔で送り出してくれた緑の陣営の仲間たちの姿はなく、彼女を出迎えたのはベンジャミンひとりのみだった。

「ピアス先生。これはいったい」

「なにから説明して良いのやら……」

吹きすさぶ風に身を凍えさせながら、エスメはコートの襟をたてた。皮膚を刺すような冷たさは久しぶりであった。常春の国ニカヤの気候に、すっかり身体が慣れてしまっていたのだ。

「ヨナス殿。少しの間、身内のみで話をさせていただきます」

ベンジャミンはそう断ると、彼が乗り付けてきたらしい小さな箱型馬車にエスメを案内した。

馬車に乗り込み、扉を閉じると、彼は用心深く口をひらいた。

「ニカヤ陣営には、ベアトリス陛下が情報を選び取って伝えているはずです。なのでここで手短に、内密の話を」

「はい」

エスメは緊張した面持ちで、ベンジャミンに向き直る。

「まずサミュエル陛下ですが、伝染病に罹患している可能性があります」

「伝染病⁉」

サミュエルの体調がかんばしくなく、国に戻るように――ベアトリスからはそうとしか聞かされていなかったエスメは目をむいた。

「てっきり、ご持病が悪化されただけかと」

「いいえ、それにしては症状が重すぎます。それに病状がニカヤの流行病と酷似している」

　ニカヤで病が流行っていた時期はとうに終わっている。自然と収束したのだ。

「ニカヤの病と同じならば、特効薬はないはずですが……」

「今クリスが医師団と懸命に病の研究をしているのですが、依然として全容はつかめません。サミュエル陛下も最近は体調がお戻りになってきて、その研究成果に目を通しておいでですが、以前のように外に出ての活動は控えていただいております」

　そして、サミュエルが倒れた件について、気になる点があるという。

「先ほどは伝染病と申し上げましたが、サミュエル陛下の体調不良の原因は、伝染病ではないのかもしれない。そのような結論が出てかかっています」

　長らくサミュエルの看病をしていた王宮の侍医団やクリスが、彼の病状から不自然な点をいくつも見出したという。伝染病の流行地域にサミュエルは足を踏み入れていない。

「陛下の看病をしていた者たちにも感染した者はいない。サミュエル陛下だけに、伝染病の症状が現れたのです」

　伝染病ならば飛沫や吐瀉物、血や便、体から排出されたものに病原体は含まれ、感染してゆくはずだ。

「つまり、イルバスで流行している伝染病と、サミュエル陛下の病は、違うものということですか?」

「伝染病との相違ははっきりしていないですが、何者かが、陛下に毒を盛ったのではないかと」

　エスメはくちびるをわななかせる。

「そんな……毒を盛った犯人はわかっているんですか」

「おそらく、使われた毒の傾向で赤の王冠であることが濃厚でしょう。ジュスト・バルバその人が直接手をくだしたわけではないですが――」

　そのような出来事が起こったとき、私がいなかったなんて――。

　エスメはくちびるをかむ。女が人を導くためのすべをベアトリス陛下から学びたいと、ニカヤへ旅立ったのだが、あのときは、みずからの王がそのような危機に見舞われるなど想像だにしていなかった。

「ニカヤは情勢が荒れていましたから、てっきり危険な目に遭うのは自分の方だとばかり。油断していました」

「あなたが気に病むことはない。ニカヤはニカヤで大変であったと聞いています。エスメ、あなたはマノリト王から言葉を引き出したとか。大変な功績です」

　ニカヤの幼き王マノリトは、長らく口を閉ざしていた。たった六歳の王をとりまく環境は、けして生やさしいものではなかったのだ。ベアトリスは、そんなマノリト王への起爆剤とするべくエスメを起用した。

「私の功績ではありません。もともとマノリト王の周囲には、優秀な家臣の方ばかりがおいででした。マノリト王からたくさんのことを学ばせていただいたのは私の方です」

──マノリト王はとても良い君主になるだろう。それは、私にもわかる。

マノリト王のこの先の治世にもとりあえずの展望がひらけ、エスメは役目を終えた。その矢先のサミュエルの危篤(きとく)の知らせであった。

「それで、サミュエル陛下は」

「状態は落ち着いておられますが、油断はできない。今後王のお身体に後遺症が残らないとは言い切れません。緑の陣営は、まずこの病の正体を見極めること……そしてその原因が毒物によるものであった場合の、解毒剤(げどくざい)の開発を目標に動いております。ベアトリス陛下のご様子は、私よりもあなたがよくご存じでしょう。問題は青の陣営──アルバート陛下のことです」

「アルバート陛下……?」

「スエフト山脈での避難民の誘導中、土砂崩れに巻き込まれ、行方(ゆくえ)知らずとなられています」

エスメは我が耳を疑った。

(行方知れず。それって……)

彼女は口元をおさえる。

「現在、青の陣営の王杖、ウィル・ガーディナー公はあなたにかわりサミュエル陛下について探っておいでです。また、カミラ元王女殿下が帰国し、西部地域の不審な動きについて探ってくださっています。クローディア様は王都で主に怪我人や病人に向けた奉仕活動をしておいでですが、アルバート陛下の不在はあまりにも手痛い。申し訳ないですが、ベアトリス陛下にはそうそうにご帰国いただきたいのが、私めの意見です」

話が終わり、馬車を降りると、エスメは港をぶらつくヨナスに事情を説明した。サミュエルの暗殺未遂やアルバートの行方不明のことはぼかしたが、ふたりの王の危機につき、少しでも早く女王に帰国していただきたいと。

「これ、ピアス先生がしたためた手紙です。これを読んでいただければすぐにわかります」

暗号文で、現状についてびっしりとまとめてある。

「俺たちにとんぼ帰りしろというのか」

ヨナスはあきれたようにつぶやいた。

「すみません、ですが……」

「いいよ。別に歓待してもらおうと思って来たわけじゃねぇ。ただ船も乗組員も少し休ませねえとな」

ヨナスは肩をすくませる。エスメは恐縮しながら頭を下げた。

「ヨナスさん、厄介な事態に巻き込んでしまって」

「お互い様だ、仕方ない。平和なときになったらイルバスとニカヤ、合同で宴会でもしようや」

　そんなときが、すぐにでもやってきたらいいのに。

　エスメは顔を曇らせる。

（でも、不安になってるだけじゃなにも解決しない。私にできることをするんだ）

　エスメはこの国に帰ってきた。王杖として、今こそ力を発揮するときだ。

「早くサミュエル陛下のお顔を拝見したい」

　コートの襟で顔を隠し、エスメはぽつりとつぶやいた。

＊

　コンリィ地方の代理領主となったカミラは、まずは集めた招待状を丁寧に検分した。違法賭博はダルウィ子爵が家督を継いだときから始まった。この養子縁組も、もとをたどればさらにきなくさかった。本来後を継ぐはずだった領主の実の息子は事故死していたのだ。

「殺されたということでしょうか」

　もしそうならば、前領主とその息子、ふたりの命が赤の王冠の手引きによって害されたことになる。

「ライナス。当時の裁判記録を探してみて」

「かしこまりました」

「ブリジット。準備はできて？」

「もちろんでございます、奥さま」

ブリジットは完璧な招待状を模写してみせた。男性だろうと女性だろうと、ブリジットは筆跡を本人そっくりにまねできる。カミラが彼女を手放さない理由のひとつである。

「コンリィでまた違法賭博の会を催し、のこのこ集まった全員を逮捕して、情報を吐かせてやるわ」

――しかし、ダルウィ子爵も脅しつけたらぺらぺらと情報を吐いてくれて助かったわ。

鏡を前に、カミラは丁寧に化粧水を肌にしみこませる。

ダルウィ子爵は、やはり赤の王冠の一員だった。貧乏で冬を越せるかも怪しかった当時のダルウィ子爵――当時はただの農家のリダライス青年は、怪しげな老人に声をかけられたのだという。はじめはちょっとした出来心だった。亡くなった領主の息子のかわりに、孤独な領主の世話をして、小遣い程度の賃金がもらえれば良いと。

たまにおとずれる老人は、青年に次々と的確なアドバイスをした。跡継ぎの座におさまるための方法を。自分たちの苦しい生活は領主のせいなのだと――もっといえば、領主の支持する国王サミュエルのせいなのだと吹き込まれた彼は、死んだ息子にとってかわることにだんだんと罪悪感もわかなくなっていった。

「けれど、前ダルウィ子爵を殺してから、彼は後戻りできなくなった。老人は自分の正体を告げ、赤の王冠のもとで貴族になることをすすめられた。同時に、殺人者であることを白日の下にさらされたらどうなるか……」

「そして違法賭博の片棒を担がされていたわけですね」

　ブリジットがクリームを手に取り、ていねいにカミラの顔に円をえがく。

「ジュストはあちこちで似たような手口で人を丸め込んでいるに違いないわ。うだつのあがらないイルバスの若者や貴族たちを取り込み、反王制派にしたてあげるのよ」

己が犯罪者になってしまったせいだろうか。罪を正当化するために、リダライスは「でも、イルバスの王たちは正しくないんだ」としきりにくりかえしていた。これは正当な革命行為であると。

　彼はもう道を選べない。ジュストのしいたレールをたどらなければ、自分の人生はめちゃくちゃになってしまう。処刑されるかもしれないのだ。

「ただの家督泥棒のくせに、革命なんて大げさなこと言って自分に酔っちゃって」

　カミラがあごを上に向けると、ブリジットはそこにもクリームをのばす。首と鎖骨まわりはいつもつやつやの肌でいないといけない。

「奥さま。連絡係が到着いたしました。イルバスにエスメ・アシュレイル女公爵が帰還されたとのことです」

「そう。ではサミュエルがいつなんどきどうにかなっても、引き続き私に協力はしてもらえそうね」

王宮に戻ってやる必要はなくなった。カミラはここを拠点に、赤の王冠を相手どるつもりである。

「ライナス。リダライスが自殺に使おうとした薬だけれど、回収できて？」

「できました。しかし少なすぎて解析するには量が足りないかもしれません。もう少し多くのサンプルを集める必要があります」

奥歯にはさまっていた薬は、かみくだくと猛毒が全身にまわる。ベアトリスのところでひとり、これを使って赤の王冠のメンバーが自決している。王宮に侵入した男たちもそうだ。

　これをベアトリスはイルバスへ送ったのだが、ニカヤからイルバスへ輸送する間に、薬の質が変わっていたのか、解析不能になってしまった。王宮に侵入した男たちは薬を完全に飲みくだしてしまっている。遺体は回収できたものの、各地への医師の派遣が相次ぎ解剖医は不在。結局こちらも回収することはできなかった。

「毒薬も集めないといけないわけね……。奥歯をさしだした赤の王冠のメンバーを、ひとりでも多くここで捕らえられたらいいんだけど」

　仕上げに目元に念入りにクリームをすりこむと、カミラはかわいらしい表情を作り上げ、まばたきをしてみせた。

＊

大ぶりの宝石で飾られた王冠に、貂の毛皮のマント。そのずしりとした重さがサミュエルにのしかかっていた。

サミュエルは青い顔をして、玉座におさまっていた。体にはいまだに重たい空気がまとわりつくようなだるさがあった。今のサミュエルにとって、呼吸をするだけでも重労働である。彼の傍らに立つのは、兄の王杖のウィル・ガーディナーだ。

ウィルの到着によって王宮は護られ、サミュエルは赤の王冠から王位の返還を要求されずにすんだ。ひとことでも口上を述べられれば、取り返しのつかない大事件となっていたところだ。

ベンジャミン、クローディア、ウィルの活躍により、サミュエルをはじめとする三人の王の玉座は護られた。

サミュエルは王宮に戻った。目覚めた以上、玉座をあけておくわけにはいかなかったのである。

そんなときにもたらされたのが、アルバートにまつわる知らせである。

「……そうか。兄さまが」

アルバートは土砂崩れに巻き込まれたとのことだが、生存は絶望的であろう。

サミュエルは眉間に指先をあて、にがにがしい表情になる。

「クローディア・エドモンズはどうしている」

「ひどく動揺されておりましたが、気丈にふるまっておいでです。イザベラ王太后にはまだ……」

「今母さまが取り乱して、クローディアに相手をさせるのは酷だ。決定的な情報が出るまで伏せておくか？」

「決定的ですか」

ウィルはなにかを深く考え込んでいるようだった。

（無理もない。みずからが仕える王が、そのような最期をむかえたかもしれないとあっては……）

ただ、サミュエルの心の内にはわだかまるものがあった。

イルバスの三人の王の中でも圧倒的な存在感を放っていた長子のアルバート。そんな彼が、少女をかばって死んだかもしれないという――。

にわかに信じがたい。……いや。

（信じたくないのか、僕は？）

あれほどいがみあっていた兄が。あれほどうとましく思っていた兄が。なんの前触れもなくあっさりと消えてしまったようで、サミュエルは今、愕然としているのである。

ウィルは、のんびりとした口調で言った。

「なんだか、死に方が陛下らしくないんですよね」

サミュエルははっと彼の方を向く。

「え……」

「あの存在しているだけでうるさく自分勝手な王が、そんな人の好さそうな人間じみた死に方をするかなと思ったんですが、どうも腑に落ちなくて」

「いや……死に方は選べないだろ……突然の事故だし……」

　王杖にそのような言い草をされる兄も兄だが、アルバートは彼の正直なところを買って右腕にしたのだ。

「アルバート陛下は勘のするどい方でいらっしゃる。そんな地味な死に方をする運命の導きに素直に従うかなと疑問でして」

「僕は、兄さまの勘など、深く考えないで行動する人間の、ただの詭弁だと思っているが」

　だが、ウィルの言うことはわからないでもない。アルバートならば戦場で敵将と討ち合って破れるか、さもなくばイルバス王国の王として老爺になるまで君臨し、玉座の上で事切れるか、そういった幕引きが相応しい。

　この、生きているのか死んでいるのかわからない中途半端な状態が、もっともアルバートらしくないのである。

「しかし、土砂崩れに呑み込まれた人間が生きていると思うか？」

「思いません」

　それはウィルとて理解しているようである。

遺体が出てこない限り、ずっとこのもやもやが続くのだろう。もはや生存は絶望的だとわかっているのに「こんな最期をむかえるのはアルバートらしくない」というひとつの思いが、待つ者たちに、彼の生存を諦めることを許さない。

「サミュエル陛下。アシュレイル女公爵がいらっしゃいました」

「エスメが……」

帰国したことは聞いていたが、顔を合わせるのは初めてだった。

昨日はエスメが部屋まで押しかけてきたのだが、発熱をしたのと見苦しい寝間着姿であったので、サミュエルが拒否したのだった。

ベンジャミンやクリスなどはお構いなしにサミュエルの部屋に出入りしているのになぜだとエスメはごねたというが、弱っている自分を見られたくないというちっぽけな意地など、エスメはくみとれないに違いない。

扉がひらき、息を荒らげたエスメが現れた。

白い軍服に、高い位置でひとつに結んだ豊かな髪の毛。出発の日にサミュエルが贈った、エメラルドの髪飾りをつけている。

「――久しぶりだな」

「陛下……！　ようやく謁見の許可がおりました」

エスメは灰色の瞳に涙をこんもりとためこんで、肩をふるわせた。

「私だけ、なぜお会いできないのかと」

「別にお前だけじゃない。僕は忙しいんだ。お前もいなかったことだしな」

あてこするつもりはなかったのだが、自然と憎まれ口をたたいてしまう。

エスメははっとしたような顔をした。

「大変なときに不在にしておりまして、申し訳ございません」

「まったくだ。おかげでうちの陣営は役立たず扱いだ。カミラにもさんざん言われた」

文句をこぼしながら、サミュエルはエスメの様子をうかがった。少し見ない間に、その潑剌さは輝きを増している。白い肌はニカヤの日差しでほんのりと焼けていたが、それがかえってエスメの瞳の色の美しさを際立たせていた。

（……綺麗になったな）

長らくベッドに寝たきりだったサミュエルはげっそりとやつれて、おそらくエスメと過ごしていた以前よりも魅力は損なわれているはずである。サミュエルはあえて立ち上がらなかった。よろめいたり、めまいを起こしたりして、エスメに頼りがいがない王だと思われたくなかったのだ。

サミュエルは腕を組むと、ウィルの方に視線をやった。

「そういうわけで、僕の王杖は戻ってきた。お前はお払い箱だ」

「え……」

「さっさと兄さまの遺体を掘りかえしに行け。青の陣営の兵士たちは、兄さまを探して山を穴だらけにしているんだろう」

おそらくウィルは、内心いてもたってもいられないに違いない。

サミュエルはそんな心情を察して、ウィルを手放そうと水を向けたが、彼はかたくなである。

「ですが、有事です。アルバート陛下から、クローディア様と他のおふたりの王を頼むように命じられております」

「僕も王だぞ。言うことをきけ」

「そう申されましても。どうせアシュレイル女公爵とふたりきりになられたいので、俺が邪魔になったんでしょう」

「なにがどうせだこいつ」

「まあまあ。少しよろしいですか」

エスメの後ろからさりげなくついてきたベンジャミンが、両の手をあげる。

「ピアス、いつのまに」

「クローディア様に、サミュエル陛下との会見の仲介を頼まれましてね」

ベンジャミンに続いて、しずしずと姿を現したのはクローディアだ。相変わらずの修道服姿である。病人や怪我人を看護し続けているクローディアの目の下には、うっすらと隈が浮かんでいた。

「クローディア様。少し休まれては」

ウィルが気遣うように言うが、クローディアは首を横に振った。

「怪我人を四人担いで行き来できるのがわたくしだけですので……休んでいるいとまはありませんわ」

「……」

「それで、お願いがありますの。明日の収容で、王都の病院は満床となります。わたくしのいたエルデール修道院に、医師やシスターの応援を要請いたしました。そちらの人員と交代して、わたくしはアルバート陛下が行方知れずとなったスエフト山脈へ向かいたいのです。しばし王都をあけることをお許し願いたいのですわ」

「しかし、あちらは激戦の地だぞ」

サミュエルは思案顔になる。いくら人並み外れた怪力の持ち主とはいえ、何千人もの兵士が戦闘をくりひろげる危険地帯に女ひとりを送り込むわけにもいかない。

「激戦地だろうがどこであろうが、わたくしは向かいますわ。アルバート陛下は将来の夫、助け出すのはわたくしの役目です。幸い山は得意ですの。わたくしのこの目がある限り、陛下がどんなに深いところにお隠れになっていても、見つけ出すことができますわ」

「……生きていないかもしれないぞ」

たとえ運良くアルバートが見つかっても、骨になっているかもしれない。それを目の当たりにしてしまったら、彼女のショックは計り知れないものになるだろう。

「わたくしは、アルバート陛下と長い時間をご一緒できたわけではありません。光り輝く太陽のような、とてつもない王者としての資質と、天から与えられた冴え渡る勘をお持ちであると存じてはおりますが……そんなすばらしいお方であったとしても、事故で亡くなっているかもしれないという事実を、否定することはできません」

　クローディアは一度、口をつぐんだ。

「ですが、長い間アルバート陛下にお仕えし、彼の生き様をよくごらんになられていたガーディナー公が、アルバート陛下の死に場所に、かの地がふさわしくないのだとおっしゃるのなら、そうなのだろうと思います。わたくしは闇の中でしか生きられない身ではありますが、彼の望む場所へ導く光でありたいのです」

　クローディアは、静かに己の気持ちを語った。

　それを受け、エスメがうなずいた。

「クローディア様。ピアス先生とも話していたことですが、私が怪我人、病人を引き取ります。緑の陣営の医師団に全員分のカルテを渡してください。その間、しっかり休まれて。あの、サミュエル陛下……」

　エスメに視線を向けられ、サミュエルは命じる。

「ウィル・ガーディナー。クローディア・エドモンズと共に、スエフト山脈へ向かえ」

　クローディアはあわてて言い募る。

「ですが、ガーディナー公をわたくしが連れていってしまうわけには」

「王はひとりで十分だ——それが兄さまの口癖だった。あれほど『ただひとりの王である』と豪語していた自分が、先にいなくなるとは笑わせる。意地でも引きずり出してこい」

サミュエルは咳き込んだ。エスメが支えようとしたが、彼は手で制した。苔のようなまだらの緑の瞳が、ぬらりと光った。

「やってやるよ。僕らをここまで痛めつけてくれた赤の王冠を、ひとり残らず殲滅する」

＊

イルバス王宮、西の塔。王杖就任の際に設けられた、エスメ専用の執務塔である。

緑の陣営、エスメについた部下たちはここで忙しく立ち働いていた。野戦病院の増設と医師の派遣。医師は、イルバス中の人員を集めても足りなかった。軽傷者には見習い医師たちを投入せざるをえない。

(寡婦となった人たちは、仕事を欲している。女性医師として育てることができれば……)

イルバスにかぎらず大陸全体で言えることだが、女性の社会進出が遅れている。エスメが女性初の王杖になったこともそうだが、あまり女子の教育に力を入れてこなかった。

アデール女王の時代になり、ようやく女の子も学校に行って読み書きを教わることができるようになった。だがそこからいまだに進歩がない。

家庭に入ったり家業を手伝ったりする女性は、大黒柱の男がいなくなるとたちまち路頭に迷ってしまう。

ニカヤでスリをしていた少女、シーラを思い出した。彼女が盗みをはじめたのは貧しさゆえだ。そこを、赤の王冠につけこまれた。

「アシュレイル女公爵。ご指示のあった、寡婦のリストです。それから重病人のいる家のリストも」

「ありがとう」

支援を必要としている民のリストをめくり、エスメは眉間に皺をよせる。こういうとき、ベアトリスならばどうする。ギャレットなら。ニカヤのザカライアなら。ヨアキムなら。アテマ大臣も——そして、マノリト王なら。

クローディアとウィルはスエフト山脈へ向けて旅立った。彼女らにはアルバートの救出に集中してもらうためにも、エスメはやるべきことを取捨選択し、的確に処理しなくてはならない。

（しかし、やるべきことは誰かが決めてくれるわけじゃない。自分の判断で、適切で最良なものを選び取らないと……）

速さも重要だった。今は赤の王冠の猛攻も少しは落ち着いているようだが、どこから攻められるのか予想もつかない。ある程度ウィルやベンジャミンが戦況のパターンを考えてくれたが……。

頭をかかえ、ため息をつくエスメは、訪問者の入室に気がつかなかった。内側から扉を二度ノックされ、思わずとびあがる。

「は、ははははい！」

この部屋に挨拶もなく出入りできるのは、ただひとりだけである。

「なにをそんなにおびえている」

「いえ、考え事をしていたもので……」

サミュエルは不機嫌そうに目を細めている。

「そのままでいい、座れ」

「はい……」

エスメはすとんと椅子に腰を下ろした。

サミュエルはエスメの書記官を下がらせて、人払いをしてしまうと、みずからも椅子をひとつ引いてきた。

「あの……？」

「帰ってきたら、話したいことがあると言っただろう」

椅子を反対側に向けると、サミュエルも腰を下ろす。背もたれによりかかり、彼はなんともないように言った。整った顔を椅子の背に乗せている。

「あ、はい。おっしゃってました」

そう。あの台詞。はじめのうちはとても気になって、旅の間も気が気ではなかったのだが――。

「なんだかニカヤでいろいろありすぎて、そういえばすっかり忘れていました」

「お前な……」

彼は呆れたようにため息をはさんでから、続けた。

「本当は、もっとしかるべき場を設け、あらたまった感じでやりたかったんだけどな。国がこの状況では仕方がない。後からいくらでもやり直しするから、今日のところは勘弁してほしい」

「あの、なんのお話なんですか？」

サミュエルは視線を自分の腹に向け、もごもごと、やっぱり、とか、うむ、とか繰り返していたが、ようやく顔を上げた。

「薔薇は僕が眠っている間にすっかり枯れてしまった」

「薔薇……？」

「薔薇の温室だよ。初めて会ったときの」

「はい、それはもちろん……枯れてしまったんですね。残念だな。私あの場所大好きだったのに」

「だと思っていたから、そこで渡そうと考えていたんだ。本当だったら冬薔薇が咲く時季だったのに……でも、今を逃したらまた僕たちは離れ離れになってしまうかもしれない。僕はもう待つつもりはない」

「あの、陛下。さきほどからなにを」

「いちいち言わせるな。これを」

サミュエルはポケットから小さな箱を取り出した。

「箱……」

「中身だ、大事なのは」

「あ、はい。開けてもいいんですか」

サミュエルはうなずくが、こちらを見ていない。一体何なのだ……と思いながら箱の蓋(ふた)に指をかけると、エスメは過ぐる日のニカヤでの一幕を思い出した。

――国に帰ったら盛大なプロポーズが待っていたりしてな、あはは。

ヨナスとユーリはそう言って、エスメをからかったのである。

「えっっ」

今まさに箱を開けようとしていたエスメが突然大声をあげたので、サミュエルはびくりと肩をふるわせた。

「なんだよ、急に大きな声出して」

「へ、へへへ陛下、これってもしかして……」

エスメは箱をぎゅっとにぎりしめる。

「プロポーズですか⁉」

「せめて箱を開けてから言えよ、バカ」

「うわー、すみません！　開けます！　開けました！」

箱の中身は、エスメの髪飾りとおそろいのペリドットの指輪だった。傾けてみると、黒い影が差し、サミュエルの瞳のようなまだらに見える。

「綺麗……」

うっとりと目を細めてから、エスメははっとした。

「えっ、プロポーズ⁉」

「そこからやるのかよ……」

サミュエルは椅子の背もたれに額をつけて、肩を落としている。

「わかったよ、僕が悪い。さっきも言ったように薔薇の温室でやろうかと思ったんだが、全部枯れてて雰囲気もクソもなかったんだよ」

「あ、あの、場所にあこがれやこだわりはなく……ていうか、その、私でいいんですか？陛下のお相手……」

「いいんですかもなにも、そもそも王杖にならないかと誘った時点でこっちはそのつもりだったんだよ。お前が死ぬほどにぶくて気がつかなかっただけで！」

「そ、そんな……」

ということは、ずいぶん前からサミュエルにはその意志があったことになる。ニカヤでのもんもんとした日々はいったい何だったのか。

（なるほど、サミュエル陛下は私に少しでも気を持たせたくて、帰ってから――……なんておっしゃったのか）

ようやく彼の意図を察したエスメは、うれしいやら悔しいやらで、感情の落ち着きどころがなかった。

サミュエルはようやくエスメの目を見ると、さらりと言った。

「で、お前は僕のプロポーズを受けつもりがあるのか、ないのか」

「あります!!」

「そ、即答だな」

「陛下こそ私にプロポーズしたのになんで面食らってるんですか」

「いや、今までお前にいろいろと受け流されすぎて、そんなつもりまったくないのかと思ってたから……」

お互い顔を見合わせて、くすりと笑った。

(サミュエル陛下が、私を政務のパートナーとしてだけでなく、伴侶に選んでくれただなんてうれしい)

サミュエルは咳払いをひとつはさんだ。

「指輪、はめてもいいか」

「よろこんで」

彼は椅子から立ち上がる。エスメも同じく立ち上がった。サミュエルは少しやつれたが、別れたときより背が伸びた。出会った頃、彼にはまだかすかに少年の面影が残っていたのに、今やすっかり消えてしまった。かわりに、彼の祖父であるエタン王配の肖像画に似てきた。

　サミュエルは膝をつくと、エスメの左手薬指に指輪をはめてくれた。王が自分に対してひざまずく姿を見てしまった衝撃で、エスメは今にも倒れそうだった。

「そ、そんな、陛下。私がしゃがみます！」

「何ではめられる側がしゃがむんだよ。いいから黙ってろ、動くな」

「は、はい！」

　指輪の石にキスを落とされ、エスメは緊張のあまり叫びだしたいのをおさえた。ニカヤでの国民議会のときもこれほど緊張しなかったのに、自身の王の前ではかたなしである。

　サミュエルは立ち上がり、エスメの両手をにぎりしめた。

「エスメ・アシュレイル。――これから、よろしく頼む」

「はい、もちろんです陛下」

「結婚するのは、この情勢が落ち着いて、兄さまの生死がはっきりしてからだ。それまでは僕の婚約者。今まで以上に自覚をもった行動をしてもらうことになるからな」

「そう、私はサミュエル陛下の婚約者……」

　エスメはぼんやりと天井を見上げた。これからは王杖に加えて、クローディアと同じ立場になるのである。

「王妃になるってことですか⁉」

「だからそう言ってるよな⁉」

……好きな人と結婚できる喜びで有頂天になっていたが、王妃と王杖の役割を兼任するとなると、さらなる困難である。

でも、乗り越えたい。これは喜ぶべき困難なのだから。

「お前はいつもいつも本当にふざけたことばっかり言いやがって……」

「わ～すみません！　がんばります！　なんだかわからないけどいろいろがんばります！」

サミュエルがこぶしをふるわせているのを懸命になだめる。

エスメの左手の薬指が、美しい緑に輝いた。

＊

コンリィ地方に次々と藍色に塗られた乗合馬車が戻ってきた。一見してキャベツの仲買人を乗せていると思われているその馬車は、賭け事を楽しみに来た老若男女であふれかえっている。

カミラは市庁舎の地下、隠し賭博場に控えていた。すでにとらえた子爵――今はただのリダライス青年は、力なく椅子に腰を下ろしていた。

まばゆいばかりのシャンデリアの明かり。貴重な酒の瓶がたっぷりと並んだバーカウンター。カードやダイスの散らばるゲームテーブル。薄暗い市庁舎の地下にこのような空間が存在しているなど、誰も想像できないであろう。

「いい？　いつも通りに振る舞うのよ。ここの給仕は全部、私の手の者。少しでもおかしなまねをしたらわかるわね？」

リダライスは静かにうなずいた。カミラはほほえみながら、ピンヒールでぐりぐりと彼の靴を踏みつけた。

「返事」

「は、はい。かしこまりました」

「うまくお仲間を売ってくれたなら、あなたの減刑を口ぞえしてあげてもいいわ。自分の身が可愛いならしっかりやるのよ」

熱心に賭博場に足を運んでいた者の中には赤の王冠の構成員もいるはずである。

（ジュスト・バルバは高齢で、みずから戦場に出て戦うことはしない。末端をうまく使って私たちを翻弄してくる。ならば私はその手足を使えなくさせるだけよ）

カミラは招待者のリストを指先でなぞった。もちろん偽名を使っている者ばかりだろうが、手紙の届け先になっている、ホテルや使用人宅からつながりはたどれるかもしれない。

今のところ、彼女が怪しいとふんでいる人物は三人。全員が今日の日に足を運んでくれると良いのだが。

「奥さま。ゲストが次々と到着しています」

「首尾良くやって。私がしめした者に、わざと大勝ちさせるのよ。そしてすべからく別室に案内させなさい」

　この賭博場では、現金を賭博場内で使えるチップと交換して使用する。このチップを換金するための手続きで、別室が用意されているのだ。換えられるのは現金はもちろん、宝石や美術品などが主で、盗品であることが多い。チップを使うことで、実際に現金で賭けをするよりも「大金を賭けている」感覚が麻痺し、平気で屋敷が一軒建つほどの賭け金をすってしまう者もめずらしくない。

　景品はキャベツの箱につめられ「出荷」される。賭博の参加者はみな口をそろえて「野菜の競りをしに行っていた」と言うのだ。

「行って。お得意様に話しかけるのよ」

　リダライスはカミラに背を押され、一番に入ってきた紳士にへこへこと頭を下げた。カミラは仮面をつけて、カードを切る。

　――きた。

　ジョシュア・ブルック。年齢は四十代のなかば。

　王都の片隅、グレストホテルの一室が招待状の届け先だった。

　職業は貿易商となっていたが、赤の王冠の一味は表向きの肩書きを「貿易商」にすることが多い。以前ニカヤでベアトリスが捕らえたというギネスなる男も、いっとき出入りしていたサロンなどでは駆け出しの貿易商だと名乗っていたというし、リダライスもその肩書きを持っていた。おそらくジュスト・バルバはみずからの商会を持っていて、名義貸しやすくなる。

をしているのだろう。わかりやすい立場があれば、場所を変えても新たな環境にとけこみ
ジョシュアは注意深く周囲をながめてから、リダライスに声をかけた。

「今回も招待状をありがとう。ただ、使用人たちの顔ぶれが違うようだが?」
「……作戦のために人員変更を行いまして」
「殿下の指示か?」

カミラは背後でカードを切りながら、耳を澄ませる。
殿下。ジュスト・バルバの組織内での呼び名だ。
すぐにでも彼を捕らえたいくらいだが、他の仲間をとり逃がしてはまずい。もう少し泳がせないと……。

リダライスはすらすらと答えた。

「はい。今回はたまたま良い品が揃(そろ)いましたので、ぜひここで景品にしておきたいというのが殿下のご意向でございます。高額商品をまちがいなく扱える者を使用人にすえました。殿下からは、『形見分け』のようなものだと」
「……そうか。殿下はいつも形見分けだとおっしゃるが、この戦況だと冗談にすら聞こえんな。今回もいつもの軽口であると祈るよ。君、コートを」

みずからの従者にコートをあずけると、ジョシュアはカード席に腰を下ろした。
カミラはほほえんだ。

「チップへの交換はお済みですか？　いくらから始められます？」

「――そうだな。はじめはお手並み拝見といこう」

ジョシュアの前に、彼の手持ちのチップが置かれる。ざっと見ただけでも、カミラの上等なドレスや靴が一年分揃えられるほどの額である。

――思い出したわ。

彼はジョシュア・ブルックなどという名前ではない。イルバス北西部、田舎貴族のスコット元男爵である。いつかサミュエルにたてをつき、占い師ノアに傾倒していた者のひとりだ。あの事件にかかわった問題人物は事前に洗ってある。

（懲りずに赤の王冠に手を貸したか……人って反省しないものなのね）

しかし、没落まったなしのわりに潤沢すぎる賭け金はおかしい。カミラはバーカウンターで酒を注いでいたライナスに目配せをする。彼は心得たようにうなずき、バッグヤードへと姿を消す。

このテーブルでは、ディーラーとプレイヤーのふたりにカードが配られる。大きい数を引いた方が勝ちだ。

リダライスとジョシュアはテーブルについた。

「それではみなさん、賭けてください。私とリダライス氏、どちらが勝利するのか」

「リダライスの勝利に賭けるよ」

ジョシュアは賭け金のチップを一山取り分けた。

彼につられるようにして、他の客人も次々とテーブルにチップの山を作りだす。

カミラの手元に、客人たちが注目した。

*

常春の国、ニカヤ。

ある日、ベアトリスに与えられた邸宅をたずねてきた者があった。マノリト王である。

「マノリト王、突然どうされたのかしら」

王の来訪の知らせを受け、ベアトリスはあわてて髪が乱れていないか、鏡で確認をした。徹夜でげっそりとした顔は、もういまさら隠しようがない。

長らく部屋にこもりきりになり、ベアトリスは決断をしぶっていた。

マノリト王どころか、どのような客であってもでむかえる準備もできていなかったのである。

(そうだ。いつもはギャレットが気をくばってくれていたんだわ……)

——女王陛下、あまり夜を過ごされませぬよう。もうお眠りならないといけない時間です。

——女王陛下、会合に必要な書類はこちらに。陛下がお話をするべき要綱(ようこう)をまとめておきました。

――ベアトリス。研究に没頭するのは、休息とはいえません。本当にいい加減にしてください。

ほんのすこし離れているだけなのに、もう彼のお小言が懐かしかった。ギャレットは王杖としても夫としても、ベアトリスから目を離さず、いつもはらはらと彼女のことを見守っていた。

今後はいましばらく、私ひとりになる。

もちろん、ニカヤにいる赤の陣営たちは、ベアトリスの頼れる家臣だ。

だがギャレットのようにベアトリスのことを知り尽くし、先の展開を予想して動くことがまだできない。ニカヤで起こるこまごましたことは、ベアトリスが行わなくてはならない。

みずからの執務室を出て、らせん階段を降りる。マノリト王は客間に通されることを固辞し、階段の下で待っていた。イルバスから連れてきた、護衛のローガンも一緒だ。

赤い花の生けられた花瓶を見るともなく見ていたマノリト王は、ベアトリスの姿を目に留めるなり、気遣わしげな表情になった。

「ベアトリス、顔色が優れないようだが」

「少し寝不足なだけです。マノリト王、お越しくださってありがとうございます。よろしければご一緒にテラスに参りましょう。その花瓶に生けられた花と、同じ花が咲いておりましてよ」

「それには及ばない。近くを通りがかったもので寄っただけだ」

「ベアトリス様。今日は海の近くで、マノリト王と刃引きの剣での訓練をしておりまして……」

ローガンの話によれば、訓練を終え、汗をぬぐったマノリトはぽつりと言ったという。

「ここから望めるあの邸宅はベアトリスのものだな。彼女がいるのなら、顔を見たい」と。

「先触れを出していなかったので、どうしようかと思ったのですが」

ローガンはおろおろとしている。

「かまわないわ。ちょうど私もマノリト王にお話ししなければならないことがあったの」

マノリト王は滅多に自分の要望を口に出すことはない。ローガンとしてはぜひとも叶えてやりたかったのだろう。

ベアトリスは、マノリト王の前で腰をかがめた。

「私のことを思い出してくださったなんて、とてもうれしいですわ。ローガンの指南ぶりはいかがですか……武芸はご存じの通りヨアキムも負けておりませんが、ローガンの剣は戦好きの兄仕込みでして……」

「本当に良いのか」

マノリトは短くたずねた。

「イルバスに帰らずして、本当に良いのか。あなたの兄は行方知れずになってしまったと聞いている」

「マノリト王」

アテマ大臣か。口止めをしておけばよかったかもしれない。

イルバスの状況をニカヤの家臣たちに黙っておくわけにもいかなかったのだが、マノリト王の耳に入ればいたずらに彼を悩ませる。ベアトリスは、マノリト王にはマノリト王自身のことだけを考えていてほしかったのだ。誰よりも他人の声を気にしてしまうマノリトには、少しくらい自分勝手になってくれた方がちょうどよいのである。

「弟君――エスメの主人も倒れたと。イルバスは今、女王を必要としているのではないのか」

「……ギャレットを、先に国に帰すことにしましたわ、陛下」

帰国の催促はベンジャミンからあった。どんなことがあってもいつも鷹揚にかまえている彼からの要請である。よほどのことであると、ベアトリスとて理解できないわけではない。

暗号でしるされた手紙は、ベアトリスを揺さぶるには十分だった。

なによりもアルバートの消息不明の報は、彼女にとって、欠くべからざる絶対的な存在が失われてしまったかもしれないということである。

ベアトリスに「王になるとはなんたるか」を間近で体現してくれたのは、兄だったのだから。自分をただひとり愛称の「トリス」と呼ぶ男。そして、けして相容れることのない、もうひとりの王。

夫とも王杖とも違う、血を分けたきょうだい。憎らしくもあり頼もしくもあったその人が、はかなく消えてしまおうとしている。もしかしたら、ベアトリスへ知らせが届いていないだけで、彼の逝去はすでに本国では決定的なものになっているのかもしれない。

太陽の象徴のようなアルバートを失い、今のイルバスはどれほど暗く、希望のない日々であろうか。想像に難くない。

兄の事故の知らせを受けてから、ベアトリスはふさぎこむことが多くなった。しかし、けしてその感情を人前では見せまいとしていた。

本当はすぐにでも、イルバスに駆けつけたい。どうにかして兄の顔を見たい。

重病になったサミュエルのことも気になる。手を握って励ましてやりたい。

だが、できない。

(私が帰国することにより、この幼き王を……ニカヤを失うかもしれない)

ベアトリスなりに考えた。そしていましばらく、ニカヤにとどまることにしたのである。

本当は、ギャレットの不在は手痛い。ギャレットはベアトリスよりも早くニカヤに渡り、この国でなじんでいる。ベアトリスよりも流暢にニカヤ語をあやつり、国民議会に出しても恥ずかしくのない替えのきかない味方だ。ベアトリスがニカヤにやってくるまえに、地固めをしておいてくれたのは彼なのだ。

なにより、自分の夫である。離れて心細くないわけがない。どんな困難があっても、ギャレットがそばで支えてくれていたから、ベアトリスは強い女王でいられたのである。

「僕のせいでベアトリスは国に帰れないのか？」

「マノリト王のせいではありません。ニカヤを護るためです」

「ベアトリスが護るべきなのはイルバスだ」

「おっしゃるとおり。ですがニカヤを取られたら次はイルバス……我が国にとってニカヤはけして失ってはならない場所なのです。マノリト王がご成長なされ、我が国と良き関係を築かれる未来を私は信じたい。その未来を手にするためには、ニカヤを守護する者が必要です」

「すまない」

マノリト王は、残念そうに言った。

「僕がもう少し大人であったなら」

「マノリト王。あなたはすでに、もう十分大人で、誰よりも王らしい王です。それ以上などございません」

私は、のちのちにこの選択を後悔することになるのかもしれない。

マノリトを励ましながら、ベアトリスは思う。あの場面で国に帰っていれば。そう思うときがくるのかもしれない――。誰かの死に目に会えなくなるかもしれない。誰かが悲しんでいるときに、そばにいてやれなくなるかもしれない。今この瞬間にも自分の兄弟や家臣たちはどうなっているのかわからない。

「大丈夫です、マノリト王」

自分に言い聞かせるようにして、ベアトリスはくりかえした。

きっと、大丈夫ですと。

＊

「反乱の起こっている地域は全部で七箇所か……報告がないだけで、他にも小規模な騒ぎはありそうだな」

サミュエルは地図を見下ろしていた。

緑の陣営の面々は大きなテーブルをとり囲み、渋面になった。ベアトリスが帰国を拒否し、ふたり以上の王が揃う議会は、もう開けない。サミュエルの肩にはイルバスのこれからがのしかかっていた。

ベンジャミンは地図に印をつけながら、サミュエルが眠っている間に起きていた赤の王冠の襲撃について、かいつまんで説明をした。

「民間人をねらった大規模攻撃は今のところ起きていません。サミュエル陛下やイルバス各地をおそったものが、奴らの仕業である可能性をのぞけば、ですが」

サミュエルの体にあらわれた謎の斑点と高熱。同じような症状はイルバスのあちこちで見受けられるようになった。

特に感染者が多いのは東部地域ブラス地方。このあたり一帯は、病に罹患しなかった者の方が少ない。

「この病が、伝染病ではなく赤の王冠の作り出した毒物によるものであった場合、奴らの主張する『正義の王権』の大義名分は崩れ去ることになるな」

　正義を実現すると言いながら、国民に毒物をまきちらしていたのだとしたら――。もう赤の王冠に味方する者などいなくなる。

「さようです。ですが赤の王冠と病の因果（いんが）関係を、はっきりとさせることはまだできません」

「そう簡単にしっぽは出さないか」

　ベンジャミンは嘆息する。

「彼らはあくまで正義にこだわります。畏（おそ）れ多くもアデール陛下を王権の簒奪者（さんだつしゃ）とし、その子孫である陛下たちごきょうだいの王権を否定しています。無抵抗の民間人を襲わないよう、構成員には厳しく注意がされているようです」

「民間人は襲わないよう？　ニカヤでは多くの民が犠牲になったのではないのか」

「赤の王冠は、ニカヤ民の反イルバス感情に火をつけさせ、人々に戦う動機を与えました。結果的に死人が出た事件ではありますが、彼らの言葉を借りるならば、目標はあくまでマノリト王の奪還。イルバス依存を脱した正しい政治のためです。今回も同じ……赤の王冠の目標は、正しい王による統治です」

「正しい王は、サミュエル陛下と、そのご兄姉（きょうだい）たちです」

エスメがぴしりと言う。他の家臣たちも、いちようにうなずいた。

「ジュスト・バルバは結果的に、犠牲者をつくりだしてます。人の弱いところにつけこんで、あやつって、犯罪者にさせる——罪のない人たちを共犯者に仕立て上げる。そのやり方が、気に入りません。イルバスとニカヤを同じようにはさせない」

エスメはニカヤで事件の全容を目にしている。サミュエルよりも感じるところは大いにあるだろう。

ベンジャミンは現在動かせる軍の情報をとりまとめ、サミュエルに提示した。

「青の陣営の軍の統括権がサミュエル陛下に引き継がれました。どちらに軍を派遣しましょう。国境付近のブラス地方はアルバート陛下救出に向かわれたガーディナー公がいらっしゃるのでお任せすれば良いでしょうが、他の地域はすべてサミュエル陛下に采配を一任されています」

「反乱の規模は」

「小火程度のものから大火に育ちそうなものまでさまざまです」

今、カミラが西で動いている。彼女は、必要なときに援軍を要請することになっている。となればサミュエルが西に着手するのは望ましくない。北、南、東——。北はベアトリスが長らく統治してきた地域で、もうすぐ彼女の王杖のギャレットがイルバスに到着する。

「北はギャレットの到着後、引き継ぎが見込める。僕は南と東……兄さまの統括していた地域を中心に兵を配置する」

「かしこまりました」

「フレデリック、東部地域に向けて医療部隊を編制しなおせ。クリスも同行しろ。ここは病の罹患者が一番多い地域だ。新薬の研究に適しているはずだ」

「「かしこまりました」」

　ふたりに命じた後、サミュエルは考える。残るは南である。過去にイルバスは、南から攻められたことはあまりない。

　しかし、赤の王冠の構成員はイルバス人が多くを占めている。このあたりの守りが手薄になっていることは百も承知だろう。

「南は、青の陣営の兵を連れて私が行きます」

　エスメの言葉に、サミュエルは顔をしかめる。

「お前は王宮に残って僕のサポートに……」

「反乱の現場を見ておきたいです。ニカヤと同じように、貧しい人が煽動(せんどう)されて利用されているなら、私がみずから説得にあたります」

「陛下は病み上がりだ、そばにいたらどうなんだ」

　フレデリックが言うが、エスメは首を横に振る。

「そうしたいのはやまやまなんですけど、イルバスを留守にしていた間に国がどう変わってしまったのか、私は理解しておく必要があると思うんです。それに、こんなときですけど陛下のことを知ってもらえる良い機会ですよ」

「僕のことを？」

「赤の王冠に与(くみ)する人々は、この国がとりこぼしてしまった人たちです。みな真実を知らないがゆえに王の姿を、己の将来を、この国を悲観して甘言(かんげん)に乗ってしまう。もちろん真実の姿が、その人にとって理想通りの姿ではないかもしれない。でも、見える景色が違えば敵にならなかった人がいるかもしれないなんて、悲しくないですか？　だから私、緑の陣営の展望について、ここでしっかり話しておこうと思うんです」

「展望を？　赤の王冠に？」

「いったいなにを話すっていうんだ」

「女性や寒村(かんそん)地帯出身者の社会進出、医療技術の向上に向けての支援制度、それから税金の運用制度の見直しですね。昨晩で草案をまとめました。三王が揃った議会で提出するつもりなのですが、今しばらく議会は開けそうにないですし、ここにいるみなさんで粗(あら)があれば指摘してください」

　エスメはテーブルに、分厚い資料をばさりと置く。

「私がニカヤにいたとき、民の生活、それに対する政治の対処のし方、それぞれからヒントを得たものです。イルバスに転用できないものももちろんあると思いますので、みなさんの意見が必要不可欠です」

「……これはこれは……」

　ベンジャミンはあごに手をあて、エスメの資料をめくっている。なかなか見るべきものがあるらしい。

「まだ私の思いつき程度ですけど、でも私たちはなにも考えていないわけではない、この国のためにやりたい計画がある。赤の王冠の構成員にそう説明して、それでやっぱりイルバスに味方してくれるなら、良いことだと思いますし」

「そんな単純な……」

フレデリックはあきれている。

サミュエルは思わず笑った。エスメらしい意見である。能天気なのに、なんとなく信じたくなってしまう。

サミュエルの失いかけた理想を、エスメはいつも変わらずに追いかけている。

「陛下……笑わなくたっていいじゃないですか」

「相変わらずアホだったのでつい正直に反応してしまっただけだ」

エスメはくっと言葉をのみこんでから、思い直したように言った。

「反乱の地に行って、赤の王冠の構成員の話を聞いてきます。私はニカヤで、知らず知らずのうちにジュスト・バルバたちの思惑に巻き込まれてしまった人の話を聞きました。話せばわかる……なんてきれいごとだって言われそうだけど、話も聞かずに反目したままでいるよりかは、いいと思っているんです」

「わかった。行ってこい」

こうなったらエスメが聞かないこともわかっていた。サミュエルは嘆息し、ただしと付け加える。

「南へ向かう軍は僕が統括する。ギャレットと交代して、僕もほどなく軍を率いてこの王宮を発つ」

「ですが、陛下……体調は」

「別になんともない」

少し強がったが、生死のさかいをさまよっていたころよりもずいぶんましになっていた。

「ピアス」

「連絡係はおおせつかりました。ただしあまり長い間王城をあけるのはご遠慮ください。王宮は王あってこそです、陛下」

「わかっている」

ベアトリスは戻らない。サミュエルは、姉の決断を間違っているとは思わない。もはやニカヤはイルバスと一心同体、大事な要である。ここで再びニカヤに揺さぶりをかけられたら、またひとつ状況が悪化する。

兄の生還は正直なところ期待できない。しかしウィルとクローディアは行かせなければならないと思った。なぜだろう、あんなにいがみあった兄だったのに、今は彼の生還を切望している。

アルバートは常に、サミュエルの敵だった。姉を奪う存在で、王冠を奪う存在だった。

今こうして、王宮に取り残されて思う。イルバスには王がひとりだった時代が存在した。

歴代の王はこの孤独と重責に耐えて、生きてきたのだろうか。王杖がいて、家臣がいても、「同じ国の王冠をかぶる王」のかわりには到底ならない。

　それはもうひとりの自分のようで、決定的に違う。サミュエルとは別の意志と考えを持ち、それでもこの国のために動く。信用できないようで、誰よりも信頼できる。サミュエルにとって兄や姉とは、ひとことでは説明できない複雑な存在なのだ。

（僕ひとりの選択に、何千、何万という命が振り回される……この重圧。でも、もう僕は子どもじゃない）

　それでも選ばなくてはならないのだ。これはサミュエルに与えられた試練だった。兄は長子で、ひとりで王をつとめていた時代があった。ベアトリスはニカヤに向かい、彼の国を侵略から護り、立て直した。次はサミュエルの番だった。

＊

　ジョシュア・ブルックはリダライスに賭け、勝った。リダライスの引いたカードはキング。カミラはハートの十を揺らし、肩をすくめてみせた。

「ブルック氏の勝ちですわね」

　チップを押しやり、カミラはほほえむ。高額商品は彼のものだ。そういう風にしむけてカードを引いた。

ブリジットがシャンパングラスにフルーツを添えて、ジョシュアに給仕する。彼女がこれを運ぶときは、他の構成員の確保成功を意味する。

首尾良くいっている。いきすぎているくらいだ。

「どうぞ、リダライス氏と勝利の杯をかわしてくださいな。景品をお渡ししますので、別室にご案内しますわ。それともまだゲームを続けますか？」

あとは彼を捕らえて、他の仲間の居場所、次の反乱の発生現場を吐かせるだけだ。

「――いや、ゲームも乾杯も遠慮しておこう」

「え？」

ジョシュアはグラスをにぎりしめ、カミラにばしゃりとあびせた。

彼女の白い肌に、シャンパンの泡がしたたった。

「睡眠薬入り、もしくは自白剤入りか？」

「なにするのよ……」

カミラはシャンパンのしずくを飲み込まないように、ハンカチで口元をおさえた。ジョシュアの言うとおり、このシャンパンには睡眠薬を仕込んであった。眠りこけたジョシュアを別室に連れていき、身ぐるみをはがして牢に閉じ込めるつもりだったのだ。

ジョシュアはあごひげを撫でた。

「ここは押さえられたんだな、リダライス。しかし我々をやりこめようとしても無駄だ。私の配下の者にすでに知らせてある。私の従者が、懸命に走って外に控えていた仲間にコートを届けに行ったよ。そもそもこの賭博場に向かう馬車は殿下の召集の時期でないと動かさない決まりだ。殿下は今お忙しくて動けない。いくらそっくりに招待状をこしらえても、わかる者にはわかるのさ」

開催時期に決まりがあったのか。交通の便として使っている一般の馬車は通年運行しているようだったが、賭博場へ直行する藍色の馬車を動かすのは、キャベツの収穫時期にあわせていたのかもしれない。

ジョシュアはカミラの仮面を強引にはぎとった。

「お前、何者だ？」

カミラの顔を知らないイルバスの貴族はめずらしくない。カミラは公式行事の、重要な式典にしか顔を出さないし、それも出席できないことも多い。王に近しい立場の者でしかカミラの姿を見たことがないのである。夫と常に国を転々としているカミラのことは、むしろ他国の人間の方が、よほど姿を見知っている。

しかし、ここで親切に自己紹介してやるほどのこともない。

「ぶつぶつうるさいわね……前髪が崩れたでしょうが……」

毎日念入りにセットしている、くるりとカールした前髪が。いつもかわいいねとオーウェンがほめてくれる前髪が。取るに足らないクズのために乱されたことに腹が立つ。

カミラが男の胸ぐらをつかもうとすると、テーブルの周りの客人たちが立ち上がった。

彼らの懐から拳銃が見える。

いつのまに。カミラがくちびるをかむと、ジョシュアは目を細めた。

「ご招待した人たち、全員が武器を持参しているのかしら。入り口のチェックはそんなに甘かった？」

「入り口の使用人は、こちらで取り替えさせてもらった」

「その使用人たちのなかには兵士もいたはずよ」

「我々とて国を相手どって戦うのだ。丸腰ではないさ」

リダライスがくずおれる。赤い斑点が浮かび上がり、全身を痙攣させている。薬は取り上げたはずだったが、ジョシュアが隙を見て彼に渡していたのか。

（形勢逆転されている……!?）

カミラはジョシュアをにらみつける。

「リダライスに死ぬように迫ったのね」

ジョシュアは空になったグラスを指先でもてあそんだ。

「人聞きの悪い。リダライスは勝手に死んだのです。我々は忠誠心にあつい。殿下のためなら己の命も厭わない」

「忠誠心にあついのではなく、死ぬか言うことを聞くかしか選択肢をなくさせているだけでしょう」

カミラが指を鳴らすと、別室から兵士たちが突入してくる。本当は無関係の客は見逃してやるつもりだったが仕方がない。兵士たちと赤の王冠の構成員、たちまち乱戦になる。

悲鳴が響き渡った。出口めがけて人が詰めかけるが、兵士たちが逃走を防いだ。誰かが放った弾が、壁に風穴をあけた。

カミラは一刻も早く避難しなければならなかった。戦闘ではまるで役に立たない。ジョシュアがカミラをとらえようと手を伸ばすが、彼女はシャンパンの瓶を割り、襲いかかるジョシュアの腕をはたく。

ひきがねにかけられた彼の指先がぶれた。

（髪が長くなくてよかった。つかまれなくてすむ）

ジョシュアがひるんだ隙に、彼女は背をかがめて、テーブルから離れた。兵士たちがカミラを護るようにして取り囲んだ。

「この場にいる人間は賭博罪で全員逮捕します。あとから余罪はたんまり出てくるでしょうけどね」

「真実はいくらでも変えられる」

ジョシュアは高らかに言い放った。

「我々は違法賭博の現場を突き止めたのだ。コンリィ地方の市庁舎の地下にこのような大規模賭博場が作られたのは、政府の関与あってこそ。こうして軍人たちも賭け事にうつつを抜かしている！」

銃口をふりまわし、ジョシュアはありもしない妄想の筋書きを語る。

「あきれた嘘つきね。あなたがた、正義の王冠をかぶるのではなくて？」

ここにいる全員を口封じのために殺して、自分の保身をはかろうとでもいうのか。

民間人に被害を出さないと謳っているが、被害を口にできる民間人がすでに生きていないの間違いではないのか。

「なにが正義かというのは時代が決めるってことだ」

「その理屈で言うと、あなたがたが崇め奉るジュスト・バルバは間違いなく『悪』よ。あなたがたの『殿下』は王冠をかぶる資格などない」

ジョシュアが叫び声をあげる。弾が放たれるが、兵士たちの鉄の盾がはじく。ライナスが背をかがめてすばやく移動すると、カミラの手を引いて、控え室に押し込んだ。

「奥さまはここでお隠れになっていてください」

「勝てるの？」

あれだけ啖呵をきったが、カミラは少し不安になっていた。彼女はベアトリスのように罠や爆弾を作るのが得意ではないし、アルバートの婚約者のように並外れた怪力を持っているわけでもない。度胸と美しさと交渉力だけでここまできたのである。

「リダライスに賭博の会をひらくように言って、うまいこと構成員が集まってきたと思ったのに……」

「奥さまの手際で、たしかに赤の王冠の構成員は集まりました。あとはお任せください」

賭博場の存在があかるみになったときの対処法は、カミラが思っていた以上にきちんと決められていたのだ。おそらく合い言葉のようなものがあったのだろう。カミラは記憶をたぐりよせる。リダライスが「形見分け」と言った瞬間、ジョシュアの態度に変化があった。その後、彼は従者にコートを置きに行かせた——。

(おそらくあれが、賭博場が敵におさえられているという隠語だったんだわ)

そうしてジョシュアはリダライスに新しい薬をあたえ、仲間に連絡をした。

リダライスはきっと、ずっと赤の王冠に見張られていたのだ。赤の王冠の構成員たちは、仲間のようで仲間ではない。互いが監視者なのだ。仕立て上げた罪人が逃げないよう、彼らは注意深く対象者を取り囲んでいる。

カミラはソファの後ろに隠れ、足を抱(かか)え込んだ。

次に何をすれば良いのか。カミラは考える。

(戦闘は男に任せよう。私には、やるべきことがある)

まずはジョシュア・ブルック——スコット元男爵の派手すぎる金遣(かねづか)いについて調べなくてはならない。この賭け事に参加するための資金源はいったいどこからきているのか。

スコットの財産は、全盛期とは比べ物にならないほど目減りしているはずだ。ここでカード遊びに興(きょう)じることができることが、そもそもおかしい。

ほかにとらえられた人物との共通点もあるはずだ。彼らをたどっていけば、必ずあぶりだせる。隠れているジュスト・バルバに。

「そうだ。金貸しのリスト……」

スコットを含め、今日カミラたちがとらえた人物の名を調べるのだ。

スコットは落ち目である。賭けができるほどの金銭的余裕はないはずだ。

借金をしてまで賭け事に興じているのなら、金貸しが持っているリストには必ず記載がある。

しかし、スコットはなにを抵当に入れて金を借りることができるだろう。あれほどの賭け金、不動産や宝石を質に入れても用意できるかどうか。

（正規のルートでは、お金を借りていないのかもしれないわ）

カミラの知っているスコットの財政状況ならば、個人の名ではどこからも金を借りられないはずだ。

ブラックリストに登録され、泣きついたところで明日のパンをひとつ買う金を借りられる程度のものだろう。

「彼らをブラックリストに登録した金貸しの名を調べなくちゃ……」

カミラは懸命に推理してゆく。

おそらく、彼らに金を借りられなくしたのはジュストなのではないか。金貸しに圧力をかけて彼らに融資を断らせたのかもしれないし、金貸しこそ別の名を使ったジュストだったのかもしれない。路頭に迷った彼らに、さも善人のように手を差し伸べる――いかにも奴のやりそうなことである。

（そう。ひらめいたわ。ジュストは金に困っている人物、権力に固執する人物を次々と仲間にしている。金の流れをつかむのよ。必ずあいつにたどりつける）

扉が乱暴に開かれる。カミラは思わず顔をあげた。銃をもった男が、血走った目でカミラをねめつけている。カミラは声をあげることもできず、男の目を見つめていた。せっかく核心に迫れるところだったのに。

――殺される！

カミラは、おとずれるであろう衝撃にそなえ、目をつむった。

カミラに銃口を向けていた男は口をぱくぱくさせ、やがて膝をつき、倒れた。彼の手から銃がこぼれて、カミラのすぐそばにがしゃりと落ちる。

カミラは小さく悲鳴をあげて、後ずさりをする。

「奥さま、大丈夫ですか」

タイと髪を乱したライナスが、血相をかえている。彼の手には果物ナイフがあった。先ほどまで、彼はあれを器用に使ってカクテル用のフルーツを切っていた。

「ブリジットは、バッグヤードに隠しています」

「よ、よくやったわ、ライナス。あなたは間違いなく、オーウェンの次に良い男だわ」

「これ以上ないお褒めの言葉でございます」

カミラはほっと息をついた。

彼女の視線の向こうで、スコットは赤い斑点を浮かび上がらせ、苦しんでいる。兵士が彼をとりおさえた瞬間に毒をかみくだいたらしい。

「奥さま⁉」

カミラは床をけった。彼の口に扇（おうぎ）を突っ込むと、強引に薬を吐かせた。

「取れた……」

真っ黒な丸薬。

ハンカチでくるみ、それを取り上げる。

「ライナス。薬がまたひとつ集まった。これをすみやかにサミュエルに送って」

「かしこまりました」

「あとスコットも。息があるなら情報を吐かせるわ」

薬はリダライスの遺体もあわせて、緑の陣営に搬送する手続きをとる。解析班のところへたどりつくまでに、腐らないと良いのだが。

カミラはふらふらとソファに座り込み、ため息をついた。

「いやね。疲労とストレスは肌によくないわ」

かすれた声でそうつぶやくと、有能な執事のライナスは、彼女によく冷えたワインを差し出した。

＊

「荷ほどきをしたと思ったけれど、また旅だな」

エスメは、ベアトリスから贈られたドレスを広げて、懐かしそうに目を細めた。

ニカヤではさまざまなことがあった。明るくまぶしい太陽。真夜中の潮騒の音。イルバスとは違う、光り輝く星空。色とりどりの果物に、刺激的だった国民議会。

もちろん、良いことばかりではなかった。心を閉ざし、みずからの言葉を封じたマノリト王。さらには赤の王冠の暗躍が、常春の楽園をかき乱したのだ。

(マノリト王、お元気でいらっしゃるかな。ローガンは議会に出るようになったかな。ザカライアさんやヨアキムさんも……)

ニカヤは治安も安定せず、国民たちの間に不安が広がっていた。彼らがマノリト王の顔を見て、安堵した瞬間。その場にたち会えたことで、エスメは感じ入った。王とは何か——その答えのひとつを、ニカヤで見つけられた気がするのだ。

(王は、国民たちにとっての希望の光だ。私は三人の王を護れるような人にならなくては！)

エスメは軍服に汚れなどないか入念に確認する。ひとつに結んだ髪には、サミュエルから贈られたエメラルドの髪飾り。すでにイルバス南部に向かうための荷造りは終えている。現地で駐留軍と合流し、対策を練り直すのだ。

そして、左手の薬指には、輝く指輪。

エスメはそれを撫で、それから隠すようにして手袋をはめた。まだこの婚約は秘密だった。ごく親しい人にしか報告していない。

しっかりと仲間を導き、イルバスに平和をもたらすまで、公にはしないと決めた。

今回は留守をベンジャミンに任せている。旅路に、エスメにとっての師はいない。サミュエルも共に向かうとはいえ、彼の体調はまだ万全ではない。時折熱や頭痛で苦しんでいる様子なのに、無理を押しているようだ。不安がないとは言えない。

南部への行軍中に、もしなにかあったら。特効薬の開発途中で、クリスやフレデリックが罹患したら。これ以上死人が出たら。

不安の種はむくむく育つ。まだ見ぬ未来が暗澹たるものに思える。

約束されたはずの未来なのに、喜んでばかりもいられないのが辛い。

鏡の前で表情を曇らせるエスメに、来客を告げる声がする。

「ピアス公です」

エスメははっと顔を輝かせた。

ギャレットだ。イルバスに到着したのだ。

「お通しして!」

ギャレットはそっと執務室に入ってきた。黒い軍服に、赤い薔薇をかたどったガラス細工のブローチを胸につけている。ベアトリスお手製のものだ。

あふれかえった書類の山と、トランクからとびだした衣類を見るなり、彼は戸惑った様子だった。

「すまない。取り込み中だったか」

「ご、ごめんなさい。実はニカヤから荷物を後送してもらって、今届いたところだったんです。屋敷に運んでもらってもよかったんですけど、またすぐ南部に向かうので使い回せるものは持っていこうと……」

ちょっとずぼらをしてしまったところを、うっかり見られてしまった。

ギャレットは気にするな、と口をひらく。

「あのときは急いで船に飛び乗っていたからな。だが港の荷運びは大雑把（おおざっぱ）だ。なくなっている荷がないかは、きちんと秘書官に確認してもらえ」

「はい」

「あと、このようなときだが、おめでとう」

ギャレットの言葉に、エスメはきょとんとしていたが、ややあって顔を赤らめた。

サミュエルとの結婚のことである。

「そ、そうなんです。あの、ご存じだったんですね。サミュエル陛下からお聞きしたんですか？　あの、当の私もびっくりしたんですけど……まさかサミュエル陛下のお相手が私ってことになるなんて……」

「……おそらくびっくりしていたのはアシュレイル公だけだと思うが……」

「え？」

「いや、なんでもない」

ギャレットは咳払いをひとつはさむと、まじめな顔つきになった。

「サミュエル陛下はご結婚に関して箝口令（かんこうれい）をしいているが、俺には直接話してくださった。

このようなときだから、正式な発表前に祝いの言葉は不要だそうだ。だが俺くらいからは。おめでとう、アシュレイル公。これで俺たちも義理の兄妹だな」

「はい。もうひとり兄ができてうれしいです」

なにより、ギャレットが帰国してくれたことはエスメにとって頼もしかった。ギャレットはニカヤにいたときに、いつもエスメのことを気にかけてくれていた人のひとりである。

彼は元労働者階級出身で、王杖になることにかんして、当時は反対の声が少なくなかった。女性のエスメが王杖になることへの反発に、彼も同じように心を痛めてくれていたようである。

先に王になったアルバートは、誰にも文句を言われない王杖を選んだ。だがベアトリスとサミュエルは違った。出自や性別に前例がなくとも、王杖はつとまるのだと——みずからの王の名を傷つけぬよう、このふたりは常に気を張っていなくてはならないのである。

「南部行きに関してだが、全力であたってくれ。俺は北を統括する予定だが、間諜は数を増やす。幾人かアシュレイル公にもまわす、情報共有だけは以前よりも密に」

「わかりました」

「……元気がないな。やはり陛下たちのことが心配か」

「はい……」

自分くらい元気でいなければ、兵や家臣の士気が下がる。

わかっているからこそ、エスメは空元気を通してきた。だが部屋でひとりになると、気分が重たくなってしまう。

「俺は――いつかサミュエル陛下がアシュレイル公を妻にするときがくると思っていた。あなたが王杖に就任したばかりのころだ。ベアトリス陛下は、当時おっしゃっていた。『そのときは、また緑の陣営は荒れるでしょう。彼女が今のままならば』と」

　耳に痛かったが、その通りだと思う。

　緑の陣営の家臣たちは、エスメの王杖就任に不満だった。女が上にたつこともそうだが、エスメがまだ若く未熟で、実力をともなっていなかったからだ。

「王杖は王の右腕、伴侶は王の精神的支柱です。それがどちらも私になる。ベアトリス陛下のおっしゃることは、もっともだと思います」

「だが俺を送り出すとき、ベアトリス陛下はおっしゃった。『サミュエルがあの子と一緒になるのなら、きっと歓迎されるでしょう』と。それだけの功績をニカヤであげた。俺もそう思う。このような国難は初めてのことで、不安はあるだろうが、アシュレイル公らしさを忘れずにいてほしい」

　忙しい毎日に追われて、人は自分らしさを見失ってしまう。だがエスメがエスメでいることが、いつだって道を切り拓(ひら)くためのヒントになってきた。

　ギャレットの言葉は、エスメにそれを思い出させた。

「ありがとうございます、ピアス公。……あの、ピアス公は、赤の王冠との戦いはこれからどうなってゆくと思いますか」

エスメはゆっくりと続けた。

「あまりにもあちこちで問題が起こるので、我々は対処しきれないでいます。アルバート陛下もおらず、サミュエル陛下も体調が戻らない。イルバスは、もしかしたらこのまま……」

「俺たちは、ベルトラム王家を信じて、彼らにすべてを託して生きてきた。だが反王制派が生まれるということは、残念ながら時代は変容しているということだ。……あとは、この国に生きる民のひとりひとりが、どのような考えを持ち、どのような未来を望み、どのような王を求めるのか。それに懸(か)かっていると思う。これが――王杖としての俺ではなく、俺個人の率直な意見だ」

エスメははっと顔をあげた。

「アシュレイル公。あなたは色々な顔を持つことになる。王杖のアシュレイル女公爵、サミュエル陛下の妻、そしていつかは王の母になるのかもしれない。その場その場で器用に顔を使い分けて、生きてゆくことになるだろう。不安になったら、どの顔の自分がその場にふさわしいのか考えて、その顔の自分に託す。それも必要な処世術になってくる」

先ほどの質問は、とギャレットは付け加えた。

「王杖としての俺ではなく、ギャレット・ピアスとしての俺にたずねたのだと思った。なのでそう答えた」

「――合っています、ピアス公」

「あなたがあなた自身でいられる場所は大丈夫、きちんとある。今は自身を信じるんだ」

――私が、私自身でいられる場所。

故郷のスターグ。このイルバス王宮の執務室。薔薇の温室。

兄のクリス。共に苦労をのりこえたフレデリック。いつも導いてくれるベンジャミン。

そして誰よりも、サミュエルのそば。イルバスのさまざまな場所に、エスメ自身でいられる場所があった。

ギャレットに励ますように肩をたたかれ、エスメはようやく力を抜くことができた。

＊

スコットは一命をとりとめたが、かたくなに赤の王冠――特に『殿下』ジュスト・バルバに関しては、口を割ろうとしなかった。

賭博場の大捕り物は終わりをむかえ、一夜が明けると、このキャベツ農家ばかりの小さな田舎町は蜂の巣をつついたような騒ぎになった。

カミラはコンリィの町民たちに説明した。急死したリダライスの後を引き継ぎ、しばしの間カミラがこの土地をおさめること。しばしば住民たちには調査に協力してもらうこと。

賭博場への送迎のために走らされていたとはいえ、乗合馬車は住民たちにとっても貴重な足となっていたので、運行を続けることにした。ただし賭博場は万が一のときのための避難壕として作り変えることになった。

「賭博場に、他の顧客の手がかりになるものはあった？　ライナス」

「ございませんでした」

「住民たちのなかでギャンブルにはまっていた者は？」

「いないわけではありませんが、市庁舎の地下賭博場のことは知らない者ばかりであると。リダライス氏の使用人たちのなかにすら知らない者もおりました」

「引き続き聞き込みを。それから、リダライスの遺体は」

「ご指示通り、サミュエル陛下の毒の解析班――クリス・アシュレイルのもとへ、搬送いたしました」

「ふたりとも、ありがとう」

これで、急ぎの仕事はある程度片付いたか。

カミラは考えた。スコットの名は予想通り金貸しのブラックリストに載っていた。彼をリスト入りさせた人物は大陸の貸し金業の総元締めを営むタップネス氏である。この情報をつかむまでに、カミラは己のあらゆる人脈を使わねばならなかった。

タップネス氏の話は、カミラも小耳にはさんではいたが、誰もその姿を見た者はいなかった。社交界の人物は、借金や融資などの話を公にはしたがらない。カミラが足を運ぶような夜会や会合にも、もちろんタップネス氏の姿はない。極秘で行われているサロンにたまに招待されることもあるようだが、たいていは代理の者が出席するのだという。

「これだけの資産家でありながら、タップネス氏のことを誰も知らない……か」

なんでも、債務者に命をねらわれたことがあるからだとか、タップネス氏自身が後ろ暗い商いに手を染めているからだとか、実はやんごとない生まれのお方だから表に出てこられないとか、さまざまな噂がとびかっていたが、この正体不明のタップネス氏、実はジュスト・バルバである可能性はきわめて高い。

そして、気になることがある。とある貿易商がイルバス西部で新しい事業を起こそうとしているらしい――。なんでもこのあたりの土地を買いとり、鉄道を敷こうというのである。

そしてこの貿易商に莫大な融資をしているのが、タップネス氏であるという。

（タップネス氏がジュストで、貿易商もジュストならば、金を借りる方も貸す方もどちらも自分か……）

いくつもの会社を隠れ蓑にして、イルバスに食い込もうとしているのか。

イルバスの鉄道事業について、カミラは過去に何度か提案してきた。もちろんお気に入りの化粧品を販路に乗せるためである。イルバスでいつでもメイル社の化粧品が買えるなら、里帰りの頻度を増やしてもいいと思っていたからだ。

だが、そのたびに寒冷地のこの環境が障害となった。土を掘り、地下に鉄道を走らせる方法もあったが、地盤の調査だけでも多大な費用を要した。我こそはという民間の企業も現れなかった。

国営の鉄道会社を作るには、膨大な資本が必要になった。そのために課税は避けられない。遅かれ早かれ着手するべき問題だろうが、今はまだそのときではないというのがベアトリスの意見だった。

彼女相手に、この問題について一晩かけて激論をたたかわせたこともあるほどだ。

だからこそ、カミラにはわかる。スコットは騙されたのだ。

かたいベッドに拘束されたスコットを、カミラは冷たい目線で見下ろしていた。

賭博場の奥――かつては換金の場に使われていた小部屋に、スコットを見張るための特別室がもうけられた。

「ジョシュア・ブルック。いえ、スコット元男爵。あなたは鉄道王になる未来が約束されていたのね」

カミラがたずねると、スコットはうっすらと目をあけた。高熱のおかげで彼は失明しかけていたが、カミラの姿はぼんやりとわかるようだった。

「無理はしないで。本来ならすぐに死んでいた猛毒を口にふくんだんだもの。でも、生きていたのは私のおかげよ、感謝してほしいわね」

「感謝などしない」

スコットは吐き捨てるように言った。

「あなた、騙されてるわよ」

カミラは目を細めた。

「きっと殿下から話があったのね？　あなたは占い師ノアの口車に乗って、サミュエルを裏切った。そのときに財産と所領はいっさいがっさい没収されたはずよ。あなたは路頭に迷った。でも一文無しで新しく人生を始めるだけの度量もなかった……今まで通り、貴族の体面を保った生活を続けるため、あなたはお金を借りようとしたわね」

「……」

　スコットは妻や子どもたちの今後の生活のため、新たな事業を始めるべく借金をしようとしたが、どこからもそっぽを向かれた。食べるものにすら困窮する日々。サミュエルを裏切った身で、どの面さげて国の支援を受けられるだろうか。外国でひとはたあげるしかないと思ったスコットに、手を差し伸べたのはジュスト・バルバだった。

　彼は貿易商をいとなんでいて、商会の仲間をさがしているという。会社の口利きならば金も貸せると言われた。スコットに他の選択肢はなかった。

「私への融資は……サミュエル陛下がすべて止めていると……処罰しないかわりに裏から手をまわされて経済面から制裁を加えているのだと……」

「金融機関に圧力をかけたのはサミュエルでも政府でもない」

「うそを言うな」

「本当よ。そのような記録はない。サミュエルは組織再編の際、ノアにたぶらかされた者の罰はできるだけ軽くするようにしていたわ。経済的な制裁があっても、それはいっときの罰金程度のことで、あとは彼らの働きによって容赦していた。あの子は三人の王のなかで一番の甘ちゃんなのよ。ひねくれた奴だけど、そうひどいことはしないわ。恨みが次の犯行を生まないように、一応配慮したってわけ。あなたにサミュエルが経済的な報復をしているのだと吹き込んだのはジュストでしょう。あなたはジュストに騙されて、あいつの仲間になる以外の道を封じられたのよ」

「……」

「あなたに……もとい、イルバスの落ちぶれた貴族への支援を止めるように指示したのはタップネスという金融業界の元締めだそうよ。正体は不明。古くから銀行業をいとなんでいる人なんですって。この人がジュストとつながっているのか、またはジュスト本人なのかはちょっとわからないけれど、関与は十分に推察できる」

「そちらの勝手な妄想だ」

「ええ、もちろん。私の妄想。だってジュストは簡単に尻尾なんて出さないもの」

カミラは、ジョシュアの腕に巻かれた鎖を、扇の先で撫で上げた。

「以前シオン山脈にある廃鉱山を買い取った男がいたそうね。タップネス氏もその名義人のひとりに入っていたことがわかったわ」

「シオン山脈……？」

「聞きおぼえがあるんじゃないの？　赤の王冠のアジトのひとつが、そこの近くにあったんでしょう」

鉱山を買い取り、ガスの充満する危険な山を放置していたのは、おそらく赤の王冠である。

アルバートの母であるイザベラ王太后が、その山に拉致される事件があったことは、まだ記憶に新しい。

スコットは動揺したようだが、気丈にふるまっている。

「証拠はない」

「でも、鉄道事業の計画については、あなたが実際に聞いたことでしょう？」

以前リダライスは、使用人にこう漏らしていたという。殿下は西の地にイルバス初の鉄道を敷かれるおつもりだ。乗合馬車の次は、蒸気機関車の時代になるかもしれない——と。

その計画の主役に抜擢されたのが、スコットというわけだ。

「貿易の仕事を拡大する。いずれはイルバスに鉄道を敷こうと思っている……ジュストの話は、あなたにとって夢のようだったはず」

権力闘争にやぶれたスコットでも、鉄道王として返り咲くことができるかもしれない。汚名をそそぎ、雪辱を果たすのだ。鉄道が国のすみずみをつなげば、民の生活の基盤となる。王はスコット氏を無視できなくなる。

「でも、イルバスに鉄道事業をはじめようとしている民間業者がいるなんて話、ないの。どの王もそんな話は耳に入れてなかった。この国の環境はやっかいで、走行距離の短い区間ならまだしも、自然の脅威にはばまれて長距離間の線路の敷設はできない。やるならば地下を走らせるしかないけれど、石炭のすすが地下に充満したらどうする？　問題が山積みなのよ」

「すすの……出ない石炭があると……」

「その石炭はどこから手に入れるの？」

あるにはあるのかもしれないが、カミラが渡ってきた国々では、地下に鉄道を走らせているのを見たことがなかった。

大量のすすは顔や衣服を汚し、人々の喉を痛めつけた。火の粉が飛んで山火事をおこしたり、機関車自体の寿命も短く、すぐに車体を交換しなければならないなど、他国も鉄道にかんしてはいまだ手探り状態であったのだ。

「そしてここ数年の間に鉄道用の地質調査も入っていない。やるなら十年以上かけて、安全を確保できるだけの大型工事が必要よ。トンネルを掘ったら空気の入れ換えをするのに、そこら中穴だらけにしないといけないしね。その話すらなかったんでしょう？」

「……」

「だいたい、鉄道を敷くつもりなら真っ先に着手するのはベアトリスのはずよ。あの子そういうの大好きだもの。あの子を飛ばして話なんて進まないわ」

スコットとて、彼自身が冷静なときならわからないはずはなかったと思う。

ただ、彼は追い詰められていた。お金もなく、一族で路頭に迷って。そんなとき、ただひとりだけが手を差し伸べてくれたなら。その人の言うことを真っ向から信じてしまいたくなるだろう。彼には他に道がない。あるのはまやかしの光だけだ。

「あなたは賭博場の顧客集めに、リダライスと一緒に奔走していたらしいわね。いつのまにか犯罪の片棒を担がされたんじゃないの？」

彼は賭博場がひらかれた時からのお得意様である。前子爵の死にも関与していた可能性がある。

「ジュスト・バルバが鉄道を敷くと言っていた土地の詳しい場所が知りたいの。ひとくちにイルバス西部と言っても広すぎる」

カミラは静かにたずねた。

「彼がその土地を使ってなにかするつもりなのはたしかなんでしょ？　鉄道の話が本当なんだとあなたが思い込むくらいには。視察にも行ったんじゃない？」

「それは……」

「ジュストはあなたを切り捨ててなんとも思わない男よ。自殺用の薬を奥歯に仕込むよう強要する男の、どこに義理立てをしろっていうのよ」

「殿下はたいしたお方だ。この国に革命をもたらしてくださるのだ。私は栄えある闘士のひとりに選ばれたのだ」

——根が深いわね。

カミラはため息をついた。

己の罪を、己の勘違いを、己のあやまちを認めれば彼の精神はもたない。人は自分の信じたいものしか信じようとしない。

「あなたは、殿下にはめられたのよ」

カミラは淡々と言った。

「あなたに鉄道王なんて肩書きはないわ。はじめから用意されていなかった。あなたはジュストによって利用されただけなの」

スコットの息は荒くなってゆく。カミラは立ちあがった。

「休憩を」

他の構成員は鉄道敷設の候補地を聞かされていなかった。ジュストはかならず、スコットをともなってその地に降り立っているはずだ。でなければ彼はあんな夢を抱かない。もしかしたらスコット立ち会いの下、すこしは工事のまねごともしてみせたかもしれない。その場限りの工事業者をやとって。鉄道が通ったら、もうすぐこの土地の利権はあなたのものになると言って。

「奥さま、あの調子ですでに三日目ですが」

ブリジットが、カミラのために紅茶を淹れる。

「かたくなですね」

「そういう人だからこそ、ジュストは薬を与えたのよ。自分に忠誠を誓ってくれる兵隊をジュストは見極めているんだわ」

かんたんに口は割らない。けれどこちらも命がけでスコットを捕らえたのだ。意地がある。

休憩をはさんだ後、カミラは他の構成員の供述書を持って、スコット氏のそばに座った。

「あなたと一緒に逮捕されたルミエール夫人はこう言っているわ。招待状は一年前から届くようになった。ノアが消え、イザベラ王太后がサロンをひらかなくなってしまったので、自分は居場所がなくなった。そのうち退屈になって、ギャンブルに手を出して借金をこさえた。いつのまにかお金を借りられなくなった……イルバスの主要な貸し金業者に話が伝わっているようだった……そんなとき、どこから聞きつけたのか貿易商のダンブルという男が現れた」

「……」

「また、もとレストラン経営のリッドネス氏はこう言っている。ノアの支援のおかげで王都で七店舗もの大型レストランを経営していたが、彼との関係が明るみになり、店を他者に託すしかなくなった。アパートも追い出され、金を借りようとしたが断られた。日雇いのコックとして働いたけれど、明日の生活も知れない身。なにより王都で一流料理人として名を馳せていた過去を忘れることができなかったと。そんな彼の前にとつぜん現れたのが貿易商のダンブルだった。新しい店をやらないかと言われた。金はもちろん、僕が出すと」

スコットはカミラが読み上げる内容を、ただ聞き流していた。

「お金を借りられなかった人のもとに、こうもタイミングよく現れるなんて、まるで彼の手のうちに『お金を貸してもらえなかったかわいそうな人リスト』があるかのようね。貿易商のダンブル氏は、占い師ノアよりも確実に金に困っている人を当てられてよ」

ダンブル氏は、おそらくジュスト・バルバの偽名だ。

ダンブル氏は杖をついた老人で、身なりが良く、穏やかそうな人物であるという。

供述書を膝に置くと、カミラは続けた。

「ニカヤでは、国の支援を受けられなかった人たちに赤の王冠は言いふらしていたそうね。すべてベアトリス女王のせい。イルバスの干渉が国を貧しくしているのだと。あなたがたも似たようなものだったんじゃない？　すべてサミュエルのせいだと。または共同統治のせい？　ただひとりの正しい王に導かれなかったせいかしら？」

「……」

「あなたの信じるただひとりの正しい王は、あなたのことを信じてなどいないわよ。この賭博場のことが明るみになっても、助けにも来ないでしょ」

スコット氏は、うなり声のひとつもあげない。

(なかなか強情ね)

カミラは優しい声音になった。

「でも、私はあなたの気持ち、わからないでもないわ。――ひとは自分の道に迷ったとき、誰かにすがりたくなってしまう。その誰かが自分の未来を照らしてくれたら、こんなに心強いことはないわ」

カミラにとってオーウェンが、愛しい人であり、誰よりも自分のことを強くしてくれる人であるかのように。

　彼との愛をつらぬくためなら、カミラはどんなことでもできるように。

「あなたが自分自身のことをもう一度信じられるというのなら……そして、この国でもう一度ひとはたあげたいというのなら、私がチャンスを与えてあげるわ。あなたは鉄道王にはなれないかもしれないけど、人の命を救うことはできるはずよ」

　スコットの目が、ゆらりと動いた。

　彼を執着から解き放つためには、新たな道を与えるほかない。

　そしてカミラは、その道を指し示すことができる。

「教えて。ジュスト・バルバはどこに鉄道を敷こうとしていたの？」

「……」

「今度は私をあがめなさい、スコット元男爵。私はあなたに新しい生き方を提示することのできる唯一の人物よ」

「お前は……何者なんだ？」

「カミラ・ベルトラム・シュタインベルク。王冠を捨て、この国の女王にならなかった女よ」

　スコットは、力なく息を吐いた。

＊

精彩を欠いた顔の兵たちは、鉛のような足取りで行軍していた。

石ころだらけの街道には、イルバス軍の緑と青の旗が揺らめいている。

「次の橋のところで休憩だ。各自野営の準備をしろ」

サミュエルの声がけに、兵士たちはひそひそと不満そうに声をあげている。

「やっぱり、サミュエル陛下は体力がないから、休憩が多いな……」

「なぜ南に進軍なんだ。東へ行きたかった。どうせならアルバート陛下を探す部隊に入れていただければ、やる気になれたのに。アルバート陛下に忠誠を誓って青の陣営入りしたはずが、サミュエル陛下に従うはめになるとは」

「カミラ元王女殿下は西側にいらっしゃるんだろう。ご自身の統治区域なのにサミュエル陛下はなぜ西に行かないんだ？」

「カミラ元王女殿下はすでにたいへんなご活躍だそうで、サミュエル陛下の出る幕はないんだろう」

かしましい兵のおしゃべりは、とどまることを知らない。

──聞こえているぞ。

エスメに懇願され、馬ではなく輿に乗っての移動になったが、これが徒となった気がする。兵は輿の中がよく音を通すことを知ってか知らぬか、言いたい放題だ。

愛犬のアンが、うかがうようにサミュエルをのぞきこむ。彼女はとてもかしこく、飼い主の機嫌をこまやかに察することができるのだ。

自分の悪口だけならば、まだよい。

ちょっとしたことで兵たちの間にいさかいが起こるのは、考え物だった。

「お前ら、黙っていればずけずけと。活躍の場が与えられることを光栄に思え」

「活躍したいのはここじゃないんですけどねぇ。おたくの王がひ弱なせいで倒せる敵も倒せない」

「そこ！　やめなさい！　争う者は置いていきますよ」

エスメがぴしゃりと男たちをしかりつける声が響いた。

サミュエルは舌打ちをする。もとより、彼はことに青の陣営たちからの人望がない。同じ男王として、どうしても兄と比べられる。

陰口をたたくものは緑の陣営の兵士が叱責（しっせき）しているが、そのことがより軋轢（あつれき）を生む。

今回の件で、誹（そし）りを受けるのは致（いた）し方（かた）がないことである。肝心なときに倒れていたことも、その間にカミラに仕事を任せなければならなかったことも確かなのだ。出発前に熱が上がり輿に押し込まれたのもそうである。

（だが、仲間割れをしていては、いざというとき動けないぞ）

サミュエルはくちびるをかんだ。

輿の窓をあけ、兵に命じる。

「おい。次の休憩所でフレデリックたちの部隊と合流だ。斥候部隊は先に馬を走らせろ」

すぐそばにサミュエルがいたことをすっかり失念していたのだろうか。いがみあっていた兵士たちは、一瞬、あっけにとられたような顔になる。

「……」

「返事！」

「御意」

この後フレデリックの引き連れた軍が加わったら、兵同士のいさかいが増えるのではないだろうか。頭が痛む。

（南方の領主と連携を取り、守りを固めなくてはならないな……）

サミュエルは今回、南方の町・ナグトンを住民たちの避難先にしようと考えていた。

東は激戦地、北はあまりにも気候が厳しい。暖炉を使うのに必要以上の薪を消費する。西は食物があまりとれない。赤の王冠の魔の手がまだ及んでいない南の地で女や子どもを保護し、健康な者を缶詰工場で働かせ、配給品を作る。

ベアトリスが全陣営の協力のもと国に残していった缶詰食品の生産事業は、このような有事のときにこそ役に立った。

そして、サミュエルはひとつの可能性を見いだしていた。

ナグトンならば、地続きになっている隣国のエザント国との折衝しだいで、食物や住居を融通してもらえるかもしれない。

　エザント国の地方都市ザビアはナグトンと橋ひとつでつながっている。ザビアの領主はエザント国王・マグリの甥にあたる。マグリ王に直接交渉するための貴重な伝手なのだ。サミュエルの交渉次第では、イルバスの味方をひとつ増やせるかもしれない。

（ただし、助けを乞うにしても必ず交換条件はつきものだ。いったいなにを求められるか……）

　そもそもエザント国はできるだけイルバスに関わり合いたくないと思っている可能性もある。アルバートの行方不明は、おそらく噂程度ではあるがあちらの耳にも入っているだろう。

　これまでの歴史で、とくに両国が親しくしていたこともない。エザントは小国で、下手に大国と親しくなりすぎれば属国化してしまう未来が見えていた。たとえ地続きになっている国同士でも、外交面で彼らはしっかりと線引きをしてきた。

　国王マグリは老齢で、良い意味でも悪い意味でも他国の情勢には無関心である。野心がないので大きな外交問題も起こさない。

　余計な波風を立てたくないのなら、イルバスにもカスティアにも、かかわらないようにするだろう。

（これは、だめでもともとだな。ナグトンに到着したのち、避難民の収容先を確保することが最優先だ……ザビアの領主には僕の名代を送るか……）

連れてきている中で、立場的な適任者はエスメである。しかし、こういっては何だがエザント国はイルバス以上に保守的で、おおむね当世風でない価値観の残る国である。女の政治家もいなければ、女が王の側近であることもない。ましてやエスメは年若い。

彼女自身が悪いわけではないが、エスメでは初手から軽んじられてしまうだろうか。もちろん、今の彼女なら一度話をさせればくだらない先入観など、簡単に覆すことができるだろうが……。

万一のことを考えて、フレデリックもつけた方が良いかもしれない。しかし、しっかりしてきたとはいえ彼とて若い。本来ならばベンジャミンが適任だった。

——あまりにも人が足りなすぎる。三人も王がいるにもかかわらず……いや、三人も王がいるからこそ、それぞれが扱える適任者が少ないのだ。

休憩地点に到着する。サミュエルは輿を降りて、新鮮な空気を吸い込んだ。彼は輿の揺れに酔っていた。

アンが吠え立てる。フレデリックの部隊が、道の向こうに見えた。

「陛下。お迎えするはずでしたのに、到着が遅れ、申し訳ございません」

「かまわない。我々もたった今腰を落ち着けたところだ」

フレデリックは青の陣営の兵士たちを、自軍に如才なくふりわけている。

「血の気の多そうな奴は、俺のところで引き取ります」

「悪いが、任せた」

青の陣営の兵士たちは、どこかけだるそうで、疲れ切っている。アルバートがいなくなり、自分たちの主不在での戦いが長引いているせいだろう。

「これが大きな戦いでないことが、かえって災いしています。小競り合いや奇襲攻撃が頻発するので、場所ごとに兵を割り、指揮する者がころころ変わる。結果的に兵の団結力を削いでいます」

かといって、大きな戦いになってほしいわけではない。それを防ぐのがサミュエルの役目である。

言っているそばから、兵たちがなにかを言い争っている。焚き火にあたる順番でもめているらしい。

フレデリックは嘆息すると「失礼します」と言葉を切り、サミュエルに背を向けた。

「そこ！　なにを騒いでいる！」

ひと昔前はエスメとああやってもめていたのはフレデリックであった。懐かしむ思いで彼の背中に目をやると、小柄なエスメが駆けてゆくのが見えた。

「フレデリック。私が」

エスメがフレデリックの肩を叩く。

「みなさんどうしました。なにか問題が」

彼女が顔を出すと、もめていた兵士たちはばつが悪そうに顔を見合わせる。

「アシュレイル女公爵……すみません。こいつらが、しもやけができている隊員がいるのに、自分たちばかり優先して焚き火にあたっているんで……」

「違う。俺たちが先に火を熾したんだ」

まるで子どもの争いである。仕方がない。みな不安ななか、気が立っているのだ。

「しもやけができている方はどちらに。患部を火に近づけるとかえってよくないです。医療班が塗り薬を持っているはずですから、もらってください。薪が少なくて、寒い思いをさせて申し訳ない。彼が薬を塗ってもらって、ここへ戻ってきたら焚き火にあたる番を交代して」

エスメはポケットからとりだした焼き菓子を兵たちに配った。いつか彼女の従僕のレギーが焼いてくれたのと同じ。ベリーがごっそりつまった、ぼそぼそとした菓子である。

「我々は仲間です。どうか助け合って」

「……はい」

エスメが笑顔で兵をねぎらっている。彼女は周辺の兵士の様子を見てまわると、ようやくサミュエルのところへ戻ってきた。カップをふたつ、手に持っている。

「お湯がわきました。ただの白湯ですみませんが」

「かまわない」

カップは熱いらしく、エスメの手巾でくるんであった。サミュエルはそれを落とさぬように、慎重に受け取った。

「兵に渡していた菓子、懐かしいな。焼いてきたのか」

「レギーは故郷のスターグに置いてきましたので、私が。王宮の料理人に任せると、たっぷりバターを入れられちゃって、別物のお菓子になってしまうんですよ。私はバターをけちけちするこの作り方でないと、もうしっくりこなくて。考え事をしながら結構な数焼いてしまいました」

もうないですけどね、とエスメはポケットをまさぐった。

エスメは、サミュエルには菓子を渡さない。サミュエルがベリーを嫌いなことを知っているので、よほどのことがないかぎり、彼の前でその菓子を取り出すことはなかった。

「あの菓子を見ると、遭難して死にかけたときのことを思い出す」

「そうですね。あの折は、陛下が私にベリーのお茶を淹れてくださいましたね。懐かしいな……」

「そんなに昔のことでもなかった気がするが、今や戴冠前のあせりや苦労も、遠い昔のことのように感じる」

「私は男のふりをしていて」

「お前は崖から落ちて、かつらを吹っ飛ばしていた」

思えば、衝撃的な瞬間だったな。

サミュエルはあのときのエスメのまぬけ面を思い出し、くちびるのはしをあげた。

「そんなこともありましたね。あれは恥ずかしかったな」

エスメはくすくすと笑ってから、すぐに顔つきを引き締めた。

「陛下。これから避難民受け入れのために、リザイバラ街道の警備をされる予定ですよね。その警備の指揮を私に任せてもらえないでしょうか」

イルバス東部から南部へと続く街道をおさえることは、最重要事項となっていた。

街道はあまりにも長い。南部ナグトンからイルバス西部を経由して東部の町へとつながっており、馬を使っても終点の東部地域まで十日はかかる。

この街道をおさえるのは、避難する民を輸送するためだけではない。

東で戦う軍の戦況にも影響する。支援物資の輸送経路もかねているのだ。ナグトンをはじめとする、街道の要所要所の町で物資を充実させ、最前線へと運ぶことを計画していた。

「街道の安全確保が陛下の作戦の要であることはわかっています。青、緑のふたつの陣営が交わる大事な場所です。ですが、私に行かせてほしいのです」

「お前には、ザビアとの交渉に行ってもらおうと考えていた」

「私も、それが良いかと思ったのですけれど。ザビアの領主にとって私はただの小娘です。私より、陛下とフレデリックが赴かれるのが心証が良いかと思います」

「ただの小娘扱いされないためにニカヤに行ったんだろう」

「それはもちろん」

エスメは白湯を少しずつ飲みながら続ける。

「ただ、他国から見られたときの私の印象は……おそらくニカヤ以外は、厳しいものかと思います。ニカヤとて、ベアトリス陛下の後ろ盾に助けられたところがないとは言えません」

エスメは自身を冷静に分析しているようだった。

「こういったことは、初手の対応が大切です、陛下。もちろん陛下のお身体のこともありますので、できるだけ私が表立って動くようにはいたしますが、こと交渉事にかんしては……加えて時間もない。いくらでも時を使って良いのならもちろん私が参りますが、戦況は刻々と変化します。女性と子どもはすみやかに避難させないといけません」

「……」

交渉事は、エスメが正式な王妃となっていたら、まだ違っただろう。あちらとて王妃みずからがたずねてきたら、むげに扱うこともできまい。

「それに軍の指揮は、私がおこなった方がかえっていいと思うんです。人は守るものがあればこそ強くなれます。意外なことではありますが、今ここにいる王杖が女だからこそ、一丸となって支えなければならないという意識が、すでに兵士たちの中に芽生えつつあります」

――たしかに、兵は僕よりエスメの言うことをよく聞いている。

行軍途中、エスメの周囲には人が多かった。女だからちやほやされているというわけではなく、女だてらに戦おうという心意気を買われている様子だった。

日を追うごとにエスメは、青、緑両軍の精神的なよりどころとなりつつあるのである。

「軍の男たちは、妻や娘を置いてここに集まっています。私に彼女たちを投影しているようです。……有事ならではの反応と言えるでしょうか。街道を守ることは、彼らの家族を守ることにつながります。それならば、私が出た方が良いのではないかと……」

今回の作戦は、攻めではなく守りの作戦である。エスメいわく、男たちにとって庇護すべき存在である女性が上に立つ方が、気持ちにまとまりが出るというのだ。

以前は女であることが彼女の弱点となっていたが、今回はそれを逆手に取ろうとしている。

（姉さまの影響だな、これは……）

ベアトリスは思いつきと情緒で夫を振り回し、心をつかんで離さない。結婚してからは特にその傾向が顕著だ。ギャレットの方も口ではなんだかんだと言いつつ喜んで振り回されている。ふたりの様子をそばで見ていたからこそ気がついたこともあったのかもしれない。

男社会の中で女性が上に立つことにおいて、男より上の実力でおさえつけるやり方も悪いとは言えないが、同時に敵も増やしてしまう。ベアトリスは女王になりたてのころ、この問題との付き合い方をまだ模索していた。

エスメはニカヤで、周囲の様子や変化に敏感になり、柔軟に動くということを覚えて帰ってきたようである。

「お前の言いたいことはわかった。任せてみよう」

「本当ですか」

「ただし、フレデリックは連れていけ。僕ひとりで交渉くらいできる」

エスメは普段は楽観的なくせに、サミュエルに対しては心配性すぎるのだ。

鼻を鳴らすサミュエルに、エスメは「そうさせていただきます」と苦笑した。

*

イルバス西部、リザイバラ街道沿いの寒村、ロエール村。

ジュスト・バルバが鉄道開通のためにおさえていた土地である。

カミラはその村の片隅に掘られた、地下倉庫に足を踏み入れた。土塊だらけでブーツはあっというまにくるぶしのあたりまで汚れてしまった。

「おあつらえむきに怪しい扉よね」

カミラは腕を組んだ。ブリジットはこわごわとカンテラを持ち上げ、ライナスは、ふたりを背に庇った。

地下倉庫の扉には、頑丈そうな鉄製の錠前がかけられていた。これの鍵は、スコットが持っていた。カミラは彼から鍵と地図をあずかると、サミュエルから借り受けた護衛部隊に手前の町まで送ってもらった。そこでちょうどサミュエルたちが南部の町ナグトンに到着し、街道警備にうつる旨の知らせがあったのである。自身が従えてきた部隊は、その任務につくよう命じて帰していた。

（なにより、大勢の兵士を連れてきて、私がこの地下倉庫に気がついていますと宣伝して歩くのは、ちょっとよくない気がしたのよ）

スコットは、ぎりぎりまでこの秘密の空間のことを黙っていたのである。

走り書きの地図を片手に、カミラはロエール村をおとずれた。

林檎の木に隠されるようにしてぽつんと存在する、特段特徴のない村である。住んでいるのは年寄りと子どもばかり、自給自足で、牧畜と畑作で食いつないでいる様子だ。便利なのは集落のすぐそばに街道があることで、そのせいか若者たちは街道を伝って南か東へ出稼ぎに行く。

ロエール村の地下に食料庫があるというが、ここ数年扉を開けた村民は誰ひとりとしていないという。

高齢の村長が亡くなると、古い住民が村を守っていた。カミラの言葉によって倉庫の存在を、今しがた思い出したかのような反応だった。

――こんなところに地下倉庫なんか、あったっけか。

――いや、わしらも子どものときに迷い込んで、えらい怒られたよ。それっきり。あれえ、そういえば鍵が必要だったような。

――倉庫って、なんでぇ、何が入っているんだい。林檎かね、それとも酒か。もし生ものだったらひどい匂いがするんじゃないのか。

――知らないよ。鍵がないことには確かめようがない。村長さんが持っていたのかしらねえ。まいったねえ、村長さんのせがれがいないと、勝手に家をあさるわけにもいかないし。

「そのせがれとやらは、どちらにいらっしゃるの？」

カミラがたずねると、村民たちは顔を見合わせた。

——いやあ、存じ上げないなあ。王都で立派にやってるって、村長さんいつしか自慢してたよねえ。

——なんでもさ、貿易関係のお仕事についたんでしょ。

——何年も帰ってきてないからね。きっと世界中をとびまわって、忙しくしているんでしょう。

「そう、貿易関係の、もう結構。私はサミュエル陛下の許可のもと、一時的にこちらの地域を統治させていただくことになりました。つきましては地下倉庫の様子を拝見させていただくわね」

村長の息子は、赤の王冠に取り込まれたか。ここにいないということは、とっくに死んでいるか、どこかで非合法活動に絶賛参加中なのかもしれない。

「ぎりぎり、鼻先ひとつ我々が先だった、ということね」

カミラの視線を奪ったのは、木箱に詰められた火薬の山である。

「これは……」

ブリジットは言葉を失い、ただ中の様子をながめている。

「よくもこれほどの数の火薬を」

「トンネルの開通のために使うという方便で用意させたのかもしれないわ。これを見ていたからこそ、スコットはジュストの鉄道計画を本気にした」

「ロエール村は、村落の合併のために近年リダライスの管理下となっておりました。ただ、リダライス自身がこの火薬について知っていたかは定かではありません」

「知らないはずがないわ……」

それぞれの痛いところをつく、ジュストのやりかただ。秘密を明かす際には人を選んでいるようだが、さすがにリダライスを通さずに彼の領地に火薬を運び込んだりしないだろう。こうして発見されたときに口裏を合わせなくてはならないのだから。

「奥さま、こちらを」

ブリジットが、甲高い声音で呼ぶ。

「爆弾に加工されています」

ブリジットが、蓋の開いた木箱にカンテラの光を当てる。円盤状の無骨な鉄のかたまりがいくつもおさめられていた。人が踏むことによって爆発する仕組みの爆弾――いつかべアトリスが、物騒なものを発明していたことがある。あれとよく似た造りである。

「……もしこれを街道沿いに埋めていたら、どうなっていたかしら」

イルバス軍やナグトンに向かう避難民たちはたちまち被害にあっていただろう。

ジュスト・バルバは、この街道がイルバス軍に利用されることを、予測していたということなのだろうか。カミラがこの場所を割り出すことができなければ、イルバス軍を待ち受けていたのは火の海だったかもしれない。

「ちょうど良いわ。押収してやりましょう。敵の火薬が手に入ってとても幸運よ。この爆弾を赤の王冠のアジトにでも仕掛けてやろうじゃないの」

「さようでございますね」

「ジュストも存外まぬけよね。まぁ私を相手にしたら、誰だってまぬけにならざるをえないんですから、相手が悪かったわね。いい年してまんまとだしぬかれてかわいそう！」

「もっともでございます、奥さま」

ブリジットとライナスにおだてられ、カミラは勝利の笑い声をあげた。思い切りの笑顔で化粧が多少くずれたとしても、この暗がりならば目立たない。

「さて、では早速……」

カミラが火薬の箱を検分しようと、手を伸ばしたときだった。

――ぴちゃり。

ぴちゃり、ぴちゃり、ぽたり。

カミラの頬を、冷たい水滴が伝った。

「なに、冷たいわね……」

ざあ、と。

天井の隙間から、大量の水が雨のように降り注いだ。

「奥さま‼」

ライナスがカミラの手を引く。ブリジットのカンテラが、たちまちに消えてゆく。

三人は背をあわせ、注意深くあたりを見回した。

「地上からの攻撃です」

カミラはくちびるをかむ。やはりスコットが謀ったのか。それとも――。

かつん、かつん、かつんかつん。

天井のあたりを、硬いもので規則的に叩く音がする。

そう、まるで棒きれを叩きつけているかのような。

「出口の方向はおぼえているわね、ライナス」

「もちろんでございます」

かつん、かつん、かつん。

「――あの音は」

震えるブリジットの肩を抱き、カミラは目をつり上げる。

「杖で叩いている音よ」

「私が様子を見てまいります」

ライナスは静かに言った。

かつんかつん、かつんかつんかつんかつんかつん。

地獄の扉を叩くかのような、不気味な音だ。

杖。ジュスト・バルバは高齢で、片足を引きずり、杖をついて歩くという。いるかもしれない。カミラの頭上に。ジュスト・バルバその人が。今ここで捕らえれば、このばからしい王権争いにも決着がつく。それですべてが終わる。
でも、相手は果たしてジュストひとりだろうか。カミラたちがこの地下倉庫に入ってい
くところを見計らって、水浸しにしたのだ。大勢の荒くれ者を連れているだろうか。もし
かしたらこの村に、長いこと潜伏していたのだろうか。火薬を見張るために。
（火薬に万一のことがあったときのために、火消しの仕掛けまで整えていたのか……）
倉庫を見つけ出したものを始末するように、住民に話をつけていたのか？　でも、事前
の聞き取り調査で村人たちのあいだに不自然な様子は見られなかった。あれが演技だとい
うのなら、ロエール村の住民たちは全員が名役者である。
したたる水が、少しずつ三人の体力を奪ってゆく。
三人は背を合わせたまま、耳をすませる。
「ライナス……」
ライナスはしっ、とカミラの言葉をさえぎった。誰かが脱出路を確保しなくてはならな
い。だがここでライナスを行かせて、地上に大勢の反王制派がいたら、彼の命はない。カ
ミラはライナスの指先をさぐりあてると、しっかりと握りしめた。
ライナスは、カミラの耳元でささやいた。
「光栄に思います。降嫁前より私を重用いただいたこと、こうして奥さまの信頼を得られ

たことを」

「……」

「奥さまは気にしておいでですが、本当は、奥さまの普段のお声はとても可愛らしいと思いますよ。ぜひ帰られましたら、旦那様に本当のお声をお聞かせください」

オーウェンに聞かせるときは、いつも一オクターブ高く出している声。低い声はかわいらしくないと、カミラはずっと気にしていた。化粧で顔はきれいにできても、地声までは変えられないのである。

ライナスの言葉に、ブリジットがすすり泣いている。カミラの背を支えていたライナスが、ゆっくりと離れていくのがわかる。

暗闇の中で、カミラは固唾(かたず)をのんで、それを見送るほかなかった。

*

リザイバラ街道に、雪が降り始めた。

街道警備が始まったと思ったら、急に冷え込みだした。まったくもって油断できない。

手袋をはめなおし、エスメは眉を寄せる。

少し前に、カミラにつけていた自軍の兵士と合流した。カミラは赤の王冠のメンバー、スコット元男爵をとらえたらしい。そして、コンリィ地方を統治していたリダライス・ダルウィ子爵も。リダライスの方は自決し、遺体はクリス率いる病の解析班へと送られた。

「この街道に、ジュスト・バルバが鉄道を敷こうとしていたという計画があるそうです」

伝令兵の言葉に耳をかたむけながら、エスメは帽子のひもをほどいて、耳当てをおろす。部下たちにも同じように頭と耳を守るようにと指示をだす。粉雪が風に乗って舞い、耳が氷のようにきんきんに冷えていた。

「鉄道を敷く……。不可能ではないのですか？　この豪雪の地では」

「地下に鉄道を走らせる計画だったようで」

「そういうことなら、ベアトリス陛下の専売特許のはず」

「同じことをカミラ元王女殿下もおっしゃっていました。しかしこの鉄道計画にだまされて、元貴族や将来のある若者たちが、ジュストの口車に乗ってしまったようです。列車を走らせるための資金作りと称して違法賭博にも手を染めていたようで」

「掘れば掘るほど余罪が出てきそうですね」

エスメはため息をつく。スコット元男爵は以前、イザベラ王太后を籠絡（ろうらく）していた占い師ノアの主張に傾倒していた人物だ。所領没収の対象者リストに掲載されていたので、おぼえている。

一度権力闘争に敗れた者は、しかるべきやり方でのし上がることはむずかしくなる。

フレデリックは、眉を寄せている。

「貿易事業家、金貸し屋、赤の王冠のリーダー……さまざまな顔を使い分けて、ひとり何役もこなしながら、たくみに人々を騙していったのか、ジュストは」

「そうみたい。ジュスト自身があまり表に出ない人物だからこそ可能だったんだと思う」

「これからどうする？」

フレデリックにたずねられ、エスメは考える。

優先すべきは街道警備と避難民の保護である。すでに第一の避難民たちは東部地域からこちらへ出発したと知らせを受けている。

「避難される人の中で、ナグトンにたどりつくまでに体力が持たない人もきっと出てくるはず。中間地点の村々に、病院は？」

「小さな町医者程度のものですが、いくつかは」

「薬や包帯はどのくらい融通できる？　ナグトンからの物資到着が間に合わない可能性もあるから、兵を派遣して、各地の医師に聞き取りを」

「かしこまりました」

小さな子を背負った母親や、自分の足で歩くことが精一杯の老人は、この長い道のりは苦労するはずである。しかも雪だ。深く積もれば馬車は使えない。橇の台数は限られているので、歩ける者は徒歩での移動となる。

イルバスの民なので雪道は慣れているはずだが、深く積もった雪道を歩くのはよけいに体力を使う。体も冷えるだろうが、取るものも取りあえずで避難した人は十分な防寒もできていないはずだ。

　エスメは伝令兵たちを召集した。

「このあたりの病院の空きベッドの数を調べて。ベッドが空いていなかった場合、一時的な避難所として住居を貸し出してくれる民がいるか、あたってみて」

「かしこまりました」

　エスメはできるだけ指示を絶やさないようにした。もとより青と緑の両陣営の軍は、組織としての性格が違いすぎる。ちょっとしたことでいさかいになるのはそのせいだ。

　青が良かれと思って動いたことでも、緑にとっては好ましくないこともある。互いのやる気をそがぬよう、指示系統は麻痺させてはならない。

「フレデリック。私は、カミラ元王女殿下に事情を聞きたいな。伝令ごしでは必要な情報をもらっているけれど、こちらの街道警備の様子も逐一報告してさしあげたほうがよいかと思う。困っていらっしゃることがないかもお聞きしておきたいし」

「たしかに、その必要はあるかもな。駐留兵の配備がてら、俺たちはくだんの村へと進むか」

　フレデリックがてきぱきと兵士の割り振りをする。激戦地の東へ近ければ近くなるほど、戦の経験豊富な者を多く。逗留地になりそうな村々の入り口には、医師や看護知識のある自陣営の兵を。

「それから避難民の中で、元気で働く意志のある女性がいたら、各逗留地での協力を提案して」

「女性医師にするのか」

「ちょうど医療の専門家が揃っている。本当は学校へ行ってもらって、ゆっくり学んでもらいたいけれど仕方がない。結果彼女たちが医師にならなくとも、受け取った知識はまわりの看護に役に立つはずだから」

医師不足と女性の職不足、両方を解決するには今はこれしかない。

「遠回りかもしれないけれど、イルバスの民の幸福度を上げることが、赤の王冠への一番の対抗策になると思う」

「それはたしかに名案だな。わかった。まずは第一の避難民の中から、希望者を募ってみる」

カミラがいるというロエール村への駐留兵の選定を終えると、エスメとフレデリックは兵を率いて出発した。兵士たちに敬礼で送られ、エスメも敬礼をかえす。

肩を並べるフレデリックに、エスメはひとつの知らせを共有した。

「今、ピアス公が援軍として、北部地域の兵を東部へ派遣したと連絡があった。ブラス地方で膠着（こうちゃく）している戦況を有利に進められたらいいんだけど」

ギャレットの間諜が、エスメに伝えてくれたのだ。

「あとはベアトリス陛下かサミュエル陛下に、王宮に戻っていただくだけだな」

「そうだね」

「お前としても、戻りたいだろう。サミュエル陛下はお前が戻ってこられてから、起きていられる日が多くなった。戦地で離ればなれは良くない」

からかうように言われて、エスメはため息をつく。

「でも、クローディア様を見ていると、とてもそんな贅沢は言えないよ」

結婚の約束をしたアルバートを探して、今彼女はブラス地方にいる。知らせによれば、土砂崩れの被害は甚大で、大きな岩や固まった泥を掘り起こすのにも大変な労力がいるらしい。人員も乏しく、予備役の老兵や一部の有志の民たちを中心に、アルバートの捜索を進めているのだという。昼間に動けないクローディアは、一晩中泥をかき続け、朝陽がのぼると同時に倒れ込むように眠りについているのだとか。

大事な戦力である現役の兵士を捜索にあたらせないようにしているのは、クローディアとウィルの判断ゆえだろう。本当はアルバートと共に戦った兵士たちが、誰よりも王の捜索活動に参加したいはずだ。

兵士たちは今も、ブラス地方で銃や剣を取り戦い続けている。

「自分の気持ちを、誰かの状況と比べてもいいことなんてひとつもないぞ。今はみんながなにかを我慢しなきゃいけない状況にあるなんてわかってるさ。でもお前くらいは自分に正直でいないと」

「……サミュエル陛下に会いたい」

ぽつりと本音が漏れた。

サミュエルは、この状況を歯がゆく思っているはずだ。兵士が不満を隠そうともしないことも、兄がいなくなり、姉が帰国しないことも、体の自由がきかないことも、彼にとってままならないことばかりである。

そんなサミュエルをそばで支えたい。離れていればいるほど、その気持ちは強くなってゆく。

「離れて二日も経ってないが」

「そういうものなの」

「けっ、ごちそうさん」

「自分が言わせたんじゃないか」

ロエール村まではあと三日ほどかかる。旅のお供がフレデリックなのは心強いが、なぜだろう、胸騒ぎがする。

かつん、かつん、かつん。

遠くから、地面を割るような、耳障り(みみざわ)な音が響く。

＊

「アシュレイル卿(きょう)、カミラ元王女殿下より新たな被検体が届きました。また薬の一部も同じく到着しております」

「至急成分の分析にまわします。試薬品を順に並べていきますがよろしいでしょうか」

「実験用の動物なのですが――」

「は、は、はい、ひぃ、げっ」

クリスは目を回していた。予想をはるかに上回る忙しさである。

イルバスで流行している病と、赤の王冠の構成員たちが自決用に使った薬。そしてサミュエルが感染した病との関係性。すべてがつながり、治療薬を生み出すことができれば、突破口が見える。

そして、罪なき一般市民に病気を広げたのが赤の王冠なのだとしたら、もうジュスト・バルバの王位継承など可能性のひとつとしても認められない。

（もしこの病が人為的なものなのだとしたら、ジュストを脅威に思う者はイルバス人だけじゃない。この大陸、いや世界中の国々がみな、赤の王冠を拒絶するはずだ）

彼らを強制的に解散させる。そのためには味方を増やしたい。クリスのしていることは、その切り札になる。

（今病で苦しんでいる人を助けること、そして将来的に罹患するかもしれない患者を救うことが、僕にできることだ……そんなたいそうなこと、で、できるかわからないけど、やるしかないんだ）

国内の名だたる名医、そしてベアトリスから派遣されたニカヤの医師をもまじえて、緊急の医療チームが編制された。責任者を任されたクリスは、眠る時間すらもろくに取れないでいた。

エスメが王杖に就任したのとちょうど同じ頃、クリスも医療分野においての自身の見聞をふかめたいと思っていた。

クリスはどんくさくて戦には不向きだし、緊張するとげっぷがでるせいで交渉ごとにも向いていない。頼りないので人望もない。だがもとより勉強が得意な彼は、いちはやく単位を取得し、医師学校を来春で卒業予定である。侍医をのぞけばサミュエルに最も近しい医療従事者のひとりとして、クリスなりの立ち位置を確立しつつあった。

「サミュエル陛下の薔薇園の枯れ葉から、反応は？」

「ありました。ごくわずかですが、カミラ元王女殿下から送られた薬と似た成分が検出されています」

やはり……。クリスは眉を寄せる。

サミュエルが大事にしていた薔薇の温室。咲いていた薔薇はほとんどが枯れてしまった。サミュエルはそれを残念に思っていたようだが、自身がずっと寝込んでいたから仕方がないと言っていた。

クリスはなんとなく、その温室に足を踏み入れた。そこで奇妙な発見をしたのである。まるでそばかすが散ったかのような、不自然な花びらが見受けられたのだ。

（温室に入ることができる人って……）

緑の陣営の、サミュエルの顔見知りの家臣。そしてサミュエルが許可した庭師。どちらもサミュエルが子どもの頃から仕えている人物である。あまりこの可能性は考えたくはない。

　薔薇の肥料の出入り業者は――。

　サミュエルは、自身が混ぜ合わせた特別な肥料を使っている。しかし国王就任後は忙しく、肥料は近しい成分のものを輸入していたはずである。イルバス産の土と肥料では薔薇はうまく育たない、といつかこぼしていたのだ。

　土にも枯れ葉と同様の成分が検出されているのなら、肥料に異物が混入していた可能性は高い。

「最近サミュエル陛下が使っていた肥料の輸入元を調べてみるか」

　肥料の業者、クリスは乱暴にメモに書き付ける。

「アシュレイル卿、実験の準備が整いました」

　小さな檻に閉じ込められたねずみが、きいきいとおびえている。

　クリスは息をついて、淡々と指示を出す。

「左から順番にねずみに投薬。それぞれの行動や変化を記録してください」

　クリスが現段階で行っているのは、解毒剤の精製ではない。そっくりの毒物を作ることだ。

　なにしろカミラの送ってくれた薬は少量で、満足に研究を行うことができない。病気にするネズミはいくらいても足りなかった。赤の王冠の構成員たちが持っているものと同じ毒を量産し、ネズミに投与する。病気にしたネズミがそろって初めて、解毒薬の臨床実験が行えるのである。

　そのうちネズミよりも、もっと大きな動物で実験する必要が出てくる――。

「赤の王冠の構成員をかたっぱしからつかまえて、できるだけ薬を集めてもらわないと、とてもじゃないと成功しそうにない……」

　それがどれほど大変なことかは、クリスも理解できている。薬を飲まれてしまったら取り出すのは至難の業であるし、赤の王冠の構成員のなかでも自決用の薬を渡されているのはジュストに近い、ほんのわずかな人間だ。

「アシュレイル卿、こちらをごらんください。数刻前に投薬したねずみに変化が」

「へっ」

「体中に斑点が浮き出ています。本物の薬と、症状が酷似している」

「へええっ、すごいっ、げっ」

　籠の中のねずみを見て、クリスは素っ頓狂な声をあげる。

　これで一歩近づいたか。

「至急、同じ成分の薬をもうひとつ作ろう。もっと体の大きなネズミに投薬しよう。それから――」

　かつん、かつん、かつん。

　興奮したせいだろうか。クリスの手から、ガラス細工のペンがすべりおちた。

「おっと」

ニカヤの海のように、光を帯びた青。エスメのニカヤ土産である。

エスメはニカヤでの滞在中、土産ものなど買う暇すらなかったというが、これはたまたま町の視察に出たときに市場で見かけて、クリスにとあらかじめ買っておいてくれたものだったらしい。

クリスはニカヤの海を見たことはなかったが、このペンを見る限り、とても美しい場所なのだと想像できた。

「よかった。ひびは入っていない」

妹も、遠くでがんばっている——。はやく良い知らせを届けなくては。

かつん、かつん、かつん。

ペンを落としたときに小気味よく響いた音が、やけに耳に残る。

研究が一歩進んだことを報告するべく、クリスはペンを走らせた。

＊

サミュエルと相まみえるのは、ザビア領主、カラク・ナフハ。エザント国、マグリ国王の甥である。

高齢のマグリ国王はよく行事を欠席する。名代は必ずカラクである。外交の場でサミュエルをよく目にしていたカラクは、彼の変化にも敏感だ。

「いやはや、イルバスのサミュエル陛下御自(おんみずか)らおたずねくださるとは。しかしここ数年ですっかり印象が変わられましたな。年々ご立派になられて」

「祖父によく似ていると言われるようになりました」

「はい。エタン王配には、私も幼い頃ご挨拶したことがございます。このような辺境の土地にも足を運ばれて。私は当時、ただの若造でしたが優しくお声がけをいただきました。いや、そっくりの瞳をされていらっしゃる」

　エタン王配と同じ瞳を受け継いだのは、サミュエルだけである。きょうだいも、両親ですら苔(こけ)のようなまだらの瞳を持っていない。顔が似てきたせいか、このところよく昔話を聞かされる。

　カラクの古城ではこれみよがしな晩餐(ばんさん)の席が用意してあった。よく磨かれた銀食器が、照明の光を受けて輝いている。

　サミュエルはすすめられるがまま、椅子に腰をかける。使用人の数をしぼっているようだった。人払いをしている様子だ。

　国王の甥である彼が、イルバスの国境付近に領地をかまえる意味を、サミュエルは理解している。イルバスのどのような干渉も、受け流すように――国王の意志を、カラクは何十年も……それこそサミュエルの知らない祖父の顔を知っているほど、古くからザビアを守り続けてきた。イルバスが浮こうが沈もうが、時代に流されないこと。生き残り続けてきたのは、彼らがかたくなに中立を守ってきたからだ。

「僕がカラク公をおたずねした理由を、お察しくださっているのでしょう」

　単刀直入に言うと、カラクはほほえんだ。いたずら好きの子どもをながめる父親のような表情である。カラクはちょうど、サミュエルの父親といってもいいほどの年齢だ。

「このような土地柄ですから、噂は漏れ聞こえてきます。……アルバート陛下が、長らく表にお姿を現されない理由や、ベアトリス陛下がイルバスにお戻りにならない理由もね」

「赤の王冠については？」

「多少。あまり詳しくは」

　そうはいっても、カラクほどの人間がまったく知らないはずもないだろう。

　サミュエルは、赤の王冠についての説明を省いた。

「彼らによって、我が国は危機に瀕しています。助太刀を願いたいのです」

「我々に武力は期待できません。それこそニカヤを頼られた方がよい」

　きっぱりとした口調だった。サミュエルは首を横に振る。

「貴国の国民を、巻き込むつもりはありません。僕はナグトンを民の避難先にするつもりです。ただ、食糧と薬品が足りない――お譲りいただくことはできますか」

「……もちろん喜んで、と言いたいのはやまやまですが」

　カラクはテーブルに両ひじをつけ、指をくんだ。

「いずれイルバスに、カスティア軍が攻めてくるでしょう」

「……」

「これは、ほぼ決定事項だと思ってよいでしょう。あなたがたはアルバート陛下を失い、騒ぎが大きくなりすぎだ。傾きかけたイルバスを放っておいてくれるほど、カスティアは甘くありません。六十年前の戦争で一度、そして数年前のニカヤ戦で二度、イルバスに苦汁をなめさせられている。あちらにも意地があります。今度こそ貴国を我がものにするつもりです。そしてニカヤもね。さすればカスティアは向こう百年は敵なしになる」

料理が運ばれてくる。やたらと豪勢な料理ばかりだったが、サミュエルはとても口をつける気にはなれなかった。

これは公式会談ではなく、あくまで私的な交歓にしておきたい、カラクの意志のあらわれである。

「そして我々は、巻き添えを食らいたくないのです」

「……もちろん、食糧や薬品は必ず金銭をお支払いします。あくまで経済的な取引をするだけ」

「それを許容するのなら、我々はカスティアにも同じだけの食糧と薬品をお渡ししなければならないのです。あくまで中立を保ちたい。我々は小国で、そして我々の王はとても高齢だ。面倒ごとが持ち込まれたら、聞かなかったふりをするのが、我々にできる唯一の生き延びる方法なのですよ。サミュエル陛下、ワインはお嫌いではないですか？　陛下のためにとっておきのものを開けさせましょう……」

「……」

サミュエルは、苔のようなまだらの瞳を、ぬらりと光らせた。

「赤の王冠が、意図的に病を広めているかもしれない。そのような噂は、お耳に入っていますか?」

カラクの表情が変わった。

「病を広める」

「はい。情報統制をしていますが、いずれ貴国にも伝わるでしょう。僕の口からあらかじめお伝えしておきます。イルバス東部から始まったこの病は、全身に発疹があらわれ、高熱や食欲不振、下痢や嘔吐(おうと)などの症状が出ます。若く健康な者でも、罹患すればただではすまない。少しずつ、日数をかけて体は衰弱し、死に至ることもあります。数年前、ニカヤでも同じようなものが流行しました。僕はこの病の流行が自然的に発生したものではなく、赤の王冠による人為的なものではないかと思っています。ニカヤでの流行は、赤の王冠がイルバスを落とすために始めた実験だったのではないかと」

「人為的という根拠は?」

「看護するもので罹患する者はまれなこと。食物や飲み水、そして傷口から感染することです。そして赤の王冠の構成員たちは、奥歯の間に自決用の薬を仕込んでいます。この薬で自決した者たちは、伝染病と同様の症状があらわれています」

クリスの研究結果や、自身の罹患したようすからみてサミュエルは考えていた。病のように見せかけて、毒を盛られているのではないかと。そして、サミュエルの看病をしていたクローディアやクリスは、特に症状が出ることはなかった。飛沫や吐瀉物から感染することはないということである。毒物を直接的に摂取して初めて、体に症状が出始めるのではないだろうか。

クリスから報告があった。東部地域、罹患者の多い地域の井戸水を調べるよう要請をしたほうがいいかもしれないと。さらには、サミュエルの使っている肥料を取り寄せた業者を、徹底的にたどってほしいと。

もし井戸の水に毒薬を混ぜられたら、東部地域の集団発症について裏が取れる。肥料に毒を混ぜられていたら、サミュエルが発症した原因もあきらかになる。

「赤の王冠の頭目……殿下などとふざけた呼び名で通っていますが、ジュスト・バルバは貿易商会を隠れ蓑にして各国に刺客(しかく)を放っています。これの意味するところはわかるはずだ。いつどこから、赤の王冠の手のものが貴国に病を広めないとも限らないということです」

「……」

「我々はいちはやく、この病に対抗するための薬を開発しています。もしイルバスに物資の融通をしてくださるのなら」

「完成した特効薬を、優先的に我が国に譲ってくださるというお話ですかな」

「はい」

さすがカラク、話が早い。

サミュエルは、簡潔に言った。

「どこよりも早く、貴国にお譲りする」

「しかし特効薬はいまだに未完成なのでしょう。そもそも、その病の話ですら今しがた耳に入れたばかり」

「一度マグリ国王にお耳に、この話を入れていただきたい。今はそれだけで構いません」

ただ、とサミュエルは付け加える。

「状況は刻一刻と変化する。特効薬のことは、三日の間にお返事いただけなければ一度話を白紙に戻させていただきたい。赤の王冠の毒物――今は『伝染病』と呼んでおきましょう――それによって、我が国の感染者がどれほど増えるか、そして他国にもこの災難が降りかかった場合のことを考えると、臨機応変な対応が必要になる。今、この決定権は兄でも姉でもなく、僕ひとりにあるのです。そして僕は、もとより非常に気まぐれな性格なのですよ」

食事には手をつけなかった。サミュエルが席を立つと、カラクは「待ってください」と声をあげる。

「……晩餐は始まったばかりです、サミュエル陛下。食事の席にふさわしい話題とは言えませんが、その病だか毒物だかについて、もう少し私めに見識をご披露（ひろう）いただけないでしょうか」

交渉が始まった。ここからが本番である。

サミュエルはくちびるのはしをあげた。

＊

林檎の木が、ぽつぽつと植えられている。

ロエール村はもうすぐだ。雪は勢いを増し、馬は進めなくなった。橇の到着まで、まだ時間がある。エスメたちは休憩を余儀なくされた。

「歩きで行くのはさすがにだめだよね」

「やめておけ。かえっておそくなる。この街道はまっすぐ続いているが、いつの間にか道を失って、はぐれないとも限らない」

フレデリックはコートに積もった雪を払う。大樹を見つけ、それを兵たちの休憩場所とした。エスメたちは慣れた様子で組み立て式の風よけを作り、火を熾す準備をする。

「あと少しでロエール村なのになぁ」

カミラはまだそこにいてくれているだろうか。なにしろせっかちな人らしいので、赤の王冠の手がかりを見つけたらもうそちらへ移動してしまっている可能性もある。

吹雪のうなりに混じって、遠くから規則的な音が聞こえる。

かつん、かつん、かつん。

――なんだろう、さっきから。

この街道に入ってからずっと、時折このような音が聞こえてきた。エスメはそのたびに眉を寄せて耳を澄ませたが、音はすぐに消え失せてしまい、忘れた頃にまた聞こえてくるのだ。

「フレデリック、なにか聞こえない？」

「なにか？　なにも聞こえないが」

フレデリックは帽子の耳あて部分を上げ、音を拾おうとする。だがすぐ寒さに顔をしかめ、耳あてを戻した。

「でも、たしかに……」

「聞き間違いだろう。動物の鳴き声じゃないのか」

「そんなはずないよ。遭難者かもしれない」

「さっき点呼はとっているだろ」

「近隣の村人かもしれない。足を滑らせてどこか怪我して、助けを求めているのかも。私、少し周囲の様子を見てきてもいいかな」

「おい、部下たちには離れるなって言っただろう」

なんとなく、落ち着かない。胸騒ぎがしてたまらない。

あの音に呼ばれている気がする。

あの音をたてている者が……執拗(しつよう)に、自分を求めているような。

「助けを求めている人がいるなら、行かないと。見つからなかったらそれでいい。どうせここからしばらく動けないんだし」

「俺が行く」

「でもフレデリックには音が聞こえないでしょう」

「……そうだけど」

「ほら、それに、薪にするための枝葉も足りなくなりそうだよ。ついでになにか拾って集めてくるから」

エスメの意志の固さを察してか、フレデリックはため息をつく。

「ひとりはいけない。護衛の兵士は最低三人だ。俺は他の兵士の監督をしなきゃいけないからここに残るぞ」

「……ありがとう」

エスメが声をかけると、すぐに三人の護衛がやってきた。

吹きすさぶ風に視界をふさがれ、エスメは身震いをする。道を外れて、森に入る。林檎の木がたちならぶ森を抜けると、すぐにまっさらな雪原へ出た。

「これは、危険かもしれない」

エスメは目を細め、雪景色の中に点在する仲間の人数を確認した。三人。きちんとついてきている。しかしその三人の姿も、風をともなった雪ですぐにおぼつかなくなった。

白銀の世界は、すべての感覚をくるわせる。体温を奪い、視界を奪い、時の経過すら曖昧にさせる。

この視界では、たとえ遭難者がいたとしても発見するのは困難である。

（だめだな。私たちの方が遭難するかもしれない。長時間は探索できない）

吹雪のうなり声にまぎれるようにして、石を叩くかのような規則的な音が聞こえる。

かつん、かつん、かつん。

「あの音……もしかして、近くに遭難者がいるのか？」

エスメは顔をこわばらせた。

「みんな！　近くに誰かがいる。手分けして探そう。ここに旗を立てる、それを目印に……」

兵に声をかけたつもりだが、いつの間にか彼らの姿はない。

エスメが振り返ると、真っ白な雪に埋もれるようにして、倒れている兵士の姿があった。

「えっ、ちょっと、どうした⁉」

駆け寄ろうとして、立ち止まる。雪はじわりと赤く染まっていた。

兵士の手足は痙攣（けいれん）し、生温かい血液が、わずかに雪を溶かしはじめる。

エスメは腰のレイピアに手をかける。

気がつかなかった。どうして。

かつん、かつん、かつん。

風を伴った雪が舞う中、足をひきずった老人の姿が見える。

彼は杖の先を木の幹にあてて、音を出していた。

「……あなたは」

「すみません、助けていただけませんか。道に迷ってしまいましてね」

老人は帽子を軽く持ち上げ、エスメに声をかけた。人の好さそうな笑みを浮かべ、肩をふるわせてこごえたような仕草をしてみせる。

「ロエール村を後にしたところだったんですよ。ナグトンに向かいたくてね。ですが御者の不手際で、馬が逃げ出してしまい」

足を引きずった老爺。一見無害そうな好々爺に見える。

一致する。ジュスト・バルバの特徴に。

「失礼ですが、なぜナグトンへ向かわれるのです?」

「なぜって……避難しなければならないのでしょう、我々のような老人は」

「避難するのは東の民たちです。そして最初の避難民たちもまだこの地点には到着していない。一般の方にしては、情報が早すぎると思うのですが。あなたはどちらからロエール村にやってきて、何のためにナグトンへ向かうのです?」

エスメは腰にさげたレイピアを抜き、老人に突きつけた。

「どうして私の部下を攻撃したのですか?」

エスメは視線をさまよわせる。

エスメは後じさった。森の木が揺れている。すぐそばの森には、男たちがひそんでいた。

風がやみ、視界がひらけると、雪原の中ただひとり立つ自分の姿があきらかになった。

「──なぜ攻撃をしたか。支持するべきでない王を、支持する者たちだからです」

老人の言葉で、エスメは確信した。

「ジュスト・バルバ。あなたがその人なんでしょう」

「いかにも」

「これまでの数々の犯罪行為、見過ごすわけにはいきません」

男たちは銃をかまえる。しかし、ジュストは杖で林檎の木を叩いて、制止する。

「私が話し終わるまでは撃つな」

エスメは絶体絶命だった。連れてきた部下は起き上がる見込みはないし、下手に動けば狙撃されることは間違いない。時代遅れのレイピアの切っ先をジュストに突きつけているだけ、それでなにができるというのだろう。

「……私と、話をする気があるんですね」

「末の国王サミュエルの王杖、エスメ・アシュレイル。イルバス初の女性王杖、間違いなく時代を変えた女性のひとりだ。ぜひ赤の王冠に勧誘したいと思ってね」

「私が、喜んで貴方についていくとでも？」

「……あなたの仕える王は、簒奪者の血を引いている。女王アデールは、姉や夫と共謀し、私の母親を殺したのです。人殺しの血をひく王に仕えて、むざむざ自分の才能を悪用されてしまうことはない」

「あなたが毒物をまき散らし、カスティアをそそのかして罪のない市民を巻き込み、私の部下を殺したことは、人殺しにはならないのですか？」

「イルバスだけじゃない。ニカヤもです。赤の王冠のせいで、多くの人が犠牲になった。スリの女の子を脅して火つけをさせたり、マノリト王の乳母を騙して王を誘拐しようとした」

「貴い犠牲だ」

「私はニカヤの自立を望む民の手助けをしただけだ。ベアトリスが幼き王を操ろうとしているのは、誰が見ても明らかだ」

「ねじまがった視点で見るからです」

「貴女はとてもまっすぐすぎる。単純で考えが甘い。だから矛盾に気がつかない」

「……私は、赤の王冠の人とも、話せばわかると思っていました。これからイルバスは良い国になる。三人の王が力を合わせて、困難を乗り越えてゆけると。だからもう一度、私たちを信じてほしいと。ジュスト、迷いながらあなたの手を取った人たちを、私は救い出したいと思った。でも国民の信頼を踏みにじったあなたに、私の言葉は届かないでしょう」

「王が三人いるからこそ、この国は安定することはない。三つの意志がばらばらに動いて、誰を信じて良いのかわからなくなる。なによりイルバスの国民が求めるのは信頼より、物質的な安定だ。そして国と運命共同体になることにより、忠誠心がめばえるのだ」

　なにが運命共同体だ。罪人にしているだけではないか。

「王はひとりの方が、国民は幸せだ」

「だとしても、あなたじゃない。あなたは人を信じることができていない。だからお金をあげたり、騙したり、『そもそも今の王は簒奪者の子だ』などと言う。国民と王は信頼でつながっていなければならない。私はそれを、人生を賭して教わった。イルバスの民として」

「きれいごとばかり言う。いつかの女王のように」

エスメは眉を寄せた。

いつかの女王。それって——。

ジュストの口調が、にわかに変化する。

「周囲のことなど考えず、理想ばかり語る。そういう人間がいるから、汚れ役を引き受けざるをえなかった者を生むのだ。私の母親のように」

「なにを」

「私が父親や兄と共にカスティアで逃げ隠れしている間も、あの女王は常に愛され続けていた。私はずっと憎かったのだ。どこへいっても後ろ指をさされる日々。いつかすべてを壊してやると、そのことだけを目標に、家族が亡くなっても私は」

「あなたに何があったというんですか」

「私の母親は悪くない。同じ姉妹として生まれたのに、なぜ私の母ばかりが」

もう会話を続けることは不可能だった。ジュストはエスメではなく、自身の過去と対話していた。

（捕らえられるか、彼を）

風が吹きはじめた。吹雪が舞う。今ならば、きっとエスメに狙いはつけられない。彼女は地面を蹴った。彼女のレイピアを、ジュストが杖で受ける。

（くそっ……！）

エスメは歯を食いしばる。杖とレイピアがぶつかる音に、男たちが反応する。銃弾が放たれた。一発、二発、三発。どれもエスメのそばをかすめていった。雪原に銃声がこだまする。ジュストの体を盾（たて）にすれば、きっと彼らは撃てないはずだ。ジュストの背にまわろうとしたそのとき——。

エスメの肩を、熱いものがつらぬいた。

衝撃で足をすべらせ、エスメは地面に体を打ち付けた。うめき声をあげ、肩をおさえる。

（撃たれた）

続けざまに脚を。そして腹を。次々と弾が体をつらぬいてゆく。生温かい血が、雪を染め上げる。吐き出そうとした血が、喉につまる。鉄の味がしたが、しだいになにも感じなくなってゆく。

体が、冷たい。

エスメは、灰色の空を見上げた。真昼の星が輝いている。

それはぼんやりと重なり、鈍（にぶ）い光となる。

「残念だ、エスメ・アシュレイル。新しいイルバスを見せてやることができなくて」

ジュストは、エスメの帽子をとりあげ、黒い川のような髪を踏みにじった。

サミュエルから贈られた髪飾りがすべりおちて、エメラルドの石に粉雪がかぶってゆく。

ジュストはそれを踏みくだいた。繊細な細工が、靴の下で割れた。

――大丈夫。大切な石は、手袋の下に隠してある。

「どうしますか。この女の遺体をくくりつけて凱旋しますか」

「……やめておけ。銃声を聞きつけて、ほどなくしてここに兵士がやってくる。ロエール村の火薬は使えなくした。王杖もひとり片付けて、思わぬ収穫だ」

「まだ、女の息があります」

ジュストは残忍な瞳でエスメを見下ろすと、彼女の髪をつかみ、顔をあげさせた。

エスメは、すでに彼の顔が見えなくなっていた。ただぼんやりとした人影が目の前にあった。

「遺言はあるか」

血を吐いた。おびただしい血が、エスメの白い軍服を汚していった。もう自分は助かることはないだろうと思った。今この場で最期の言葉を伝えるのが、よりによってジュスト・バルバであるなどと、信じたくない気持ちである。

意識が薄らいでゆく中、心に残るのはサミュエルのことだった。

この男を否定し、そして愛しい人を最大級に讃える言葉を。

かすれた声で、エスメは言った。

「サミュエル陛下……イルバス、万歳」

タァン、と、空気を切り裂くかのような、するどい銃声が響いた。

弾はエスメの側頭部をつらぬき、彼女の視界は黒に閉ざされた。

ベアトリス、お前は廃墟を統べる深紅の女王

第一章

ぴしゃりと、水滴が床を打った。

水浸し（みずびた）になった食料庫の中で、カミラはこぶしをにぎりしめた。

（私たちは、はめられたんだわ。地上には大勢の敵が待ち受けているのかもしれない）

『無残‼　イルバスの元王女、カミラ・ベルトラム・シュタインベルク。ロエール村で殺害される――』そのような見出しの記事が新聞に掲載される様子を想像し、彼女は首を横に振った。この世を去るなら、愛（いと）しい夫・オーウェンのそばで、眠るように死ぬと決めている。ねずみの這（は）うような暗くて汚い場所で靴やドレスも泥まみれで発見されるのなんてもってのほかだし、おまけに水に濡れそぼって化粧もぐちゃぐちゃの死に顔など、オーウェンに見せられない。

「ライナス。待ちなさい」

カミラに背を向け、立ち去ろうとするライナスを、カミラは止めた。

低く、かすれた声で。酒に焼けたような醜（みにく）い声も、やけにうるさく響く。

「行かないで。このまま待ちましょう」

「しかし」

「敵のねらいが私にあるならば、この部屋に突入して私たちを皆殺しにした後、火薬を守った方がいいはずよ。なのに地上から水を流し込み、火薬を使えなくさせることを選んだ」

　この火薬を守り、武器にした方が良いのは赤の王冠も理解しているはずだ。警固の手薄なカミラたちなど、この場で殺してしまえばいい。火薬を無駄にする必要はどこにもない。

「敵は、私たちに勘づいていながら、別の目的のために動くことにした。取り急ぎ火薬は私たちの手に渡さないようにしなければならない。——おそらく、そのように考えたはず。少し待って、上の様子が静かならば三人で外に出ましょう」

「しかし、ジュスト・バルバが待ちかまえているかもしれません」

「そうね。でも、いないかもしれないわ」

　ライナスの言うとおり、地上にジュストがいるならば、自分たちはいまだ危機を脱していないということである。

　しかし——。

「私は自分の推理に懸けるしかないのよ、ライナス」

　水のしたたる体はこごえ、歯の根は合わない。

　カミラは口の中で、かちかちと音をたてる。

「ジュストはアデール女王の子孫を恨んでいる。怨恨の対象である私を、このまま放っておくはずがない。どうせ火薬ごと私を始末するなら、この部屋に爆弾でも投げ込んで、遺体をこっぱみじんにして、無残な死に方をさせようとするに決まっている。今私が生きていることが、ジュストはもういないという証左かもしれない」

イルバス軍を呼び寄せる危険を冒してまで大がかりな爆発を起こすより、消火用の仕掛けをひっそりと発動させた。今はジュストのその選択に懸ける。

「……奥さまの考えを、信じます」

ライナスは、カミラのそばに戻ってきた。三人で背中をこすりつけ、暖をとる。まんじりもせず、冷たい地下倉庫の時は過ぎる。

どれほどの時間が経ったただろうか。

「……奥さま。先ほど三千六百の数を数え終わりました」

ブリジットが言う。

「様子をうかがいましょうか」

三人はゆっくりと、地下倉庫の出口へと進んだ。扉に手をかけたのはライナスだ。そのままゆっくりと、石の階段をのぼる。敵もいない。罠もしかけられいない。ライナス、ブリジット、カミラの順で、地上へと近づいていく。

「奥さま」

先頭のライナスが、ほっとしたような声をあげる。

「誰もいません」

たちまちにカミラたちの体は吹きすさぶ風にさらされたが、強風の冷たさなど感じなかった。胸の内に湧き上がる安堵感で、足の指先まで熱いほどだ。

地下倉庫の上には、大型の樽がいくつも横倒しになっている。保存用の飲み水だった。これを地下倉庫へとつながる消火用の管に流し込んだのか。

「村人たちは？」

ライナスと共に、彼らの姿を探した。

家々はもぬけの殻だった。ここにいたはずの老人や子どもたちはどこに消えてしまったのか。

「奥さま。あちらの家から子どもの泣き声が聞こえます」

ブリジットの呼ぶ方へカミラは駆けつける。いまにも倒れそうな古い家の、台所のすみにひとりの少女が座り込んでいた。

「どうしたの。大人の人はどこへ行ってしまったの」

カミラが声をかけると、少女は驚いたように涙をひっこめる。

「びっくりさせてごめんなさいね。あと申し訳ないんだけど、何か拭くものを借りられない？　見ての通り、びしゃびしゃなのよ、私たち。お宅を汚されたらたまらないでしょ」

「お姉さんたち……ひなん、しなかったの？」

汚らしい布巾を寄越されたが、文句を言うほどカミラも鬼ではない。

「避難？」

布巾の匂いに顔をしかめながら髪をしぼり、ドレスの水気を吸わせる。

「へいたいさんがいっぱいきて、すぐに逃げないと、この村ばくはつするって。カミラさまが言ってたって」

「カミラは私よ」

「わたしね、でも、ラミちゃんいるからやだって言って、りんごの森に隠れちゃったの。おばあちゃんは私を置いていけないって泣いてたけど、しょうがない、ばしゃにのりなさいって言われて、はなればなれにされちゃった」

「ラミちゃんって誰よ」

台所の奥で、ふたつの青い瞳が光っている。

「猫のようですね」

ラミはライナスを気に入ったのか、彼の足に体をすりつけている。おそらくメスであろうと、カミラは思った。なんとなく自分と名前が似ているのが気にくわないが、話を続ける。

「それで、だいじなお水をおへやにいっぱいのませて、火事にならないようにしましょうって。ばしゃんばしゃんってやってたんだよ」

「あなた、お名前は?」

「アルーシャ」

「アルーシャ。ラミちゃんがいたから、あなたはここに残ったってこと?」

「……ラミちゃん、怖い人がいると、すぐフーっていうの。ひなんしなさいって言ったの、杖ついたおじいさんだった。ラミちゃんがフーって言ってたから、怖いと思って、わたし逃げたの」

「どういうことだと思う？」

カミラは、ブリジットとライナスに問いかけた。

「ジュスト・バルバは奥さまがこの村にやってきたことに気がついていました。賭博場で大捕り物があったことは、すでに周知の事実。ロエール村の火薬について情報が漏れることを予想し、この村の近くに潜伏していたのかもしれません。そしてイルバス軍のふりをして、村人に避難勧告をしたのでしょう」

「『カミラ元王女殿下が、この村の地下に危険物を発見した。撤去作業を始めるので、村人は避難するように』このような台詞を触れて回っていたのではないでしょうか」

そうして、火薬をただの廃棄物にしたというのか。

村人は赤の王冠にさらわれたのか？　何のために？

「アルーシャ。あなたはとてもかしこい子よ。私がいるからにはもう大丈夫。ラミもね」

ブリジットがアルーシャを抱きかかえる。ラミは気に入りのライナスにぴったりとくっついている。

（ジュストは目と鼻の先にいたのに、私を殺さなかった。いったいなぜ？）

やはり、カミラよりももっと彼にとって魅力的なものがあったのか。

「サミュエルたちと合流しましょう。私たちはナグトンを目指すわ」

＊

エスメの遺体を発見したのは、フレデリック・モリスであった。

なかなか戻らない彼女の姿を探しに、フレデリックは森をさまよい歩いた。

林檎(りんご)の木のそばで、彼女は冷たくなっていた。

フレデリックは叫び、エスメに駆け寄った。

エスメには、いくつもの銃創(じゅうそう)があった。直接的な死因になったであろう側頭部の傷は、ごく近距離から撃たれたものであることは、調べずともあきらかだった。

大切にしていたレイピアは足元に転がり、髪飾りの破片があたりに散らばっていた。

雪をかぶったエスメのくちびるは紫色になり、灰色の瞳は光を失っていた。彼女は左手を隠すようにして雪の中に深くめりこませていた。フレデリックは、土と血で汚れた手袋をとってやった。薬指にはエメラルドの婚約指輪がはまっていた。

フレデリックは血相を変え、東西南北に早馬を走らせた。

エスメの遺体を抱(かか)え、彼は途方に暮れていた。これからどうすればいい。エスメの帰国によってようやく元気を取り戻すことのできていたサミュエルは、おそらくもう立ち直ることはできない。

彼女の訃報を誰よりも早く耳に入れるようにフレデリックが命じたのは、主人のサミュエルではなかった。エスメの兄クリス・アシュレイル、北のギャレット・ピアス、そして王宮で留守を預かるベンジャミン・ピアスである。

サミュエルのいるナグトンには、できるだけゆっくりと、慎重に知らせを届けるようにと、フレデリックは念を押したのである。

「なんということだ」

ベンジャミンはフレデリックの知らせを受け取るなり、愕然とした。

エスメ・アシュレイル　戦死。

普段取り乱すことのないベンジャミンは、言葉をつむごうとして、また呑み込んだ。それから憑りつかれたかのように机にかじりつくと、ペンを取り、一心不乱に指先を動かした。

宛先はニカヤのベアトリス女伯邸である。もう一刻の猶予もない。エスメという星を失い、サミュエルという王は沈む。ベアトリスがなんと言おうが、帰国してもらわなければならない。アルバートさえここにいて、王宮を託すことができたならば、ベンジャミンはみずから船に乗り、地面に頭をこすりつけてでも女王へ帰国を請うことであろう。

(あのエスメが……とても信じたくはない)

彼の瞳に涙のしずくが盛り上がった。

結婚が決まったばかりだった。ベンジャミンを師と慕うエスメは、サミュエルと一緒に報告をしてくれた。

——年若い娘が、なんとむごい死に方だ。変わってやれたらどんなによかったか。

ベンジャミンは悔やんだ。なぜ彼女をこの王宮に残すように進言しなかったのだろうかと。エスメは王杖で、王の代理をつとめることのできる人物だ。サミュエルがナグトンへ向かうなら、エスメに留守を任せてもよかったのだ。ギャレットが帰国したからと安心してしまったのが、そもそもの過失である。

（ガーディナー公がアルバート陛下を追っていかれた。王杖は王と共にありたいもの。私は、そのように考えてしまったのだ……）

しかしウィルとエスメでは、そもそも人材として性質が違いすぎる。戦の経験豊富なウィルと、まだ王杖として駆け出しで、剣にうったえるよりも言葉を尽くすエスメのことを同じように考えてはいけなかったのだ。

残されたサミュエルのことを思うと、とても平常心ではいられない。

（それに、サミュエル陛下だけではない……）

エスメはこの状況において、国民にとっての象徴的な存在になりつつあった。ある人は娘を、ある人は姉妹を、ある人は妻を、ある人は恋人を彼女に重ねていただろう。彼女の訃報は、ベンジャミンの想像以上に、国民に打撃を与えるはずである。

「女王がいなければ、我々は勝てない」

　ベンジャミンは手紙を託した。ギャレットは至急に王宮へと戻るだろう。サミュエルに代わり指揮をくだすことのできる人物の人選を、至急にせねばならない。こうなった以上、ウィルにも戻ってもらうべきだろう。

　伝令を飛ばし、エスメの受け持っていた仕事を確認し、やれるだけのことをやると、いっきに力が抜けた。ベンジャミンは窓ガラスにうつった自分の顔を見た。亡霊のようだった。

「しばし、人払いを」

　使用人たちに声をかけ、ベンジャミンは自身の執務室の扉を閉じた。

　心臓がいやな鼓動を打っていた。喉にまで、感情の熱がせりあがってくるようだった。

「私がいながら、なんという体たらくだ……！」

　彼はペンを乱暴にテーブルに叩きつけた。椅子を蹴り上げ、書類を床にばらまいた。そして、絨毯の上で体を丸め、静かに嗚咽を漏らした。

＊

　クリスは、袋分けした特効薬を水に混ぜ、慎重にネズミに与えていた。成分を少しずつ変えて、もっとも副作用の少ないものを選び取る。ネズミが餌を食べた時間、眠った時間、体調に変化があった時間を記録し、細かく書きつけた。

カミラの得た自決用の薬の複製品を使い、病気にしたネズミに投薬をする。とある薬を与えられたネズミは時間をかけたが回復した。念のため別のネズミにも同じように試したが、二匹とも回復した。

しかし、ネズミに効果がのぞめたとしても、人に対してどのような副作用が出るかわからない。

伝染病騒ぎを起こした毒物とこの自決薬が同じ特効薬で対応可能なのか……たしかめるためには、どうしても人に対する臨床実験は避けて通れなくなる。

クリスは毒の複製品と、特効薬の作成を並行して進めていた。そのため、危険物を扱うこの施設の存在は秘匿されていた。

イルバス東部、とある廃病院。サミュエルは研究班のメンバーたちと共に、ここに寝泊まりしていた。辺境にあるこの場所は、めったに人が寄りつくことはない。

「アシュレイル卿。いかがですか」

研究員の一人にたずねられ、クリスはため息をつく。

「もうこの段階で、できることはやりつくした。でも薬の成分しだいでは効果が安定しない。あとは人で実験できれば確実なんですけど……」

言いながら、クリスは考えた。時間は経ってしまったが、カミラの捕らえたスコット元男爵は薬を少し摂取してしまい、目が見えなくなっているという。彼はベッドに寝たきりで、倦怠感から起き上がることもできていないらしい。

「いやあ、でも、どうなんだろう、悪い人とはいえ、僕の実験台になってくださいよ、命の保証はしませんが、なんて言えないし」

　おろおろとするクリスの前に、ひとりの兵士が転がり込んできた。実験器具を蹴飛ばし、書類を押しのけ、あまりの勢いに研究員から悲鳴が上がる。

　兵士はクリスの顔を見るなり、言葉にならないといったような顔をして、彼の肩を強くつかんだ。

「ひ、ひええ、誰なんですか。ぼ、僕お金ありません」

「ク、クリス・アシュレイル卿で、よろしいか」

「は、はひい、いかにも」

「申し訳ない。誰よりも早くあなたにとおおせつかったのに、この病院の場所がわからず、よけいな時間を食ってしまった」

「え、あ、あの」

「私は緑の陣営、フレデリック・モリス卿のもとで小隊の副隊長を務めているカークという者です。火急の知らせを持って駆けつけました」

　敬礼をされ、思わずクリスも不格好に敬礼をかえす。

　カークは雪まみれのままで、肩で息をしている。

「と、とりあえず暖炉にあたって。濡れた服をそのままにしたら大変だから」

「私のことはいい。落ち着いて聞いてください。妹君が、エスメ・アシュレイル女公爵が

「……」

「……亡くなりました」

彼の言葉が、研究室の中に響いた。

「――え」

クリスは、カークの目を見て、視線を泳がせた。嘘だろうと思った。なにを言っているんだろうこの人は。エスメは今、サミュエルと共にナグトンという町で、避難民の保護にあたっているはずである。

「ご遺体は、ほどなくして王宮に運ばれる予定です。アシュレイル卿、お支度を。この施設は他の者に任せて。私が王宮までお送りいたします」

「う、嘘だあ、冗談ですよね……」

「冗談ではありません。亡くなったのはロエール村のすぐそば、林檎の森の中です。何者かがアシュレイル女公爵を銃で撃ちました。今ご遺体に付き添っておられるのはモリス卿です。私はモリス卿より、伝令をおおせつかり――」

兵はなおも言葉を続ける。彼の声が遠くに聞こえる。悪い夢だ。そう、きっと僕は睡眠不足なんだ。少しでも早く薬を作らなきゃとやっきになっていたのだ。

この国の民のために、サミュエルのために、そして、エスメのために。

妹にいいところを見せてやらなくちゃ。だって僕、ずっとあの子に心配かけてたんだから。もう大丈夫だよ、お嫁に行ってもアシュレイル家は、領地のスタークは安泰だと胸を張って言えるように。

「アシュレイル卿。気を確かに」

「僕の気は確かだ」

呼吸を乱し、めまいを起こしたクリスを、カークが支える。研究員たちは、口元をおさえてふたりのやりとりをながめている。早くも嗚咽を漏らす者もいる。

やめろ、泣くな。それじゃ、本当のことみたいじゃないか。

クリスはしぼりだすようにして言った。

「妹が死ぬはずありません。ナグトンって、避難先になるくらいだし安全なんですよね？銃で撃たれるなんておかしいですよ。それに故郷では家族や町のみんなが、あの子の帰りを待っているんです。エスメはスターグいちの出世頭なんだ。イルバス王宮でもようやくなじんで、ニカヤでも友達ができたみたいだし、僕よりずっと、みんなに愛されている子なんだ」

「アシュレイル卿」

「ほ、ほらこのお土産だって……あの子がくれたんですよ。兄想いですごく優しいんだ、エスメは」

ガラスのペンを手に取る。クリスの指先は震えていた。

いつのまにか、ペンにはひびが入っていた。

亀裂を指先でなぞる。

（お、おかしいな。げっぷが出ない）

いつもだったら、びっくりしたりおびえたりすると、必ずクリスの口からは汚らしい音が出ていた。今はうんともすんともいわない。

――ああ、そうか。

悲しすぎて、あのやっかいな症状すら引っ込んでしまったのだ。

「アシュレイル卿」

研究員たちがクリスの肩を抱き、彼を暖炉の前に連れていった。誰かがクリスの荷物をまとめてくれて、それをカークに託した。クリスはなにひとつ考えられなかった。

このカークという男が、悪い冗談を言うためにこの人里離れた研究室まで馬を走らせたとは思えなかった。歩く力もないクリスの肩を抱え、馬に乗せてくれる。

「できるだけ早く、妹君のもとへ向かいます」

クリスと己（おのれ）の体を縄で縛ると、カークは馬の腹を蹴った。

クリスはぼんやりと考えた。

この世界から例の病（やまい）がなくなったとしても、二度とエスメは戻らない。

気弱で情けない兄を叱（しか）り、はげまし、助けようとしてくれた、この世でただひとりの妹。

ずっと……なんのためにがんばっていたのか、わからなくなる。

体から力が抜けていきそうになる。景色は涙でぼやける。風に乗って、クリスの涙のしずくは流れていった。

＊

イルバス北部、雪に閉ざされた町、リルベク。

かつて、幼き頃アデール女王が幽閉されていた通称「廃墟の塔」は、現在はベアトリスが引き継ぎ、彼女の工業研究ための工房として生まれ変わっていた。

ギャレットがベアトリスと出会ったのも、このリルベク。廃墟の塔はギャレットにとってなじみのある場所である。王宮から廃墟の塔へうつったギャレットは、赤の陣営の軍を東部ブラス地方へと派遣した。そして銃や弾、甲冑や橇、軍事用品の緊急生産を進めていた。

彼の間諜は東部の情報をよく拾ってきた。クローディアとウィルはもう半月以上アルバートを捜し回っていたが、アルバートどころか、彼の痕跡すら見つかることはなかった。激戦地のブラス地方では未だに状況が膠着していた。丘の向こうに赤の王冠たちが控え、一歩も退くことはない。両者はにらみあっている状態である。

一方、サミュエルは南方の土地ナグトンに到着。避難のための経路を整えた。スエフト山脈の土砂崩れにより足止めを食らっていた避難民は無事に移動できることになった。ただし、ナグトンに到るまでにはスエフト山脈経由とは比べものにならないほどの時間を要した。

「至急、荷馬車の製作を急いでくれ。それから、医療物資を積むための箱形馬車はあといくつ作れる？」

「四十三台は。うち十台はすでに完成しています」

「残った馬車のうち二十台は外側に鉄の装甲を。銃弾を受けても積み荷が傷まぬように作ってくれ。前線へ出す」

「二十でいいんですか」

「馬の数が足りない。ならば一台一台の安全性を高めるほかない。ナグトンより手前の村に落ち着き先が決まった住民の避難用は橇でいい。馬の代わりに犬を使え」

「ピアス公‼」

馬から転げ落ちそうになりながら、走ってきた兵士がいた。緑の陣営の腕章を腕につけている。

「フレデリック・モリス卿から伝言をおおせつかりました！」

伝令兵は休んでいないのか、息はあがり、疲労により足ががくがくと震えている。

「言ってくれ。誰か水を」

伝令兵は差し出された水を受け取らなかった。役目を果たすまでは、自身の緊張をほどかないほうが良いと思っているらしい。彼は「まずは申し上げます」と目を血走らせた。

「エスメ・アシュレイル女公爵、戦死なさいました」

ギャレットは目を見開き、兵士の顔を見た。

「確かか」

「確かです。モリス卿がご遺体を確認いたしました。アシュレイル女公爵の死因は銃撃によるもので、赤の王冠の者たちに襲われたのではないかと言われております」

　ギャレットは言葉を失った。

　……なぜ、あの子が。よりにもよって。

　ついこの間、義理の兄妹になると話したばかりではないか。ニカヤでも一緒だった。なぜエスメなのだ。

　あふれ出る気持ちに蓋（ふた）をして、ギャレットはすぐに我に返った。

（俺がここで茫然自失するわけにはいかない）

　サミュエルがぐらつく前に、態勢をたてなおさなくてはならない。自分以外にこの状況をどうにかできる者など、もういないのだ。

　女王の王杖になるときに、相応の覚悟をした。どんな困難な状況に陥（おちい）っても、ベアトリスのため、そして彼女のおさめる国のために、魂をささげると。

　ギャレットは伝令兵の肩をつかんだ。

「モリス卿は、誰に知らせを送ったのだ」

「ベンジャミン・ピアス子爵（ししゃく）、クリス・アシュレイル卿。そしてピアス公です。この三人にはいちはやくとのことで――」

　――サミュエル陛下は含まれていない。

本来ならば誰よりも早く知らせなければならないのはサミュエルである。しかしフレデリックは伝令を出すのをできるかぎり遅らせているという。サミュエルが動揺することをわかっているからであろう。サミュエルのもとに知らせが伝わるまでの空白の時間を、先に事情を伝えられた者たち——特にベンジャミンとギャレットが、どう生かすかである。

ここで優先しなければならないのは、一刻も早いベアトリスの帰国、そして彼女がイルバスに到着するまでの間、民を守り、戦を激化させないことである。防ぐべきは赤の王冠の公的な宣戦布告、カスティアの参戦表明だ。

（しかし、赤の王冠はエスメを殺めた。彼女の死が公的な情報となれば、それが事実上の宣戦布告となるだろう）

ベンジャミンに知らせが届いているということは、彼がベアトリスに帰還を求めているはずである。ギャレットから重ねて働きかけるより、他にすべきことを為した方がいい。

「カミラ元王女殿下に、ナグトンの今後を頼みたい。伝言を頼めるか」

間諜によれば、カミラは街道沿いの町に入ったはずである。移動していなければサミュエルにもっとも近い位置にいるのは彼女だ。

「かしこまりました！」

「お前は休んでからでいい。もう走れないだろう。ここにある馬車に乗っていけ。どのみちナグトンへ向かわせるつもりだった」

伝令兵の馬も、しばらく休ませなければ過労で死んでしまう。しばらくリルベクで預かることになった。寒さのこたえる土地ではあるが、厩舎には簡易暖房がつけられている。

アルバートは見つからないままだが、こうなった以上ウィルには王宮に戻ってもらわなくてはならない。クローディアにも引き上げるように言わざるを得なくなるだろう。

「至急、東のガーディナー公のもとへ行け。アシュレイル女公爵の戦死と、ガーディナー公には至急王都へお戻りいただくようにと伝えるんだ」

みずからの伝令兵を呼びだし、指示を与えると、ギャレットは王宮に戻る準備を始めた。

＊

ザビア領主カラクは、ナグトンにおける避難民への支援を決定した。

パン、食用肉、さつまいもや大根などの野菜類、鎮痛剤や包帯、毛布やベッド、薪や油などの生活用品の供給。そして重病人と妊婦、介助の必要な高齢者にかぎり、ザビアの病院への転院が認められた。

まだ完成するかわからない特効薬を優先的にエザント国へ融通すること。サミュエルの出した条件は、この一点のみであったが、先行きがわからない以上、彼の提案を無視することはカラクにはできなかった。

少なくとも、毒の解析班でのクリスの奮闘により、病が故意に広められたであろうことはほぼ確実になっていたのだ。

ただしカラクは保身も忘れなかった。彼はザビア領の病院のひとつを急遽作った慈善団体の運営下に置くことにした。私営の団体があくまで人道的な支援を行った、エザント国としてはいっさい関与していない。表向きはこの名目でとおすことにしたのである。

（そしてイルバスが勝ったあかつきには、団体を陰で支えていたのは自身だと公表するつもりか。まあ、支援してくれるのならば何であろうと問題はない）

取り決めが終わると、ふたりは席を立った。

「これからも、良いお付き合いを期待しております、カラク殿」

「もちろんでございます、サミュエル陛下」

ふたりは握手をかわし、交渉を終えた。晩餐会だったはずが、すでに空が白むほどの時刻になっていた。

カラクには、そもそも伯父より、ある程度の裁量権が与えられていた。ことザビアにかぎっては。

彼は懸けたのだろう。この戦、イルバスが勝つか、それともカスティアが勝つか。そしてイルバス勝利にみずからの軸足を置いた。ただし、もう一方の足はいつでも逃げられる位置に残してある。

それでもエザント国にしては、思い切った選択である。

これで、避難民も安心できるはずだ。東をウィルが、南をサミュエルが守り、北はギャレット、西にはカミラがいる。中心部に敵を入れさえしなければ、当座のところは持つ。

病に対抗することができれば、あとは軍事力の問題だ。軍事力の拡充さえできれば、圧倒的にイルバスは強く出られる。

古城を後にし、霧のたちこめた道をたどる。サミュエルは家臣に命じた。

「ナグトンへの避難民受け入れの際、重病人と高齢者、妊婦はザビアの医院へうつす。ひととおり調べて該当の者がいれば、この大橋を渡らせろ」

「かしこまりました」

「物資は明日にでも供出してくれるそうだ。ナグトンの民に受け入れを頼みたい。戻り次第町長に話をつけて、若い衆を出させるようにしてくれ」

「御意」

「それから――」

橋の手前で、こごえそうになりながら、ひとりの兵がたたずんでいるのが見えた。

「……誰だ？」

「陛下。伝令兵のようです。話を聞いてまいります」

家臣が馬の腹を蹴り、兵士に駆け寄った。サミュエルはゆっくりと進んだ。街道警備でなにか異変でもあったのだろうか。

伝令兵に話しを聞きに行った家臣は首をかしげながら、来た道を戻ってくる。

「どうしても、サミュエル陛下に直接でないと、話すことはできないと」

「おい。本当に我が軍の兵なのだろうな」

「間違いありません。フレデリック・モリスの配下です」

フレデリックは昔から取り巻きをつれている。伝令兵の名前には聞き覚えがあった、たしかに彼がよく引き連れている男である。

「話を聞こう」

サミュエルが馬を駆けさせ、橋を渡りきると、伝令兵の顔は青ざめていた。顔をあげずに、肩をふるわせている。

「緊張するな、話せ」

「も、申し上げます、サミュエル陛下……。あ、あの……」

「さっさと申せ。陛下はお忙しいのだ」

家臣たちにせっつかれ、伝令兵は覚悟したかのように息を呑むと、つづけざまに言った。

「申し上げます。アシュレイル女公爵、戦死なさいました」

「は……？」

「あ、赤の王冠の手の者に銃撃されたのだと思われます。倒れているアシュレイル女公爵を発見されたのはモリス卿で、すでに彼女を襲った犯人の姿は見当たりませんでした。アシュレイル女公爵につけた護衛たちも全員死亡、ご遺体は王都へ向かっております。街道警備はカミラ元王女殿下と青の陣営に今後の指揮を頼み、緑の陣営の臣下たちはナグトンへ向かう者、アシュレイル女公爵に付き添う者と二手に分かれて行動しております。じきにナグトンに向かった兵はここに到着する予定です。つきましては、陛下……早急に王都へとご帰還を……陛下……」

サミュエルは兵の言葉の続きを、理解することができなかった。彼は必死に口を動かしているが、サミュエルにはそれがいっさい聞き取れなかった。

馬の上でよろめくサミュエルを家臣たちが支える。

音という音が消え、サミュエルを静寂の中に取り残した。

「陛下‼　サミュエル陛下」

「お気をたしかに、陛下」

……なんだ、こいつらは。なにを必死に訴えている。

エスメが――。

エスメは、どこにいる?

サミュエルへ視線をさまよわせていた。

エスメが、なんと伝言を寄越したのだろう?　街道警備の様子を、サミュエルに伝えようとしているのか?

伝令兵は、なにかをきつくにぎりしめている。サミュエルは彼の手の中のものを奪い取った。ハンカチにくるまれたエメラルドの石である。

これはニカヤへ旅立つエスメにサミュエルが贈った、髪飾りにはまっていた石である。

石枠からはずれて、砕けてしまっていた。

誰の、どんな呼びかけも、サミュエルの耳には届かなかった。

＊

ニカヤ王宮、真夜中。

ベアトリスは、マノリト王の前で謝罪をした。

「マノリト王。申し訳ございません。イルバスに帰国することといたしました」

祖国よりもたらされた不幸の知らせは、ベアトリスをひどくうちのめした。

まさか、危篤のサミュエルや行方不明のアルバートではなく、エスメの訃報が届くなど思いもよらなかったのである。

（エスメを帰すべきではなかったのかもしれない。この国に留め置いておけば。ギャレットとエスメをここに置いて、私がイルバスに帰ればよかったのに）

いつかこの選択を後悔するときがくるかもしれないと思っていたが、それが現実となってしまった。

エスメは弟の王杖ではあったものの、イルバスにとってかけがえのない人材であった。あのかたくなでわがままなサミュエルの心を溶かし、若く女の身でありながら王杖になった歴史的快挙は、いまも記憶に新しい。

希望の星であっただけにその喪失は、なんといたましく、重苦しく感じられることだろう。

マノリト王は玉座から降り、ベアトリスのそばへ歩いていった。彼女が腰をかがめると、マノリトはベアトリスをぎゅっと抱きしめる。

「……なんと言葉をかけていいのか、ぼくにはわからない」

マノリト王は厳しくしつけられていて、たとえ親しい相手にでも抱擁などめったにしない。彼がこのような行動をとるようになったのは、きっとエスメが彼を背負って散歩してからである。星空の下で、もの言わぬ王に語り掛け続けたからだろう。

エスメは、マノリト王に言葉を思い出させた人物でもあった。

マノリト王の心を開き、彼の心に射しこむような光を与えた。

「ついこの間まで、彼女はあんなに元気だったではないか、ベアトリス」

「はい」

「なぜなのだ。赤の王冠は、本当に彼女を殺さなければならなかったのか」

「……わかりません」

背後で、ローガンが洟をすすっている。ザカライアとヨアキムも、沈痛な面持ちだ。ニカヤで共に過ごした時間は短かったが、エスメは春の風のように爽やかで、明るい娘だった。あのユーリ王子も、エスメのことを気に入っていたのだ。

「赤の王冠を――ジュストとやらを、ニカヤの国民議会に連れてくればいい。これ以上誰も血を流す必要はない。我々が戦う」

「彼らには言葉など通じないのです」

「……それならば、ニカヤ人とは通じ合えないな。我々は言葉を尽くして戦う民だから」

「マノリト王」

「我が国のことは心配するな、ベアトリス。赤の王冠の手の者によって我が国が荒らされたのは、ベアトリスが責任を感じることではない。彼女を失って辛いのは、我々ではない。イルバスの民……そして、彼女の王だ」

「ありがたいお言葉……」

「我が海軍を連れていけ。ニカヤにいるイルバス駐留軍もお返しする。ニカヤの守りの心配をするな。ぼくは必ず生き延びて、民を守る。危ない奴らがやってきても、ヨナスがぼくたちを船に乗せて、逃げ切ってみせる。きっとだ」

ベアトリスは、マノリト王の背を抱いた。

そして立ち上がり、みずからの家臣に命じた。

「どのようなことがあっても、必ずマノリト王をお護りしなさい。必ずです」

「御意」

「マノリト王。ありがたく海軍をお借りいたします」

マノリト王は、悲しいはずである。それを必死でこらえている。王としての彼が「今は泣くべきでない」と判断しているからだ。

「ローガン。これからはアテマ大臣の指示に従いなさい。馬が合わないかもしれないけれど、しっかりね」

「はい。悪い人じゃないってわかってます」

「あなたをイルバスに戻すことができなくてごめんなさい。でもこの国にイルバス人がいた方が、悪事を働くイルバス人をおさえることができる。ギャレットと私が不在の間、あなたが頼りよ。しっかり目を光らせなさい」

「がんばります」

兄から引き取ったこの優男の騎士も、悲しみをこらえていた。くちびるがふるえて、目が赤くなっている。マノリト王が我慢しているのに、みずからが泣くわけにいかないと思っているのだろう。

(本当は、青の陣営との融和をはかるためのローガンであったのに……お兄さまも行方不明のまま……)

遺体が見つかったという話も聞かない。日が経てば経つほど、アルバート生存の見込みは絶望的になってゆく。エスメに引き続き、アルバートの訃報が決定的なものになれば、国民に与える衝撃ははかりしれないものになるだろう。

(サミュエルのことが、気がかりだわ)

サミュエルはエスメがいたからこそ、王になれた。エスメは、彼自身が見つけ出した星だったのだ。彼に襲いかかるであろう悲しみと混乱を思うと、ベアトリスは己が悲しみにくれているばかりではいけないと思う。同じことを海の向こうのギャレットも感じているはずである。

「マノリト王。——必ず平和な世で再びあいまみえましょう」

「あなたの出立に、春の詩を歌おう。平和への祈りを込めて。再会するときには、ぼくはもっと強い王になる」

「いずれ、私をも越えるすばらしい王になられることでしょう」

この戦がどれほど長引くことになるのか、予想もできなかった。もし十年も戦い続けることになれば、マノリト王はすでに成人している頃だ。たくましい青年になるまで、そばで成長を見守ることはできないかもしれない。

ベアトリスは、ニカヤの繁栄を願う口上を述べた。

*

イルバス王宮。

サミユエルの私室には分厚いカーテンがかけられ、夜をむかえても明かりが灯されることはなかった。家臣や使用人たちの入室はいっさい禁じられていた。

サミユエルはベッドに横たわったまま、天井を見上げていた。

どうやって自分が、ナグトンからこの部屋に戻ってきたのかもわからなかった。音は相変わらず聞こえない。倦怠感がサミユエルを襲い、腕ひとつあげることもできなくなっていた。

まぶたは重たかった。だがまぶたを閉じれば、眼裏にエスメの顔が浮かんだ。

「サミュエル陛下。またお熱が出てしまったんですね。大丈夫です。溜まった書類は私が決済をしておきますから」

他の人間の声は聞こえないのに、どこかから聞こえるエスメの声だけはやたらと鮮明だった。医師が懸命に話しかけてきたが、エスメの声にかき消されてしまった。

「サミュエル陛下。今は無理をしてはいけません。カーテンを引いて、ベッドに横になって。退屈でしょう。私がニカヤで食べたおいしいもののお話をしてあげます」

エスメの語る食べ物は、みずみずしい果物やとれたての魚介、珍しい鯨の肉。聞いているだけで腹が膨れて、食事をする必要はなくなった。

「サミュエル陛下。痛いけど我慢ですよ。これもよくなるためです。元気になったら一緒に薔薇の温室へ行きましょう」

一日一度、侍医がサミュエルのもとへやってきて、栄養素入りの点滴を打ってゆく。それがサミュエルの命綱だった。点滴の針が皮膚を通るとき、エスメは励ますように手を握ってくれる。

ベッドの側で、愛犬のアンが吠え立てている。アンの声が聞こえると、エスメの姿がかすんでいく。

「わあ、めずらしいですね。アンはいつもおとなしいのに」

エスメの姿が薄くなると、サミュエルは厳しい声音で言った。

「アンを連れて出てくれ。うるさくてかなわない」

侍医はアンを連れて、静かに部屋を出た。アンの悲しそうな鼻声が聞こえてくる。悪いとは思ったが、ほっとする。

サミュエルの髪には白髪がまじり、頰はそげて、二十も歳を重ねたかのように見えた。


「ピアス公」

ギャレットは黒いコートをひるがえし、王宮を闊歩していた。

彼の姿を認めた白衣姿の医師団が、あわててかけつけてくる。

「サミュエル陛下の容態についてご報告を」

侍医たちには日に三度、国王代理であるギャレットにサミュエルの様子を伝えるように命じてある。

「相変わらず食事を摂られません。こちらの呼びかけが聞こえないようで、夢うつつの状態です。それから——クリス・アシュレイル卿の顔を見た途端、錯乱状態に」

「無理もない。アシュレイル女公爵とは双子の兄妹、顔立ちがそっくりだ。ふたりを近づけさせないようにしてくれ」

クリスの方もひどく動揺していた。エスメの棺が到着すると、泣きすがって離れようとしなかった。時が経ち、気持ちが落ち着いてきて、やっとの思いでサミュエルを見舞いにやってきたのだろう。

なにはともあれサミュエルは憔悴し切っていた。

サミュエルは突然、人の声に反応しなくなった。伝令兵がエスメの訃報を届けて以来、彼は会話を一切受け付けなくなった。弱りはてた家臣は筆談をこころみたが、サミュエルはそのうちその文字をたどることすらできなくなった。

「これが、昨日のサミュエル陛下との筆談によるやりとりです」

――サミュエル陛下、おはようございます。少しでもいいです、スープを飲んでみませんか。それともお薬だけにしましょうか。

これにたいして、サミュエルは回答していない。ただ走り書きをしている。

『エスメは？』

「……見てはいられないな」

サミュエルの弱々しい筆跡。こちらまで気が滅入りそうだ。ギャレットは首を横にふった。

「サミュエル陛下は、俺のことを覚えておられなかった。他に、彼に会った人物は」

「サミュエル陛下はモリス卿の顔を判別できませんでした。ベンジャミン・ピアス子爵のことも認識されておりません。彼らでだめなら、正直もうベアトリス陛下しか……」

イザベラ王太后もサミュエルをたずねた。彼はぼんやりと母親をながめていたが、やがて彼女の姿が目に入らないかのごとく一顧だにしなくなったらしい。独り言をぶつぶつと漏らす息子を見ていられず、イザベラ王太后は泣きながら退室したという。

「アルバート陛下の良くない知らせも受けて、イザベラ王太后はひどく落ち込まれています」

長く隠し通すことはできなかったのだろう。とうとうイザベラの耳に、アルバートの行方が分からなくなっていることが告げられた。

長男の生存は絶望的、次男は王の務めを果たすことができなくなった。

「無理もない。あとで俺からもご様子をうかがわせていただく」

エスメの遺体は、冷たい地下室に保管されている。正式に国葬を執り行う日取りは決まっていないが、亡骸が傷んでしまう前に土の下に眠らせてやる必要がある。別れの前に、サミュエルにエスメの顔を見てもらいたかった。

「カミラ元王女殿下よりご報告が。無事にナグトンへ入られ、避難民を受け入れられました。ザビア領主との関係も良好なようです。しかし、サミュエル陛下は特効薬の融通と引き換えにこの取引を行われています。研究班のアシュレイイル卿は――」

「すみやかに研究所に戻したいところだが、なんの支えもなく彼を働かせるのは酷だ。家族や友人や精神科医、彼のために力になってくれそうな人物をあたれ。研究は途中までうまくいっていたようだ。居残りの研究班にこれまでの成果をまとめさせて、こちらへ送るように言ってくれ。しばらくは伝令を通して続けてもらおう」

休ませてやれないのは酷だが、クリスの特効薬の研究はこの戦の要になっている。

「それからもうひとつ。ロエール村の住人たちが、こつぜんと姿を消しました。すでに連れ去られたものと思われます」

「老人と子どもばかり、連れ去ってどうする気だ」

「我々への交渉材料にするつもりなのかもしれません。カミラ元王女殿下が行方を追っています」

「カミラ元王女殿下に応援部隊を送れ。人捜しをするなら我が軍の手の者を使う方が良いだろう」

「かしこまりました」

知らせは東へ届いたはずだ。今頃、ウィルとクローディアも驚き、悲しんでいるに違いない。

「西部地域の貴族を集めてくれ。これから緑の陣営は、赤の陣営の管轄下に入る。できるだけすみやかに、戦の対策を打つ」

ギャレットは手袋をはめなおした。

*

エスメ・アシュレイル女公爵、戦死。

この知らせを受け、クローディアは休むことをやめた。

これほどの衝撃的な知らせを受け取って、どうして休んでいられようか。

エスメはイルバスのこれからを背負う大切な宝であったのだ。

彼女の訃報を受け、ウィル・ガーディナーには一刻も早い王都への帰還命令が出た。

「ガーディナー公。あなたはすぐにお帰りになってください」

修道服は土と砂で茶色く染まり、ブーツはいくつも底が抜けた。すりきれた手袋をはめた両手が抱えるのは、彼女の身長ほどもある大岩である。

「クローディア様……あなたをおひとりで残していくわけにはまいりません」

「わたくしは軍人ではありません。命令を聞く必要はありませんの。帰還命令の対象はあくまで青の陣営の軍。わたくしはそうね、アルバート陛下を探している有志の一般市民ですわ。そういうことにいたします」

クローディアは岩を投げ、崖の下に落とした。

「サミュエル陛下のことが心配です。今はひとりでも多くの人材が、王杖を失った王を支えるべきときです。東から攻めてくる者たちなど、私がここの岩みたいに崖から落としてやりますわ。どうかわたくしのことは心配なさらず」

手袋に血が滲む。言葉では強がっていても、思ったような力は出せない。次の岩をつかみ、持ち上げようと腰をかがめたが、岩はほんの少し浮いただけだ。

ウィルが共に力を入れて、ようやく岩をずらすことができた。

「ガーディナー公、ここは本当に大丈夫ですわ。早く王宮に……」

「あなたを残していっては、アルバート陛下に申し訳が立ちません。私がここを離れるときは、クローディア様とおふたりか、アルバート陛下と三人。そのいずれかです」

しかし、時間がない。帰還のため、すでに一部の兵は撤収準備に入っている。ギャレットの寄越した赤の陣営の軍と交代し、怪我や疲労、そして例の病に罹患し動けなくなった兵士を避難民たちと共にナグトンへ移すことにしたのだ。

「クローディア様。本来ならば避難する民たちと共にナグトンへ身を寄せていただきたいところなのですが」

「わたくしは、アルバート陛下と一緒でないと、帰るつもりはございません。ガーディナー公と一緒ですわ」

無理を言って、ここまで来たのだ。たとえアルバートが生きていなくとも、彼が生きていたあかしを、必ず持ち帰る。

（――アルバート陛下。お隠れになっている場合ではありませんわよ）

凍り付いた岩に手をかけ、力をこめる。重たい。ウィルがクローディアの手のそばに自身の手を置き、ふたりで渾身の力で引く。ふたりに感化されて、ウィルを迎えに来たはずの部下の兵士たちまでもが、岩に縄をくりつけ、作業に加わる。老兵や民間の有志たちは、すでに避難させていた。

「アルバート陛下！　アルバート陛下！　アルバート陛下！」

いつのまにか掛け声があがっている。

生存が絶望的な、王のために。願うように祈るように、掛け声は勢いを増す。

「まぬけな掛け声に聞こえるのは俺だけでしょうか」

ウィルの言葉に、クローディアは笑ってみせた。

「活気があってよいではありませんか。アルバート陛下はご自身がお好きですから、これだけ呼べばきっと出てきてくださいますわよ」

クローディアは、兵士たちと共に、大きく叫んだ。

「アルバート陛下‼」

岩が動き、クローディアに向かって転がっていきそうになる。彼女が岩に押し潰されないよう、全員で岩をおさえた。クローディアは岩の後ろをのぞきこみ、まばたきをした。

「うそ……」

岩の向こうに、苔むした細い道が続いている。

「クローディア様」

土煙にまかれ、ひととおり咳き込んでから、ウィルは腰をかがめた。

「血の跡です」

茶色く変色し、乾いた血の跡が、引きずったようなかたちで地面に残っている。

「誰か、ここに埋まっていたんですわ……」

――予感があった。

クローディアは修道服のすそをさばき、走りだした。

アルバートは、いつだってベルトラムの王として、ふさわしい場面で活躍してきた。今こそ、王の出番ではないのか。妹弟の危機を、国民の危機を救うことが。これ以上彼の再登場が待ち望まれる時などあろうか。アルバートは、好機をけして見逃さない男である。

「危険です、クローディア様！」

兵士たちがクローディアの後を追う。

「……すまないな、アシュレイル女公爵。俺たちは遅れるが、必ずあなたの王の役に立とう」

アルバートの悪運の強さを誰よりも信じていたのは、ウィルである。

すでに見えなくなったクローディアを追い、彼は暗闇の中を駆けだした。

*

海は凪(な)いでいた。イルバスに導かれるかのように。

ベアトリスを乗せた船は、最短航路でイルバスへ向けて進んでいった。彼女の背後には、ニカヤ海軍の率いる戦艦がある。

帰国した彼女には夫や家臣と再会を喜ぶ暇(ひま)も、旅装を解く暇もなかった。港で出迎えたギャレットが現状を報告する。帰還命令を出したウィルとクローディアはまだ戻らず、代わりにナグトンからカミラが駆けつけていると。

乗り換えた馬車の中でギャレットは各地の状況をかいつまんで伝えた。ベアトリスが国へ戻るまでの間に、サミュエルは寝たきりになってしまい、クリスは特効薬の研究を休止せざるをえなくなった。

「クリスまで倒れることになるかもしれないわ」

彼もまた、妹を失ったことで深い心の傷を負っている。特効薬の開発は神経を使う仕事だ。人命がかかっていて、責任を伴う。

「クリスの後任を見つけた方がいいのでは？」

ベアトリスの問いに、ギャレットは答える。

「本人は、仕事への復帰を希望しています。なにかしていた方が気が紛れるそうです」

「……そう。本人が希望するならいいのよ。でも、現実逃避のために自分を追い込んでいるようなら良くないわ。クリスの様子もしっかり私に報告するようにして」

「かしこまりました」

「サミュエルは、耳が聞こえないの？」

「聴力に問題があるわけではないそうですが……」

聞きたい事柄しか、聞こうとしないのか。

久方ぶりのイルバスの景色を瞳にうつしとり、ベアトリスは嘆息する。国を留守にしている間に民の活気は失われ、街はうらぶれていた。

「そう。エスメの顔を見たいけれど、先に話をしなければならないわね」

王宮の玄関口では、あざやかな紫色のドレスを身にまとったカミラが、ベアトリスを待ち受けていた。

　頬のあたりで短く切り揃えた、前衛的な髪型。手入れの行き届いた美しい肌。相変わらずの美貌だ。

「久しぶりね。ベアトリス」

「カミラ。あなたにはたいへん世話をかけたようだわ」

「まったくだわ」

「私の応接間はすぐに人を通せて？　カミラと話がしたいわ」

　ベアトリス不在の間も、彼女が客人をもてなす際に使う、専用の応接間はきれいに手入れされていた。ベルベッドの絨毯や揃いのソファ、埃ひとつなく磨かれたシャンデリア。金色の額縁（がくぶち）におさめられた絵は、いつかサミュエルが描いてくれたベアトリスの肖像画である。結婚前のもので、今よりも幼い表情だ。

　たてかけられた鏡にうつった自分は、このときよりも神経質な顔をしている。ベアトリスは鏡から目をそらした。

「我々は席を外しましょうか」

　ギャレットは、カミラのお供のライナスやブリジットと共に、扉近くに控えたままたずねる。

「……ええ、お願い」

「ライナス、ブリジット。外で待っていなさい」

女主人たちの命に従い、彼らは応接間を出ていった。

ふたりはソファに腰をおろし、互いの顔を見つめ合った。カミラは小さくため息をつく。疲労を隠し切れていない。このようなことはめずらしかった。

ベアトリスよりも年上のカミラは、なにをするにしてもいつも余裕がにじみ出ていた。自信過剰なところはあれど、その自負心は努力によって培われたものだったので、嫌みがなかった。

降嫁前の彼女の記憶は、いつだって鏡台の前にある姿だ。カミラは穴があくほどに鏡をのぞきこんでいた。

そしてまだ少女だったベアトリスをながめては言ったものだった。

『ベアトリス、あなたはお祖母様そっくり。磨けばそれ以上になるかもよ』

カミラは、自身の髪結いは気に入りのブリジットにしかさせなかった。ブリジットが彼女の髪をくしけずり、蝶の翅を模した髪飾りをつけると、ようやく満足したようにほほえんだ。

『磨くって、どういうこと？』

『美しさは宝石と同じよ。磨けば磨くほど輝く。でも、たとえ素材にめぐまれて生まれたとしても、磨くことを怠ればその輝きはくすむのよ』

『カミラは自分を磨いて、きれいな女王様になるの？』

このときのカミラは、まだ女王にならないと宣言してはいなかった。今から思えば、べアトリスがある程度大きくなるまでその決断を明かさないようにしていたのではないかと思う。自分の選択が、いとこの将来に影響を及ぼすかもしれないと。

　ふたりとも、女のベルトラムである。

　すでにアルバートの戴冠は決定している。先に成人するカミラが王冠を手放すのなら、後に続くベアトリスもそれにならうように——そのような圧力をアルバートからかけられないようにするために。

　女王になりたいのか。ベアトリスのこの問いは、カミラがどのような人生を選ぶのかについて、核心をつくものだった。

『女王よりも価値のあるものになるわ。誰かにとってこの世でただひとりの、かけがえのない女よ』

　大ぶりのイヤリングをつけながら、カミラは言った。

　カミラはいつだって強かった。先を読める女だ。嵐のように周囲を翻弄するが、いたずらに人を傷つけたりしない。さっぱりとした生き様で、とびだす言葉の真意に気がつくときは、もうそこにカミラはいない。

　成長し、大人になったふたりは、ままならない事象の前に互いを見つめ合っている。

「……あなたをイルバスに縛り付けてしまったようね、カミラ」

「いっときのことよ」

　カミラはつややかな口紅を光らせて、なんてことはないように言った。

ベアトリスはたずねた。

「サミュエルの様子は、どうなの。まだ彼の顔を見ていないのよ」

「ひどいものだわ。私のことなんてまったく見えていない。うわごとのように『エスメ』と繰り返していたわ」

カミラは彼の胸ぐらをつかんだり叩いたりしてみたが、とうとうサミュエルは己を取り戻すことはなかったという。

「……エスメを埋葬してあげなくてはならないの。かわいそうだけれど、もう遺体の腐敗が始まってしまっているようなのよ」

「ずっと低温の地下室に安置していても、そう持ちはしないわね」

「長いこと冷たい場所に置いておくのも忍びないわ。あの子には、最期に王に会わせてやりたいのに……」

「サミュエルのお気持ちなんてどうだっていいわよ。埋葬をこれ以上伸ばせないなら、あの子を無理矢理引きずっていったら。死に顔が美しくないなんて、気の毒でしょう。とろい男なんて待つ必要ないわ」

カミラらしい意見である。ベアトリスは少しの間言葉を呑み込んでから、言った。

「お兄さまも、サミュエルも、このままでは再び玉座につくことはできないでしょう」

「……まあ、希望があるとは言えないわね」

「頼みがあるのよ、カミラ」

「これ以上面倒ごとは御免よ」

「女王になって。イルバスに戻ってきて頂戴（ちょうだい）」

「……面倒ごとは御免だって言ったでしょう」

　カミラは立ち上がり、目的もなく部屋を歩き回りはじめた。

「私が動く気になったのは、祖国の平和を守り、夫との平穏な日常を維持するためよ。結婚生活を守るためなの」

「わかっているわ」

「私は女王になるつもりはない。あなたがたきょうだいのように、わずらわしい感情でつながりあうのは勘弁させていただきたいのよ」

「わかっている。でも……」

「私とあなたで、女王がふたりね。きっとイルバス史上、最高に面白い時代になりそうよね。自分がずっと後の時代に生まれて、歴史研究家にでもなったらそう思うに違いないわ。でも私は今のイルバスに生きる女よ。アルバートのことは気にくわないけど、私は彼の意見にいつだって賛成だった。王はひとりで十分なのよ」

　ベアトリスは複雑な表情になる。

　――そう。他国の王は、ひとりで玉座を守っている。あんな小さなマノリト王でさえ。

「エスメが亡くなった。お兄さまも戻らず、サミュエルに政務が務まらなければ、国民は心細く思うはず。私の力だけでは彼らの不安を解消することはできないのよ」

「自分の力を小さく見過ぎだわ」

「カミラ。あなたがいなければ、特効薬の研究が進むこともなかった。赤の王冠の隠した火薬や爆弾を発見し、大きな被害を防ぐこともできた。ナグトンで、サミュエルにかわり避難民の受け入れに尽力(じんりょく)してくれた」

「まあね。私って優秀なのよ。でも女王向きじゃない。女王になったら自由に動けない。自由に動けなければ私じゃないの」

ふたりの女は、再び見つめ合った。

同じベルトラム王家に生まれながら、まったく違う人生を歩む女たち。

「女王になるのは、ごめんよ。すべての王の子に王冠をかぶる権利があるなら、捨てる権利もあるはずだわ」

「……そうね。悪かったわ、忘れて頂戴」

「でも、引き続き力にはなる。だって考えてみてよ、このままあなたまで縁起(えんぎ)でもないことになったら、いよいよ私は玉座を押しつけられることになる。私だってそれは冗談じゃないのよ。あなたを守るためならいくらでも働いてやるわ、ベアトリス」

ベアトリスは苦笑した。

カミラが自分と並び立って王冠をかぶってくれたらどれほどよかったか。しかし、今為すべきなのは彼女の説得に時を費やすことではないのだろう。

「ならば、サミュエルに会ってくるわ」

エスメの死は、イルバスにふたつの痛手を与えた。

ひとつは、サミュエルを玉座から引きずり下ろすほどの衝撃を与えたこと。

もうひとつは、いよいよこの騒乱が本格的な戦争に発展するきっかけを与えたことである。

＊

静寂を打ち砕くようにして、力強くノックする。

中にいる人物に届くように。ベアトリスは、凛(りん)とした声をあげる。

「……サミュエル。いるんでしょう」

返事はない。

ベアトリスは自身の背に控えるベンジャミンに、視線を向ける。

「ベンジャミン。あの子は」

「誰の呼びかけにも応じません」

ギャレットとベンジャミンは、物憂(ものう)げな面持ちである。サミュエルと自分たちを隔(へだ)てるのはたかだか扉一枚だ。だが、まるで堅牢な城門が立ち塞(ふさ)がっているかのように思える。

「ふたりにして」

おろおろと様子をうかがう使用人を制して、ベアトリスはサミュエルの部屋に足を踏み入れる。

　彼女は己の目を疑った。

　ベッドの上に、男がひとり、所在なげに腰を下ろしている。

　きょうだいで一番、身だしなみに気を遣っていたサミュエル。かつての美しい王の姿はどこにもない。

　白髪まじりのぼさぼさの髪に無精ひげを生やし、ボタンのゆるんだシャツから、痩せこけて肋骨のうかんだ胸がのぞいている。

「……サミュエル」

　ベアトリスが名を呼んでも、彼は返事をしなかった。

「サミュエル、私よ。帰ってきたのよ」

　サミュエルは夢見るようにほほえんだ。その表情に、ベアトリスは泣きだしたい気持ちになった。

　――私の方を見ていない。

「エスメのことを話しに来たのよ」

　ベアトリスの言葉に、サミュエルの肩がわずかにふるえる。

「もう、あの子を埋葬してあげなくちゃいけないの。主人の貴方が送り出してやらないと、あの子が悲しむわ」

「……」

「あの子の死を国民に公表したら――国葬を行うことにしたら……きっと、赤の王冠は宣戦布告をしてくるはずよ。王杖を殺しておいて、このまま黙っているはずがない。本格的な戦争になる。お兄さまがいない中、私とあなたで、イルバスを守るしかないのよ」

「……」

「サミュエル。いい加減にしなさい。あなたは国王なのよ」

ベアトリスは、サミュエルの頬を両手ではさんだ。苔のようにまだらな、緑の瞳。彼はぼんやりと、ベアトリスをその瞳にうつしとった。

（ようやく私を見……）

わずかにふくらんだ希望は、彼の言葉によってすぐにしぼんでしまった。

「……じゃなくていい」

「え？」

「王じゃ、なくていい。もう王なんてやめる」

「なにを……」

「エスメとスタークに帰って暮らす。もう決めたんだ。エスメも賛成してくれている」

「自分の言っていることの意味がわかっているの」

あれほど、戴冠前は国王になることを切望していたではないか。エスメとふたりで臨んだ戴冠式では、自信に満ちた表情をしていたではないか。

「あなたを国王にしてくれたのは、いったい誰なの。あなたが一番わかっているはずよ。

エスメはあなたに、王をやめてスターグに帰りましょうなんて、口が裂けても言わないわ」

「うるさいな!!」

サミュエルは、ベアトリスをつきとばした。

物音に気がついたギャレットとベンジャミンが、あわてて部屋に飛び込んでくる。

「ベアトリス陛下」

「あっちいけよ!! エスメが消えちゃうだろ!! うるさいこと言う奴は全員死ね!! みんな死んじまえ!! どっか行けよ!!」

しわぶきをとばし、サミュエルは叫ぶ。

「ベアトリス陛下、行きましょう」

言葉を失うベアトリスに、ギャレットが手を差し伸べる。

ベアトリスは床に座り込み、弟を見上げた。正気を失った彼は、まったく知らない男に見えた。

「誰かサミュエル陛下に安定剤を。早く!!」

ベンジャミンが使用人に呼びかけると、暴れるサミュエルを押さえにかかる。

ギャレットの手を取り立ち上がると、ベアトリスは静かに言った。

「……エスメのことをこのまま放っておくのは、あまりにも酷よ。申し訳ないけれど、明日には彼女を埋葬します」

「ベアトリス陛下」

「国葬は私たちが取り仕切る。エスメを失って辛いのはあなただけじゃないのよ。彼女のご家族や、彼女の家臣、彼女の友人たちの気持ちを考えればこそ、あなたが王としての器を示さなければならないときだというのに。たとえ大切なものを失っても――それが己の王杖であっても、王としての責務をまっとうする。あなたも同じ気持ちで玉座についたのかと思っていたわ」

サミュエルは、ベッドの上で息を荒らげている。体力がないのに興奮して暴れたので、へばってしまったのだろう。

「愚かな子。もうあなたの言葉を聞く必要はない。これ以上私を失望させるくらいなら、なにも話さなくて結構よ」

ベンジャミンに後を託すと、ベアトリスはサミュエルの部屋を出た。

暗い廊下を、ギャレットを伴って歩いていく。

乾いた空気のせいか、それとも弟に冷たい言葉を浴びせたせいか、喉がひりひりとする。

ギャレットが気遣うようにたずねる。

「ベアトリス陛下。……アシュレイル女公爵の埋葬の件は、お言葉通りに？」

「ええ」

ベアトリスは、胸が張り裂けそうだった。

あのように突き放すしかなかった。だが、自分がギャレットを失ったとき、同じようにならないと言えるだろうか。

エスメの死を受け入れられず、現実を見ようとしないサミュエル。運命がほんの少しくるっていたならば、同じような境遇に陥っていたのは自分かもしれないのだ。

「王杖は王の右腕、王の伴侶は王の精神的支柱。どちらも同じくするのは、私もサミュエルも同じ。だからこそ、あの子には王をやめるだなんて言って欲しくなかったの。……私はひどい姉ね」

「いいえ。王としてのお手本を、お見せになられました」

ギャレットはこう言ったが、ベアトリスはサミュエルを元気づけることができなかった。エスメに申し訳なく思う。

（……最期に、会わせてやりたかった。私がふがいないせいだわ）

埋葬は明日。国葬は半月後に執り行うこととした。おそらくこの半月後の国葬で、赤の王冠はカスティア国と組み、ベアトリスたちを王位の簒奪者として糾弾するはずである。

「国葬を行うことで、みすみす赤の王冠につけいる隙を与えるのではないですか。内々で静かに葬ってやる方が、サミュエル陛下の負担にもならずにすむ」

ギャレットの意見はもっともである。

「私も……本当は、家族と近臣、エスメにとって身近な人たちだけで、静かにあの子を送ってあげたいのよ」

これは、ひとりの人間としてのベアトリスの気持ちである。

しかし、女王である彼女は、自身の気持ちを押しやらなくてはならない時もある。

「しかし、国葬はある意味もっともわかりやすい『敵が仕掛けてくる機会』でもある」

ベアトリスは足を止めた。

ギャレットは、女王の顔をうかがうようにたずねた。

「……ここで、赤の王冠に仕掛けさせるというのですか」

「エスメには、申し訳ないと思っているの。しかしジュストは王杖を殺した以上、己の罪を釈明するために表舞台に出てくる機会を欲しているはず」

エスメの死は現在公にされていない。

公にするのならば、ジュストを殺人の罪で指名手配することになる。エスメの体から出てきた銃弾は赤の王冠が使う銃弾とそっくり同じものだ。また近隣のロエール村で杖をついた老人の目撃情報も出ている。カミラが連れ帰ってきた少女「アルーシャ」が、ジュストが村にいたこと、地下の爆薬に関して口にしていたことを証言した。エスメの殺害の他に、無許可の危険物所持や違法賭博罪、ロエール村の住民たちの誘拐の罪も重ねて問うことになる。

そして、毒薬だ。あれと病の因果関係が明らかになれば、ジュストの王位継承など可能性すらなくなるはず。

「ジュストの指名手配を差し止めていたのは、問答無用で彼を処刑台に引きずり出すために証拠を集めていたこと、そして彼に王位継承の宣言の機会を与えないためだった。でもすでに十分すぎるほどの証拠はある。彼は己の窮地を理解しているからこそ、カスティア国という賛同者と共に早々に王位継承宣言をしようとするはず。彼に宣言させなければ、赤の王冠にとっての『革命』は始まることはない。始まらなければ終わらない。ならば終わらせるために始めさせるのよ」

今、赤の王冠はイルバスのあちこちで破壊活動を行い、イルバス軍はすべてを相手どるのに手一杯。時が経てば経つほど戦況は不利になる。しかし国葬の日取りが決まれば、ジュストはそれを機に己の勢力を王都の制圧に全投入するだろう。

「しかし、そうなればカスティア国との戦争になるのは避けられない。……アシュレイル女公爵の葬儀も、踏みにじられる。亡くなった際と葬儀の際、彼女の尊厳は二度損なわれることになります」

「……わかっているわ。人として、このような選択はするべきでないということは。でもこの国葬を強行することが、私が勝つための最大の機会となるの」

ベアトリスは武器や罠を作ることを得意とするが、戦そのものは得意ではない。戦略を順序立てて考え、地形や天候を味方につけるには、よく知った土地でなければ力を発揮できないのだ。

戦場は狭く固定された場所が好ましい。王都は地形を知り尽くしているし、葬儀の最中、どこで敵が仕掛けてくるかもある程度予想できる。

「本格的な戦争にしないために、お兄さまやサミュエルは耐えてきた。けれどふたりとも、この作戦の指揮はとれない。私が赤の王冠を一網打尽にしなくてはならない」

わざと敵を己の懐に誘いこみ、総攻撃をしかける。

攻撃は最大の防御とする作戦だ。

（しかし、私らしくはない）

ベアトリスは悩んでいた。好戦的なアルバートや感情で動きやすいサミュエルとは違い、ベアトリスは常に冷静に、状況を俯瞰して判断してきた。赤の王冠に痛撃を加えることもできるが、同時に革命の機運を高めかねない。

この作戦は諸刃の剣だ。

アルバートの不在やエスメの死により、ベアトリスの気持ちが揺さぶられているのは確かだ。

「迷っておられるのですね」

ギャレットの言葉に、ベアトリスはうなずいた。

「情けないことだわ。心の定まらない姿など家臣には見せられない」

「俺は家臣であり、夫です。ふたりでいるときくらいは、迷われる顔を見せてくださってもいい。一日考えましょう。アシュレイル女公爵の弔いが終わってから決断をくだしましょう」

「……そうね。今夜くらいは、彼女の死を悼みたい」

ギャレットは、励ますようにしてベアトリスの肩を抱いた。

翌朝、エスメは冷たい地下室から、造花が敷き詰められた棺の中へとうつされた。

その様子を、ベアトリスやギャレットをはじめ、ベンジャミン、そしてエスメに近しい緑の陣営の家臣たちが見守っていた。

エスメの傷口は縫い合わされ、特に目立つこめかみの銃創は花飾りで隠されていた。

真新しい白い軍服を着せられたエスメは、カミラがみずからほどこした化粧で、まるで生きているかのように見えた。ただ眠っているだけの可憐な少女だ。遺体の腐敗はすでに始まっていたが、カミラが苦心して別れの身支度を調えてやったのである。

「花嫁衣装を着せてやろうかと思ったのだけれど、肝心の夫がいないのに着せるのもどうかと思ってね」

「ありがとう、カミラ。エスメをとてもきれいにしてくれて」

「婚約指輪はどうする？　一応、外さないでおいたのだけれど」

カミラにたずねられ、ベアトリスは迷った。

指輪はサミュエルに返すべきだろうか。それとも……。

「ベアトリス陛下。恐れながら申し上げます」

フレデリックが、緊張した面持ちで言った。

「エスメは、左手を雪の下に隠していました。死の間際まで婚約指輪をとても大切にしていたものと思われます。個人の心情になってしまって申し訳ありません。指輪は王家の大切な宝ですが、一緒に葬ってやれないでしょうか。サミュエル陛下には、代わりに彼女のレイピアを」

　ベアトリスに異論はなかったが、念のためクリスにたずねた。

「クリス。あなたはどう思う?」

　彼は洟をすすってから、言った。

「エスメだったら、高価な物だからサミュエル陛下にお返ししてからお別れしたいと言うと思います。昔から贅沢(ぜいたく)嫌いでしたから。でも、すみません。僕はフレデリックの言うとおり、彼女に指輪を持っていってもらいたいんです。サミュエル陛下はここにいないけれど、確かに妹のことを想っていたのだと、信じてもらいたいから。お、お金は僕が一生分働いて返します」

　サミュエルの贈った指輪は、相当値の張る代物(しろもの)である。

「クリス、あなたはすでに私たちのために十分働いてくれています。その必要はないわ。指輪は一緒に送りだしてやりましょう。私からもこれを」

　ベアトリスはペンダントを首にかけてやった。エスメがニカヤに来たばかりの頃、ニカヤ風のドレスに合わせるために、彼女に譲った品である。エスメの部屋を整理していたメイドが見つけたものだ。これからもっと、思い出を作っていけると思っていた。このくらいしかふたりをつなぐものがないのだと思うと、ベアトリスの胸が詰まった。

「私は、一生あなたの義姉(あね)よ」

エスメの頬を撫でてやると、棺の蓋が閉じられた。

クリスは頬の筋肉をふるわせ、精一杯の別れの口上を述べた。彼女の父親や従僕のレギー、アシュレイル家の面々は、悲痛な表情で互いに身を寄せ合っていた。

「英霊となった彼女が苦しみから解き放たれ、そして最大の安らぎを得ることを願います」

ベアトリスは、エスメの魂を、そして残された者たちの気持ちをなぐさめるために、そう述べた。

教会の鐘が鳴る。

エスメの棺は、ベルトラム王家、そして王家に仕えた王杖たちが眠る墓地へおさめられることになった。王墓の森と呼ばれるその場所に、墓碑がひとつ増えたのだ。今はまだ、本当にひっそりと。

「……救いようのない男ね、サミュエルは」

棺の上に土がかぶせられてゆく。その様子を眺めながら、カミラは吐き捨てるように言った。

「行くわよ、ライナス、ブリジット。しんみりしてる人たちばかりじゃ事は進まない。やることはたんまりあるんだから」

「「かしこまりました、奥さま」」

「カミラ、私……」

「あなたはご家族のそばにいなさい、ベアトリス。はっきり言ってあんまりよ。愚かな弟の尻拭い(しりぬぐい)は姉のあなたがしなさいな。アシュレイル女公爵とはろくに話をしたこともないけれど、ただただあなたの弟が腹立たしいわ。一緒になっておいおい泣いても仕方がないから、私はやるべきことをします」

すたすたと歩み去っていくカミラをあっけにとられて見送っていると、ライナスがひっそりと、ベアトリスに耳打ちをした。

「奥さまは、ロエール村でジュストに裏をかかれたことを悔やんでいらっしゃるのでございます。ジュストは我々を追いかけてきたものの、ロエール村のすぐそばにアシュレイル女公爵がいるのを知ると、あのお方にねらいを変えたのです。我々が、もっと早くジュストの動きに気がついていれば、このような事態は避けられたのかもしれません」

――それで、みずからエスメの死に装束(しょうぞく)を調えることを申し出たのか。

「カミラのせいではないわ」

「私もそう思います。しかし奥さまはそういうお方。ものごとの結果にも完璧をお求めになるのです。王でないからこそ、完璧な女性でいなくてはならないというのは、奥さまの信条でございます。少しばかりのご放言は、ご容赦くださいませ」

「ライナス、何をしているの」

「奥さま、今すぐに」

ベアトリスに礼をすると、ライナスは主人のもとへ急ぐ。ベアトリスはカミラの言葉通り、クリスたちに寄り添った。

「なんで、エスメがこんな目に遭わなくてはならないのでしょうか……」

「そうね、クリス。本当に……」

ベアトリスは、クリスの肩を抱いた。

……私しかいないのだ。

家臣はそばにいてくれる。だが最終的に判断をくだすのは自分なのだ。議会で三人の王が揃い、めいめいの意見を戦わせていた日々は、もう取り戻せないのかもしれない。

（たったひとりの女王。なんという孤独かしら。だから祖母様は共同統治を敷くように言われたのかしら。これから、私がひとりで戦うなら。私だけが、彼らを守ることができるのなら……）

兄と弟のやり方は踏襲できない。すでに犠牲は出ている。

エスメの棺は、土の下に見えなくなる。

私は、このまま棺の数が増えていくのを、黙って見ているつもりなのか。

エスメだけではない。今もイルバスのあちこちで国民が命を落としている。

「ギャレット、私は決めました。その前にエスメのご家族とよく話して、ご理解いただきたいの。あたたかい部屋を用意して」

ギャレットは、ただうなずいた。彼の瞳も、赤くにじんでいる。

残された者たちの、ひりつくような胸の内をさらにかき乱すようにして、冷たい風が吹き荒れた。

＊

エスメの訃報と国葬の日取りは、すみやかにイルバス国中に伝えられた。

この知らせは人々にかつてない動揺をもたらした。

エスメ・アシュレイル女公爵が、赤の王冠に殺されたという事実は、人々に悲しみと驚き、そして憤り（いきどお）を与えた。

今まで、赤の王冠という組織についての認知度は、地域によってばらつきがあった。

反乱の起こった地に住まう民はよく知る存在ではあったが、騒動から離れた地方に生活する民には、彼らについてよく知らないまま暮らしている者もいたのである。

これは騒乱が本格化する前に沈静化したいと考えていたアルバートやサミュエルたちによる、あえて彼らの存在を公表しないという戦略ではあったが、ベアトリスは方針を変えることにした。

イルバス中に頻発（ひんぱつ）している反乱騒ぎ。その黒幕である赤の王冠が、イルバスの民を煽動（せんどう）し、不要な争いを生んでいる。

その情報が公にされたのである。

詳細は後日、私の口から――。触れ書きで、そう予告したそのときがせまっていた。

「女王陛下、お時間です」

ギャレットの声で、ベアトリスは久々に王冠をかぶった。中央には巨大なルビーが燦然と輝いている。公式の場に出るときには必ず頭上に戴くものだ。深紅のマントをひるがえし、ギャレットから王杖を受け取ると、ベアトリスは王宮の露台へ出た。

多くの人々が王宮へと詰めかけていた。すでに避難した女性や子どもたちの姿はないが、兵士や教会関係者、新聞記者に農民たち。イルバスを支える国民たちは、貴賤を問わず女王の発言に注目した。

「国民のみなさん。お集まりいただき、感謝いたします」

露台の下では、ジュスト・バルバをはじめとする、赤の王冠のメンバーの手配書が配られる。

絵空事の詭弁を弄し、ベルトラム王家に害をなさんとする男、ジュスト・バルバ。彼とその一味『赤の王冠』に与する者を罪人とし、ひとり残らず処罰する、と。

「赤の王冠はアシュレイル女公爵の殺害だけではなく、数多の犯罪行為を繰り返しています。危険思想を持つ集団を、我々はけして許すつもりはありません。私は彼らと全面的に戦う心づもりであることを、ここに宣言いたします」

手配書と女王を交互にながめる国民たちに、ベアトリスはゆっくりと語りかけた。

「私は、みなさんひとりひとりの命を守りたい。国葬の日は、どうか安全な場所で彼女への祈りを捧げてください。赤の王冠は、我々に対し宣戦布告をするでしょう。私たちは戦う心づもりです。今、ここに集まってくださったみなさんから、賛同の声をお聞きしたい。詩にのせて」

王宮に、春の詩が響き渡った。

春は若き日の空の上に
春は老いた夜のさざめきの中に
それぞれのぬくもりを運んでくる
冬が終わり　朝がめざめ　鳥のさえずりが春を呼ぶ
そのときは応えよ　声がする彼方、そこに王国がある

かつて、アデール女王はこの詩を軍歌とし、リルベクの地で戦ったという。

強い女王でありたい。今このときほど、ベアトリスが渇望したことはなかった。私は今まで、兄弟同士の軋轢を生まぬために、注力してきた。兄よりも強くならぬよう、弟には彼の進む道を提示できるよう。しかし、今のベアトリスはひとりだ。この国を再び廃墟にしないために、己を奮い立たせるときだった。

胸に手を当て、春の詩を歌う男たちの前で、ベアトリスは誓った。

たとえイルバスでたったひとりの女王になったとしても、けして、ジュストに王冠を渡したりはしないと。

「聴いてください、サミュエル陛下。春の詩ですよ」

エスメが楽しそうに、詩に己の声を乗せている。

なんと美しく、軽やかな歌声であろうか。ずっと耳を澄ませていたくなる。

サミュエルはベッドに体を横たえて、エスメの笑顔を見つめていた。

「ニカヤでも同じ歌で送り出してもらったんです。最近のことなのに、ずっと前の出来事みたい」

「そうか」

＊

エスメはカーテンをめくり、外の様子をながめている。今日の王宮は騒がしい。ひっきりなしに人の騒ぎ声が聞こえてくる。

サミュエルの部屋をたずねてくる者は、しだいに少なくなっていた。ベンジャミンやフレデリック、それにクリスが、扉越しにさまざまなことを報告してくる。そのたびにエスメの姿がかき消されそうになるので、サミュエルは叫び、暴れて、彼らを追い払った。

もう王などやめるのだ。王冠を捨て、エスメと一緒になると決めた。

今になってようやくカミラの気持ちがわかる。

王冠などあっても、大切な人を……失うばかり……いや、僕は喪(うしな)ってなんかいない。僕はエスメに永遠を誓ったんだ。永遠というものは、損なわれるものではない。この詩が歌い継がれて、愛され続けていくように。

「はやく……ふたりでスターグに行こう、エスメ。すぐに支度をさせないとな……」

サミュエルが呟き込むと、エスメは彼のそばに膝をつく。

「そんなお体では、スターグになど行けません。あちらは王都よりもずっと寒いんですよ」

「でも、ここにいるとお前は消えてしまいそうなんだ」

「陛下……」

毎日毎日、家臣たちが状況を告げてくる。日に日に悪くなってゆく、イルバスの現状を。姉のベアトリスはひとり、赤の王冠との全面対決を宣言したという。

彼らの言葉を聞くたびに、エスメの姿が薄らいでしまう。耳をふさいで毛布をかぶり、彼女を守っていたいのに。

「陛下。私……嘆いて助けを待つだけの日々は、終わりにしたんです。ずっと昔、陛下に出会ったばかりのころ」

エスメは、サミュエルのこけた頬を撫でた。

「陛下と出会ってから、毎日が宝物のようにきらめいていた。その宝を守りたいんです。私がいなくなったとしても」

「エスメ……?」

「陛下と一緒にいたいっていう、私のわがままを、そのままにはしておけない。私の愛する陛下は、誰よりも民を想う緑の陣営の王ですよ。私が独り占めしちゃいけないんです」

鐘が鳴っている。弔いの鐘だ。

——誰のための鐘だ？

「誰か、教会の鐘を止めさせろ‼　さっさとするんだ、これは国王命令だぞ‼」

使用人を呼びつけ、サミュエルは叫ぶ。

彼らは顔を見合わせ、申し訳なさそうに言った。

「サミュエル陛下……ご命令には、従えません。すでにサミュエル陛下にいっさいの裁量権はないと、ベアトリス陛下が仰せです」

「勝手を言うな。いくら姉さまの命令といえど——」

「お静かになさっていてください。ベアトリス陛下よりご伝言がございます。王冠をお返しし、ご静養に専念なさるおつもりがあるならば、相応の場を用意してくださるとのことです。お覚悟が決まりましたならばお声掛けを」

「おい……！」

「誰か、サミュエル陛下に安定剤を。また取り乱しておいでだ」

侍医が呼ばれ、扉に鍵がかけられる。

エスメの手を握ろうとする。柔らかな手をつかもうとしたが、空をつかむこととなる。

「陛下。私、こんなのいやです。陛下も本当は、わかっているはず」

「言うな。エスメ、それ以上言うんじゃない」

エスメは悲しそうな顔をする。

サミュエルはベッドの上で体を丸め、嗚咽を漏らした。

*

イルバス各地の教会では、国葬の日まで、毎日エスメを悼むためのミサが執り行われることになった。

時の経過に従い、人々の心に怒りの感情が育っていった。

「赤の王冠を許すな」

「アシュレイイル女公爵の仇（かたき）を討つのだ」

はじめは、スターグであった。

王杖就任前からこの地のために尽くしてきたエスメの死に、スターグの民は烈火のごとき怒りの炎を燃やした。

西部地域を皮切りに、怒りは伝播（でんぱ）していった。赤の王冠の協力者と疑わしき人物がいればうわさが広がり、家を荒らされ、危害を加えられた。

そして、赤の王冠と一般市民という、もっとも避けたい私闘が繰り広げられるようになった。

「ピアス公。スターグ周辺での争いで、領民五名の死傷者が出ております」

「アシュレイル女公爵関連か」

「はい。スターグだけではありません。西部地域の各地で、彼女の弔い合戦がはじまっています。問題なのは、赤の王冠との関係を疑われている人物すべてにその怒りの矛先が向かっていることです」

　ベアトリスの宣言により、赤の王冠の存在は明るみにされた。

　だが、ジュストは沈黙を保っていた。エスメの国葬まで、自分の登場を出し惜しみしているのだろう。

　彼が出てこないことがかえって、人々の怒りや不安をかきたてた。

（さすがとは言いたくはないが、策士だな。ベアトリス陛下が彼の罪を白日の下にさらしたからこそ、余計な露出は避けるか。ここぞというときに、カスティア国という後ろ盾と共に立ち上がる気なのだろう）

　ジュストはあせって出てくる気などさらさらない。人々の混乱をただながめていることにしたのだ。

「西の民は、俺が話をつけてくる」

　帰還要請を出したが、ウィルもクローディアもいまだに王都に戻ったという話は聞かない。なにか事情があるのだろう。

　ベアトリスは国葬の準備で手いっぱい。カミラにはナグトンを任せている。動けるのは自分だけだ。

「血気盛んなことは結構だが、国民は守護の対象だ。一般市民に危険な行動はさせられない。村人たちに話を聞くほかない」


スタークの地に入ったギャレットは、その異様な雰囲気に呑まれかけていた。

村人たちの視線は剣呑としている。彼らは常に互いを監視しているようであった。ギャレットたちがベアトリスの王旗を掲げて村に入ったことで、ようやく警戒を解いていた。

「ピアス公。申し訳ありません、娘のために」

エスメの実家——アシュレイル伯爵家をたずねると、年老いた父親がギャレットを出迎えた。

「お恥ずかしい話、娘が逝くまで酒が抜けませんでした。ずっとこの屋敷に閉じこもって、酒ばかりあおって……でも、不思議とね。彼女がいなくなってから、一滴も飲めなくなってしまったんです。あの子、私が手を出さないようにとっておきの酒を庭に埋めて隠してたんですよ。それを発見したときね、なんでもっと早く酒をやめられなかったんだろうと悔いてしまって……妻だけでなく、娘にも先立たれることがどれほど辛いか、身にしみました」

「お悔やみ申し上げます」

「このおいぼれの愚痴を聞く暇はありますまい。私も聞き及んでいます。赤の王冠のことでしょう」

「正確には、赤の王冠に対する自警団……そういったものが、西の各地で誕生していると聞いています」

自警団は、緑の花を縫い取った腕章をつけ、赤の王冠にかかわっているとされた人物や隠れ家を暴き出し、徹底的に排撃しているようだ。

「先日も、実は赤の王冠とは何の関係もなかった人物をなぶり殺しにしてしまう事件がありました。早急にやめさせなくてはなりません」

アシュレイル伯は、静かに言う。

「……恐縮ではありますが、申し上げます。この件について、サミュエル陛下からなにかお言葉があれば、人々の気持ちは違ったものになったのかもしれません」

「……」

「エスメの主人である、サミュエル陛下から何もお言葉がない。陛下が深い悲しみに暮れているのは、民も理解しています。娘がこの世を去り、娘と共に西部地域に寄り添われた陛下もいまだ立ち直れずにいる。その中で、民は自分たちにできることをしたいと思っている。結果が自警団の発足だったのです」

アシュレイル伯爵の言うことは間違っていない。エスメの死に関して、本来ならばサミュエルからの言葉があってもよいはずだった。だがサミュエルは公の場に姿を出すこともかなわない。彼が皆をいさめれば、人々はこぶしを下ろしたはずである。

「軍への入隊を志願した者もいましたが、働き盛りの若い男というのは、すでに徴兵でとられています。自警団の構成員は軍を除隊した者をはじめとする年寄り、または若くとも訳ありの者、そして女や子供ばかりです。避難したはずの民も、引き返して西へ向かっている。すべてはエスメの仇を打つためです」

「そこまで……」

「王たちは、我々国民を守ろうと必死になって戦ってくれた。その覚悟は、ベアトリス陛下のお言葉で伝わっています。しかし、国を守りたいのは王族だけではないのです」

ギャレットははっとした。

アシュレイル伯は、ギャレットの気持ちをのぞきこむようにして、思慮深げな視線を向けていた。

「我々ひとりひとりが、イルバスを守りたいと思っているのです。ピアス公」

「アシュレイル伯爵……」

「民の代表者に声をかけました。自警団の解散を求めましたが、彼らは頑として聞きません。ピアス公がいらっしゃる前に解決できればよかったのですが……」

「構いません。俺が話して聞かせます」

村人たちは、アシュレイル邸のそばに集められていた。年老いた男たちや、素行の悪そうな若者もいたが、中には農具を持つ女たちの姿もあった。

彼らは鋭い目でくちびるを引き結び、己の闘志で魂を燃やし、そこに立っている。

「ピアス公か。我々に武器を置いて帰れと命令するならば聞けないぞ」

背の高い男が、ギャレットの前に進み出た。

「命令するつもりはない」

「俺たちは戦う。イルバスの王杖を殺されて、黙って見ていられるか。あの子がいたから、うちの娘は栄養失調で死なずにすんだんだ。ここにいる連中はみんなそう。アシュレイル女公爵がニカヤから帰って、なにか新しいことをしてくれるのを楽しみにしていたんだ」

「彼女が、寡婦になった私に勤め先を斡旋（あっせん）しようとしてくれたんです」

「勝手に孫娘のように思っていた。一矢報（いっしむく）いたい」

「みなさん。落ち着いてください」

ギャレットは興奮する民に声をかけるが、彼らの怒りはおさまらない。

「これが落ち着いていられるか。軍には年寄りや女、前科者は入れない。ならば俺たちがこの手で、奴らに天罰をくだしてやるほかない」

「サミュエル陛下の代わりにな」

「……みなさんがアシュレイル女公爵を想う気持ちはもっともです。我々としてもありがたく思います。ですが、民を守るために戦った彼女の志（こころざし）に寄り添っていただきたい。みなさんに万一のことがあれば、彼女も浮かばれません」

「ピアス公。俺たちは、守られなくてはならない国民なのか？」

「もちろんです」

「俺たちは、そんなに無力か？」

ギャレットは、言葉を呑んだ。男はすごんでいる。

「あんたたちが、赤子みたいに守ってやらなきゃいけないほど、イルバスの民に力はないか？　赤の王冠にたらしこまれて簡単に手玉にとられちまうほど、弱い人間か？　俺たち全員が？」

「それは」

「あんたならわかるはずだぞ。少し前まで俺たちと同じ立場だった、あんたなら」

――労働者階級出身の王杖だからこそ。

ベアトリスに見出されるまで、ギャレットは地べたに這いつくばるように生きてきた。自分の人生を投げやりに思ったこともあった。けれど、ベアトリスのそばで、せめて彼女の役に立てるよう、懸命に生きてきた少年時代。

（俺が、王杖となってベアトリス陛下を支えている間……ニカヤへ渡った間……ほんのわずかな間も、西部地域の人々は精神的に自立し、たくましくなっている。サミュエル陛下とアシュレイル女公爵の功績はもちろんだが……）

王たちが紡いだ時代の変遷か。

今までは、王族は人々を導くための光でなくてはならなかった。

時代は流れる。人の心も移り変わる。国家はその変容に、柔軟でなくてはならない。

赤の王冠の甘言に乗ってしまった貴族や元権力者たちの姿ばかりを追い、彼らの下で懸命に生きてきた平民層について、ただ庇護するべき対象としか思っていなかった。だが、もう守られているだけの、弱く翻弄されるだけの民はいないのかもしれない。

「共に戦える方法を、考える」

「ピアス公」

「赤の陣営は、ニカヤでそのノウハウを培ってきた。あちらの国では貴賤問わずして国のために意見を交わしあう文化が発達している。だが、少し待ってほしい。すぐに場は整えられない。君たちの言い分は、一字一句たがわずに女王陛下に伝えよう。俺が書き取る。意見を述べてくれ」

「武器を置いて、我が屋敷を使いなさい」

アシュレイル伯爵にうながされ、人々は古い屋敷に吸い込まれてゆく。

「本当に、女王陛下に伝えてくださるのか」

「ああ。代表者をひとり、俺につけてくれ。共に陛下に謁見しよう」

「代表者は俺だ」

無精ひげを生やした若い男が手を上げる。

「名前は？」

「セオドラ。元兵士だ。若い時に色々やんちゃして、軍はやめた。だが銃の腕はなまってない。他にも橇を作るのが得意な奴、狩りの名手、料理人から乳母まで、自警団の組織にいろいろ集まってる」

「後で紹介してくれ。セオドラ、よろしく頼む」

ギャレットは、セオドラと固い握手をかわした。

——俺が動かなくとも、エスメが生きていれば、遅かれ早かれこのような試みをしたかもしれない。

今は亡き彼女のかわりに、ギャレットは人々の言葉に耳を傾けた。

＊

（なんて、長い道のりなの……これが本当にスエフト山脈の中を通っているのかしら……）

息の詰まりそうな隧道（すいどう）の中を、クローディアは歩いた。後方から、ウィルが警戒しながらついてくる。

「誰か、人が手を加えたものでしょうか」

「そうでしょうね。ずいぶんと頑丈だ。土砂崩れにも耐えて残っているとは」

どれくらい歩いただろうが。土踏まずが悲鳴をあげはじめたそのとき、視界の向こうに光が差し込むのが見えた。

あわてて眼帯をつけると、クローディアは走りだした。鳥のはばたきが聞こえる。泉の湧く音。雪をかぶった水仙の花。

小川には美しい紫色の花びらが浮かび、やがて水底に沈み、流れていった。

つかの間の平和、と形容するにふさわしい景色だろうか。

時を止めたかのような、静かな自然がそこにはあった。

「ここは……」

まるで別世界だ。クローディアはあたりを見回した。どこかから、煙がのぼっている。

誰かが煮炊きをしているのだ。

クローディアとウィルは、数名の兵士を連れて用心深く歩みを進めた。

「集落だわ」

藁と木で造られた小さな住まいが点在している。

「このような場所に、誰かが住んでいたのか」

「世捨て人の隠れ里ね」

「犯罪者の隠れ家かもしれません。不用意に近づかれませぬよう」

ウィルに注意され、クローディアは思わず後ずさったが、ここまできて回れ右をして帰るなどできない。アルバートがこの集落にいるかもしれないのだ。

「ごめんください」

クローディアは、ひとつの住まいの前で、勇気をもって声をかけた。

「ごめんください、あの、私」

住まいから、ぬっと顔を出したのは、女である。

屈強な男でなくて安心したが、彼女は驚いたような悲鳴をあげると、家に引っ込んでしまった。

「あの、驚かすつもりはないのです。わたくしたち、人を探しているのですわ」

彼女の悲鳴につられて、家々から人が現れた。美しい染め物を身にまとった女たちである。誰もかれもが、目の下に魔除け（まよけ）のような不思議な染料を塗っている。

「女性ばかりだわ」

「そのようですね」

クローディアの後ろに立つウィルを見るなり、女たちは指を差しなにかを叫んだ。

その言葉になじみのなかったクローディアはうろたえる。

「うそ……イルバスの人じゃないの？」

「クローディアさま。よくお聴きになってください。なまりは強いですがカスティア語です」

「え」

「あなたなら理解できるはず」

耳を澄ませてみる。たしかに、言われてみればそうである。伯爵家出身のクローディアは、周辺諸国の言語も学んでいた。

「また良い男が来た。今年は豊作かもしれぬ」

「女はいらない。男だけ置いて帰ってもらえ」

「しかし、先に来た男はどうする。村長の夫にしたが、次のもなかなか良い男だ」

「先に来た男、回復しない。ならば新しくやってきた、赤髪の男は私のものだ。健康そうだ。男は頑丈が一番」

「ずるい、姉さんばかり。なら先に来た男は私のものにする。回復さえすれば一番の男だ」

「まだ誰も身ごもっていないのだから、先の男は誰の夫でもないはず」

かしましくしゃべる女たちの声を拾うので精一杯のクローディアだったが、目を見開いた。

「ここに、すでに男性がひとりいらっしゃるの？」

カスティア語でたずねると、女たちはうなずいた。

「ひどい怪我だった。私たち、治療した。ひどい熱でまだ子作りできないから、誰の夫でもない。言っておくがお前にはやらない」

「子作りですって⁉」

「そうだ。男の価値、子だねだすことしかない。あと無価値」

クローディアはめまいがしそうになった。

「信じられない魔境だわ。アルバート陛下が泥棒猫たちの巣窟に」

「落ち着いてください。ここにいるのがアルバート陛下とはかぎりません。まずは本当に陛下がいらっしゃるかたしかめないと」

ウィルは、女たちに丁寧にたずねる。

「あなたがたが保護した男は、我々の主人かもしれない。ひと目会わせてほしい」

「連れ帰るつもりならやらんぞ。我々は男がほしいのだ」

クローディアは狼狽しながら口をひらく。

「あなたがたは、どういった経緯でこの村に住んでいらっしゃるの？　男性はどこに？」

「我々は魔女だ。カスティアを追われ、山の中で静かに生活している。たまに男が迷い込んだら、連れ去って夫にした。女が生まれたら手元に残し、男が生まれたらふもとの村に置いてくる。ここはそういう決まりで、夫以外に男はいない集落なのだ」

一番なまりの少ない女が、すらすらと答えた。続けてほかの女たちも、鳥のようにさえずりはじめる。

「男は力を持ちすぎる。短慮で平穏を乱す。でも男いないと子どもできない。なので集落の女たちが盛りが過ぎる前に、定期的に男をさらって、子を作る。そのうち年老いた夫は殺す。醜くなるからな。そしてまた次の夫をさらってくるのだ。顔いい奴を選別してる」

「男、最初は妻たくさんでありがたがる。逃げ帰ろうともしない。殺すまでは我々も優しくする。さらったら責任とる」

子だねをもらい、用済みになったら殺して山に捨ててしまうのだとか。

「男、たくさんいるとやっかい。でもひとりなら、みんなの力で簡単に始末できる」

ウィルが納得するようにうなずいた。

「なるほど。カマキリの雌みたいな女たちですね」

「感心している場合なの。アルバート陛下が種馬あつかいされた挙げ句、殺されてしまってはたまりませんわ」

女たちの話を要約すると、こうだった。彼女たちの祖先は森の神を信仰していた部族であったが、カスティアに教会組織が誕生すると、信仰を捨てるように迫られた。かたくなな祖先たちは森から離れようとせず、教会に従わない者たちをカスティアもよしとしなかった。自然物を利用して薬を作り、怪しげな人形を使った儀式を行い、森の獣を獲って暮らす彼らを悪魔の手先とみなし、迫害した。その先頭に立つ者たちは、たいていが男であった。彼らは部族の男を殺し、女は手籠めにした。

「生き残った女たちが逃げ出して作ったのがこの集落だ。もうずっとずっと前の話。私たちのひいばあさん、ひいひいばあさんくらいのときの話」

「そうでしたの……」

「私たち、そういうわけで男信用してない。カスティアの人間とも、できるだけ関わらない。でも子どもほしいから男必要」

「男ほしい。いい男ほしい」

「まあ、落ち着いてくださいませ。あなたがたがさらったのは、私の夫になる人なのかもしれませんのよ」

「残念だったな。他ので我慢しろ」

「そういうわけにはまいりませんわ！」

クローディアがわめいて強く地面を踏むと、そこに亀裂が入った。

女たちはぎょっとする。

「お前、それなんだ」

「え……？」

「その力、なんだ。お前も魔女か」

「わ、わたくし、もともと怪力でして……」

ひとりの女がクルミを持ってくる。クローディアに握らせると、彼女はいとも簡単に粉々にしてしまった。

「「「おお」」」

女たちはどよめいた。

「これだけ力あれば男に勝てる」

「お前、男の兄弟は。息子は。血縁者はいるか。お前の力ほしい。そいつと交換でいい」

「そ、そんな。たしかに兄弟は多いですが、殺されるとわかっていて引き渡すわけにはまいりません」

「ちっ、ケチ女めが」

クローディアは絶句した。なんだかんだいってお嬢さま育ちの彼女は、そのような言葉を浴びせられることなどなかったのである。

「我々の主人は、カスティアと戦うつもりです。あなたがたの祖先はカスティアを追われてきたのでしょう?」

ウィルが尋ねると、女たちの表情がにわかに変化する。

「この山のふもとではいさかいが起きている。カスティア軍の関与もほぼ確定している。カスティア軍はそのうちこの山を通り、イルバスへと向かってくるはず。たくさんの男があなたがたのすみかを見つけてしまうかもしれない。必要な男はひとりでいい、大勢の男はお断りのはずだ」

「たくさん男来たら、私たちを捕らえる。死か屈辱が待ってる」

「男殺したいが、たくさんは無理」

「我々の主人は、カスティア軍を止めることができる人物です、お返しいただきたい。用が済んだら殺さないで解放してくれると約束してくれるなら、気に入るような男も世話しよう」

「……どうする」

女たちは顔を曇らせ、話し合った。その結果、言葉の流暢な女が進み出て、言った。

「先に来た男に会わせてやる。ただし、お前らの仲間でいい男よこせ。丸腰でひとりずつだ。年寄りばかり用意したら許さんぞ。男を殺さないで返すかわりに、我々の住まいをキレイにしろ。井戸もくれ。それから果実の成る木の苗よこせ。生まれてきた男の赤ん坊はお前らが育てろ。捨てに行くのがめんどくさい」

「了解した。とりあえずお前たちのうち、誰かひとりがこの集落に残れ。他の者は近くの村で待機。期間を決めて交代しろ」

ついてきた部下にそう命じると、彼らは嬉しそうな悲観するような、複雑な表情をしてみせた。

「お前は残らないのか」

女はウィルにたずねる。

「俺と陛下……あなたがたが先に保護した男がいないと、カスティア軍は止められないのだ。連れてきた部下で我慢してほしい」

「お前残れよ。かわいがってやる」

「申し訳ない。俺は黒髪の女性が好みで……」

ウィルはイルバス語ではっきり断っている。彼の好みは黒髪で胸の大きな女性だが、この女性は明るい髪色をした者ばかりだ。髪にも染料を使っているのだろう。

「彼は、お役目があるのです。許してやってくださいまし」

クローディアがとりなすと、女は鼻を鳴らした。

「フン、他の男はどいつも顔がいまいちだ。先に来た男に劣るが、まあいい」

ついてこい、と女は顎(あご)をしゃくる。

「このような強い魔女が求めている男ならば、たしかにカスティア軍を止める力もあるのだろう」

「強い魔女とは、わたくしのこと……？」

「お前の力、普通じゃない。隠してる瞳もたぶん、普通じゃない。普通じゃないのはすぐにわかる。我々は魔女だからだ」

眼帯で隠した金色の瞳。この女たちは気がついているのか。

集落の奥、少しだけ大きな住まいに、クローディアたちは案内された。この集落の長の住まいであるらしく、戸口には木の実と葉で作られた不思議な人形がぶら下がっている。めまいがしそうなほどの強い香りが焚き染められている。

「長に話つける」

女が住まいの奥へ向かって、早口でわめく。もはやカスティア語なのかそうでないのかもわからなかった。

長と呼ばれた女が、暗い住まいからゆっくりと顔を出した。しわしわの肌の奥におちくぼんだ目を光らせている。目の下にはひときわ派手な染料を塗りたくっており、それは顎までつながっていた。高齢に見えるが、意外と若いのかもしれず、判別がつかない。

「長、先に来た男夫にするつもりでいた。でもずっと寝たきりで役立たずだから返してもいいと言ってる。よかったな」

「は、はい……」

「あと、体がいろいろなくなってる。気をつけて持って帰れよ」

「体がいろいろなくなってる⁉」

住まいの奥には、粗末な藁の寝床があった。そこに男がひとり、毛布をかけられ寝かされている。

薄暗くて、様子がわからない。

クローディアは眼帯を外した。

「アルバート陛下……」

金色の髪はくすみ、高熱を出しているのか、頬は赤く色づいている。だが濃い緑の瞳だけは、ぎらぎらと天井を見すえていた。しかしクローディアたちへの反応はない。

「陛下。聞こえますか。陛下！」

クローディアが寝床に駆け寄り、彼に触れようとして、はっとした。

――ない。

彼の左腕。肘から下の毛布に膨らみがない。

「陛下。失礼いたします」

ウィルが毛布をまくりあげる。ふたりは絶句した。

アルバートの体は包帯だらけだった。そして、左腕は肘から先が、右足は膝下が、それぞれ欠損していたのである。

「そんな……」

時折うめき声をあげるアルバートは、クローディアのこともウィルのことも見えていないようだった。

「本当だったら助けない。でも長が只者じゃないと言って、治療するように命じた」

女は白湯を用意して、アルバートに飲ませてやっている。

「普通、腕と足なくして、血たくさん出たら死ぬ。でも生きてる。生命力強いから、強い子だね持ってるだろうと村長が」

「陛下……陛下……」

「私たち、魔女の知識で治療した。腕と足戻らないけど傷口膿んでない。でも、熱下がらないときずっと下がらない」

熱が下がったところで、この体ではひとりで下山することも叶わなかったであろう。

「陛下。お迎えに上がりました。クローディアでございます」

彼の右手をにぎりしめ、クローディアは涙ぐむ。

「大変なことになられて、なんとお言葉をかけてよろしいか。でも生きてくださっていて、感謝いたします。わたくしがまいりましたわ。ガーディナー公もいらっしゃいます」

「ウィル……」

アルバートが、うめくように彼の名を呼んだ。

「陛下、俺はここに」

「ウィ……ウィルか……」

ウィルは、アルバートの声に耳をそばだてた。

「どう……なっ……た……い……いく……戦は……」

「国境の戦線は、現在ピアス公の部隊と交代しております。本格的な開戦は避けられないでしょう」

アルバートは視線を泳がせる。クローディアを見つけると、深くため息をついた。

「こんな……ところまで……」

「陛下。アシュレイル女公爵が、亡くなりました。弟君は立ち直ることができません。ベアトリス女王おひとりで、この国をお護りする心づもりのようです。陛下のお力が必要なのですわ。わたくし、陛下のためなら海を越え山を越え、千本の矢も薙ぎ払ってみせます。どうか、どうかわたくしたちを希望の光で照らしてくださいませ」

アルバートは、ゆっくりと目を閉じた。呼吸が弱々しくなっていく。

「陛下‼」

「大丈夫だ。いつもそうやってスコンと寝る。痛み止めの薬飲ませておけ」

女は練った薬草を団子状にし、無理やりアルバートの口に押し込んだ。むせる彼にかまわずに白湯をそそぎこむ。

「喉に詰まってしまいますわよ」

「詰まったら唾液でとける。だいたいでいい、だいたいで」

そんないい加減な。クローディアは気が遠くなりそうになった。

「私たち、水仙育ててる。これ基本毒だが、痛み止めにもなる。持っていけ」

筒に入った塗り薬を持たされ、クローディアはうなずいた。

「あの……下痢や嘔吐で苦しまれている方に、あなたがたはなにを処方されますの？」

「下痢？」

「今、イルバスではそのような病が流行っているのですわ」

　この女たちはおそらく、はかりしれない知識を持ち合わせている。アルバート自身の生命力が強いことを抜きにしても、瀕死の彼を治療し、ここまで回復させたのだとしたら、魔女の知識のなせる業ゆえである。

　なにか、特効薬への足掛かりになれば。

「悪いもの出せばなおる。水仙で治る」

「さっき、これは痛み止めだとおっしゃったではありませんの」

「ちょっと処方変える。それでいける。だいたいでいい、だいたいで」

「だいたいじゃちょっと……」

「依存症なる。あげすぎ注意だ。水仙キレイだが危険な花」

　家の隅には、刈り取られた水仙の花が並んでいる。球根の部分が丁寧に刻まれていた。

「変わった水仙ですわ……」

　球根があざやかな紫色に染まっていて、まるで土の下で別の花が咲いていたかのようだ。

「私たちの水仙、普通のと違う、強い。いっぱい品種改良。服も髪もキレイ染まる。下痢も痛み止めもこれでだいたい大丈夫」

「効くかもしれませんね」

ウィルはぽつりとそう言った。

「水仙は、かつてジルダ女王が好んだ花だそうです。ジュスト・バルバ——彼の母親であるミリアム王女に言って聞かせるのは、姉の役割ということでしょう」

＊

「エスメ・アシュレイルの国葬は半月後ですか」

カスティア国、王城。

ジュストは杖を静かについた。ここではわずかな音も、ひどく大げさに響く。

翡翠(ひすい)の間と呼ばれる、カスティア王・アドンお気に入りの部屋で、ジュストは王と向かい合っていた。この部屋の翡翠は、ほとんどがジュストが用立てたものである。アドンが大の翡翠愛好家で、これを聞きつけたジュストは長年かけて質の良い翡翠を集めて回ったのだ。

翡翠王アドン。彼の冠にも剣にも、マントや指輪にいたるまで、大粒の翡翠がはまっている。

「今度はこの翡翠の間以上のものを私にくれるのだろう、イルバスの『殿下』」

アドンに呼ばれ、ジュストはうなずいた。

「国王アルバートの生存は絶望的、国王サミュエルは心神喪失状態、女王ベアトリスのやり口はバカの一つ覚えです。必ず国葬の際に、爆弾なり大砲なりを用意して我々を迎え撃とうとしてくるが、それすら制圧してしまえば、玉座は私のもの」

「そして、貴殿がイルバスの王になったあかつきには、ニカヤの制圧、植民地化に協力してくれると」

「もちろん、お約束どおりに」

ジュストは空咳（からぜき）をしてから、「失礼」と喉を鳴らした。

「私もこの通り、高齢でございます。後に託す者もいない。現在の王たちが全員、いなくなってしまったのならば、玉座は私亡きあと空になります」

アドンは笑みを浮かべた。

「みずみす放ってはおけないな、殿下よ」

「もちろんでございます。そうなれば、イルバスはアドン陛下のもの」

「しかし、理解できぬな。どうせならもう少し早いうちに、この作戦に着手してもよさそうなものだが。いや、貴殿が長生きされるのが一番ではあるが」

「はっきりおっしゃいますな。今しかなかったのですよ。共同統治はもろい。もろいのに、王たちがそれに気がついていない。一石を投じるのは私しかいない。そう……」

ジュストは続けようとして、やめた。

ベルトラム王朝をめちゃくちゃに破壊するには、今しかなかったのだ。

アデールやエタンが生きているうちは、王権は安泰（あんたい）である。仕掛けるならふたりが死去した後だ。王の数が増えれば増えるほど、政治は揺らぐ。末の王のサミュエルの戴冠が、ジュストにとって大きなきっかけのひとつになった。

「私は、力を蓄えながらひたすら待ち続けました。機が熟すまで」

ジュストは母親のぬくもりをほとんど覚えてなどいない。美しい王女であったが、権力闘争にやぶれて殺されたのだと聞いている。

母は、どうしてもイルバスを手に入れたかった。革命によって国を追われたからこその執着かもしれない。

「どこへ行っても私は、ベルトラム王朝にたてをついた者の子でした。エタン王配の生きているうちは、監視から逃れることはできなかった。私が人間らしい暮らしを取り戻すことができたのは、五十も半ばを過ぎてから」

志半ば（こころざしなか）で死んだ、エスメ・アシュレイルの顔がよみがえる。

きれいごとを言っていれば支持される。そのような星の下（もと）に生まれた人間は、等しく憎たらしい。

彼らを指弾すればするほど、こちらのほうが毒にまみれてゆく。そのように定められているのだ。

アデール女王も、その部類の人間だった。

憎悪や執着など、生まれてから一度も抱いたことのないような顔をして、当然のごとく玉座におさまる女王。姉たちを蹴落とし、誰よりも権力に固執したのは彼女の方ではないのか。

　赤の王冠の人間とも、話せばわかる――臆面もなくそう言ったエスメ・アシュレイルに、ジュストは思った。この小娘は、アデールと同じ類い(たぐ)の人間であると。

　そんな彼女に、かつての女王の顔が重なった。

　そうしてジュストは引き金をひいた。近くにはアデールの血を引くカミラ元王女がいたというのに、ジュストにしてはめずらしく、優先順位を入れ替えたのだ。

　彼女のまっすぐな視線と目が合ったとき、ジュストは沸き立つるような衝動に駆られた。殺さなければと。

（だが、効果はあった。サミュエルの戦意を喪失させるには十分だった……イルバスの取るに足らん民たちが弔い合戦と称した混乱を引き起こしてくれたおかげで、収拾もつかなくなっている。結果的には吉と出たのだ）

　エスメのような――アデールのような人生を歩めなかった。母親と自分のためにも。

　人生は平等じゃない。人が当たり前に手にするものが手に入らない。ジュストは巨万の富を得たが、どれほど金を積んでも優しい母親に代わるものは得られなかった。栄光に包まれた人生も。名を偽(いつわ)らなければ、今のような成功をおさめることも叶わなかった。

　ジュストの目的はイルバスの王になることではない。この王権をめちゃくちゃに破壊することである。

「兄は納得して死んだが、私は最後まで受け入れられなかったのです。この世の不条理と戦いたかった」

「では、不条理への勝利は、半月後に？」

「さようです」

「しかし、勝算はどれほどか？　貴殿がまいた病の種も、今やイルバス側が解析しているのだろう」

「はい。対策は練ってあります」

ジュストは、ロエール村から住人たちを連れ去った。この人物たちにはすでに毒を盛ってある。ジュストは彼らのような者をほうぼうに放つことにした。人があっさり死なない程度の新しい毒が精製できたら、また別の村から人をさらい、毒をのませる。それを繰り返してゆくのだ。今や避難のためイルバスの国中で人々の大移動が起きている。いなくなる者がでても、誰も不思議に思わない。

新たな毒に侵された人物が交ざることにより、対策をさらに複雑化させるつもりなのだ。

「毒の解析は遅らせます。イルバス軍は弱体化してゆく」

「楽しみにしていよう。我が軍がイルバス国を制圧するその日をな」

「はい。お力添えいただきたい。カスティア軍を、わが赤の王冠に」

「いいだろう。すでに私の関与は満天下の知るところだ。この機会を逃しては、意気地なしとあなどられる。大陸をカスティアの国旗で染め上げて見せよう」

翡翠の盃になみなみと酒をそそぎ、ふたりの男はそれを掲げた。

＊

薄暗い森が、ぽっかりと大きな口をあけ、カミラたちを飲み込まんとしていた。

「ロエール村から姿を消した住民たちの足取りは、ここで途絶えています」

「そう……」

ライナスから報告を受け、カミラは寂しそうにたたずむ木々をながめた。

馬車がやっと通れるほどの細い小道が残されているだけだ。

「年寄りに女や子どもばかりさらって、どういうつもりなのかしら。何の役にも立たないはずよ」

「奥さま、こちらを」

ブリジットはガラスの小瓶を拾い上げた。

「底に付着している粉をごらんください」

「粉？」

カミラは瓶をひっくりかえし、のぞきこむ。黒い粉末がわずかに付着している。

「これって……」

「ラベルが二重張りしてあります。なにかを隠すためかも」

ナイフの先を使い、ライナスが丁寧に一枚目のラベルをはがす。二枚目のラベルの文字はほとんど消えていたが、そこには手書きで、とある単語が走り書きしてあった。

『形見分け』

形見分け——どこかで……。

「もしかして」

「奥さま?」

「思い出して。リダライスとスコットのことよ。スコットが部下に合図をした時の言葉を。彼らの合い言葉は『形見分け』だった」

スコットならば、村人たちの行く先がわかるのではないか。

カミラは叫ぶ。

「馬車をまわして。スコットのところへ行くわ。村人を保護するのよ。もう遅いかもしれないけれど……」

エスメの国葬まで日付が迫っている。

もし……もし、ここまでに解毒剤が間に合わなければ、イルバスはまたひとつ、不利な状況へと追い込まれてしまう。

スコットがとらえられている牢へと、カミラは急いだ。

スコットはイルバス西部地区、もっとも警戒が厳重な監獄の中に収監されている。

うす暗い監獄の中、カミラはライナスとブリジットを連れて、そこに足を踏み入れた。

食べ物が腐ったかのような、すえた匂いに顔をしかめる。ねずみがそばを走り抜けていった。できることならば二度と来たくないが、スコットは頑固だ。説き伏せられるかどうか。

スコットには、何度かここで会っている。最後に会ったのは架空の鉄道敷設候補地……火薬の隠し場所を聞き出すために、カミラが彼を尋問したときだ。

「ごきげんよう。しばらくぶりね、スコット氏」

「……あなたか」

スコットの目には包帯が巻かれ、喉の焼けただれた皮膚は布で丁寧に隠されていた。

「私が誰だかおわかり？」

「その声でわかる」

カミラは咳払いをしてみせた。かすれ声は彼女のコンプレックスである。

「エスメ・アシュレイル女公爵が亡くなったそうだな。……ロエール村の近くで」

「そうよ」

スコットから話題をふるのは珍しかった。

「看守にでも聞いた？」

「あいにく、この目では新聞は読めないのでね」

「……そうでしょうね」

自害用の毒を口にふくんだスコットだが、幸いにも一命をとりとめた。だが健康を取り戻すことは叶わなかった。高熱で視力のほとんどを失い、今も体中に機能不全を抱えたままだという。

「ロエール村の住民が消えたの。ジュスト・バルバにさらわれた」

「ロエール村の……」

「火薬を隠していた村よ。老人と女性や子どもしか住んでいない寒村。彼らの足取りを追ったけど、見失ったの。近くにはこの小瓶が落ちていた」

「小瓶……」

カミラはハンドバッグから小瓶を取り出し、ラベルを読み上げる。

「『形見分け』」

「……」

「あなた、なにか知っているんじゃない？」

スコットは、なにかを考えているかのようだった。ようやくの思いでひと息吐いた。

「形見分けは、我々の奥歯に仕込まれていた薬のことだ」

「やはり。そして、これが流行り病の正体というわけね？」

「……」

「もうこちらの研究で、だいたいの想定はついているの。流行り病は自然的に発生したものじゃない、あなたがたが生み出したものよ。病の蔓延がひどい地域の井戸からは、あなたがたの形見分けと同じ成分が検出されている」

自害用の形見分けは即効性のあるよう毒性の濃度が高く作り変えられていたが、元となる成分は同じである。

クリス・アシュレイルの予想は正しかったのだ。生活用水に毒を混ぜられていた。

「ロエール村は……昔、あなたがおさめていた領地の一部よね、スコット氏」

「……」

「平気なの？　あなたの領民たちが、ひどい目にあったとしても」

「もう私の領民ではない」

「だから関係ないってわけ」

「……私の領民ではないが……手出しはせぬようにと、殿下には願い出たのだ……」

「……」

ジュストは、それを守らなかったらしい。約束した覚えすらなかったのかもしれない。ジュストは経済的にも精神的にも、スコットが頼らざるをえなかった人物なのだ。

カミラは、スコットの次の言葉を待った。

「アシュレイル女公爵のことを……苦々しく思ってはいたが……個人的な恨みはなかった。私にも同じ年頃の娘はいる……」

「スコット氏」

カミラは鮮やかな碧（みどり）の瞳で、スコットの目を見つめた。

「どこにいるの。あなたが守りたかった領民たちは。あなたは、私欲を満たすだけならここまで落ちなかったはずよ」

「……」

「イルバスの、民の上に立つ者になりたかったんでしょう。もう一度領民たちに頼りにされたかった。でも彼らは、次のアシュレイル女公爵のような犠牲者になってしまうかもしれないのよ」

しばしの沈黙がおりる。やがてスコットは、しぼりだすようにして言った。

「おそらく民は、第二段階のために使われている」

「第二段階……?」

「殿下は、薬の成分が解析されることを予想しておられた。そのため、形見分けに新たな成分を加えて、解析作業を煩雑にさせる計画も進めていた。おそらくどこかでロエール村の民は毒を投与される。そしてその実験結果をもとに、新しい薬をまた別の場所にばらまくはずだ」

「そんなことされたら……」

間に合わない。国葬のときまでにはとても……。

(そもそも、臨床実験も十分じゃない。あとは人に薬を試すだけのところにきて、クリス・アシュレイルに妹の訃報が伝えられたばかり)

クリスの方に、研究に戻る気力が湧いているかは定かでない。

「殿下の使いそうな施設に心当たりがある」

「ありがとう。探させるわ。でも、見つけたとしても解毒できないかもしれない。最初の形見分けだって、まだ解毒剤の開発が間に合っていない。あと少しのところだけれど……」

「……私の体を使え」

「え？」

「臨床実験には、被検体が必要になるはずだ。私の体には形見分けの成分が残っている。使うんだ……」

「スコット氏」

「目が覚めた。前時代になにが起きて、どういった経緯で現在の王が立つことになったのかは知らない。だが今、私は鉄道を敷いて民の生活を豊かにすることもできなければ、ちっぽけな村ひとつ守ることもできない。せめて誤った選択をした自分の体だけでも、存分に使ってくれ」

「……いいのね？　あなたの体は実験に耐えられないかもしれない。今度こそ死ぬかもしれないわよ」

　スコットは咳き込み、空気をひっかくようなかすれた声で言った。

「正しい時代というのは、正しい君主によるものではない。民を思いやる正しい魂に導かれるものなのだ。私は、それを証明する」

＊

ベアトリスは、民の代表者と向き合っていた。

ギャレットが連れてきたのは、セオドラという若者で、労働者階級層の出だった。元兵士で、普段は靴職人をしているという。

「よく来てくれたわね、セオドラ。まずは赤の王冠と戦おうという、勇敢な意志を表明してくれたことを感謝します」

「じょ、女王陛下……ご機嫌麗しく……」

ギャレットの前では威勢よく啖呵を切っていたというこの若者も、おどおどと縮こまっている。初めて王宮に入って、女王と謁見するのだ。無理もないことなのかもしれない。

「緊張なさらないで。ギャレットからの報告で、たいていのことは頭に入っています。一緒に戦ってくださるお気持ちはあるけれど、一般市民には戦うすべがほとんどない。そうおっしゃっているのよね」

「まことに、そのとおりで……」

「女王陛下。スタークでとりまとめた彼らの意見と、自警団の構成についての書類を」

見かねたギャレットが、書類を渡してきた。

「それで、セオドラ。あなたがたをわが軍の後方部隊に編入することは、実は簡単にできます。実戦訓練を積んでいないので前線に出すわけにはいかないけれど、病人の看護や補給物資の輸送など、手伝ってもらいたいことはきちんとあるの。特にあなたと共にいる、料理人と橇の職人の加入はありがたいわ。でも、あなたがたが訴える問題の本質は、そこではない気がしているのよね」

「……はい、女王陛下。我々は……国の危機に際しても、守られているだけで何もできない。逆を言えば、我々の『国を守りたい』という志は、陛下がたの『民は守られて当然』という決めつけで、無視されてるような気がします。まるで火の燃える家の中に取り残された籠（かご）の鳥になった気分なのです」

「良いたとえだわ。私の祖母は言いました。鳥籠の入り口は、常に開けておきたいのだと」

「え……？」

「私たちは今まで、それぞれの王が、それぞれの民に支持されなくてはならない、そうでなければ自らの玉座を護れないと思っていました。民のためを思ってやったことだとしても、本当に必要な支援からずれてしまったこともあるでしょう。そして、何より一番危険であると思ったのが、我々が民のためと言いながら、民の意見を軽視してきたことです」

「ベアトリス陛下」

「安定した衣食住を提供し、平和を維持すれば、国は安泰であると……間違っていないかもしれないけれど、イルバスで暮らす人々の精神的な成長を、見過ごしてきたわ。革命が終わっても、革命期のままの気持ちではだめね」

「どうなさるおつもりなのです……？」

　セオドラはおそるおそるたずねる。ギャレットもそれを見守っていた。

「王族による統治の変え方を、いまいちど考えなおすべきときがきたようです。赤の王冠が私たちから王位を奪い取ることができなかったならば、イルバスは、新しい形に生まれ変わることになるでしょう。私が敗北したならば、ジュストが為政者になる。この案はなかったことになるわ。長い話になりそうだけれど、聞いていきますか？　セオドラ」

「もちろん、俺で……俺で良いのなら」

　ベアトリスは未来を見据えている。

　その未来に、自分の姿はないかもしれない。

　理想はみずからの口で直接伝えておく。自身が歴史から消えても、次代を託す民が、それを踏襲してくれるなら。

「イルバスのためを思い、立ち上がったあなたにだからお話しします」

　ベアトリスは、ゆっくりと語り始めた。

*

　身支度を終えると、クリスは泣きはらした目をこすり、小さく頭を下げた。

「みなさん、お世話になりました。僕、研究施設に戻ります」

ベンジャミンは気遣うような視線を向ける。

「無理はしない方がよい。お父君のもとへ、スターグへ戻ってもかまわぬのだ」

「いいんです。ここで僕が逃げて帰ったら、ずっと情けない兄のままだもの。絶対に特効薬を作らないと。それでたくさんの人を助けて、エスメを安心させてやるんです。泣いたり落ち込んだりするのはその後でも十分だ」

エスメの葬儀に、サミュエルがとうとう現れなかったこと。

クリスはずっと引っ掛かっていたが、サミュエルの辛さもわかるからこそ、なにも言えなかった。自分の顔はエスメにそっくりで、サミュエルと別れの挨拶（あいさつ）をしようものなら、彼にさらなる混乱をもたらすこともわかっていた。

「もしかしたら……僕、サミュエル陛下ともうお会いできないのかもしれないですね」

「クリス。俺たちが必ずどうにかしてやる」

フレデリックが、クリスの肩を抱いた。

「親父さんのことも、スターグのことも、心配するな。お前のことはサミュエル陛下にとりなしてやる。大丈夫だ。すでにベアトリス陛下がお前の実力を認めてくださっているだろ」

「うん……わかってる、立場的なことだけじゃなくて……」

フレデリックは、複雑そうな顔をする。

ただ単純に、自分を重用してくれたサミュエルにもう会えないかもしれないのが、むなしいのだと。

　エスメのおまけだとわかっていたが、それでもクリスに社会復帰の機会を与えてくれたのは、サミュエルだったのだ。

「妹も主人も失ってしまったのかもしれない」

「クリス、それは違う」

　ベンジャミンは、誤りをさとすように言った。

「サミュエル陛下は今、闇の中をさまよっている。しかしいつか光が差し込むときがくるだろう。陛下がすべてを乗り越え、みずからの力で歩きだすときが。そのときはまた、君のことを思い出してくださるはずだ。共に過ごした時間はまぼろしではないのだ。過去が君とサミュエル陛下を結びつけている」

「はい……これ、渡したかったんですけど……」

　クリスが大事そうに抱えているのは、アシュレイル家の家宝、エスメのレイピアだ。大切に布でくるみ、紐で結わえてある。

「ベアトリス陛下は、アシュレイル家にとって大事なものだから、やはりあなたが持っていなさいと」

「エスメの形見か……」

「やっぱり、まだサミュエル陛下に、これはお渡しできないですよね……」

　ベアトリスも、今はそのときでないと思ったからこそ、クリスに持っているように言ったのだろう。

　そのときだった。様子を見はからっていたように白犬のアンが姿を現し、クリスの足元でクンクン鳴いたのだ。

「わあ、アン。ごめんね、しばらくお別れだ。サミュエル陛下のこと、頼むよ」

　クリスがしゃがんでアンを撫でようとしたそのとき、アンはすばやくクリスの腕に前脚を乗せ、体重をかけた。油断していたクリスは、大型犬のアンの重さに均衡を崩す。

「う、うわっ」

　レイピアが落ちる。アンは、レイピアを結わえていた紐をくわえて、走り去ってゆく。

「アン！　待ってよ！」

　がらがらと音を立てて、アンはレイピアを引きずり、一目散に駆けていった。


「エスメ。どこにいる？」

　サミュエルが呼びかけると、エスメは静かにほほえんだ。

　ベッドに腰掛けて、エスメはぼんやりと、霧のように浮かび上がる。

「準備が整ったら、スタークに行くぞ」

「行きません」

　エスメは、やけにはっきりとそう言った。

「私はどこにも行きません。行けないんです、サミュエル陛下」

「……なんで、いきなりそんなこと言うんだよ。スターグに行くって言ったじゃないか。楽しみにしていたんじゃないのか」

「していましたよ。でも、私行けないんです。陛下は、気がついているはずです。私の知っている陛下は、そんなに弱い方ではないですよ」

ベッドに横たわるサミュエルに、エスメは寄り添って横になる。

「知っているのに、現実と向き合わないんです。そうしたら私が消えてしまうと思ってる」

「エスメ」

「私は死にました。もうどこにもいないのです、陛下」

「やめろよ」

聞きたくなかった。だがエスメの言うとおり、サミュエルも気がついていた。

ここで、サミュエルの側をただようエスメは、本物のエスメじゃない。みずからが作り出したまぼろしなのだと。

本物のエスメなら、こんなところで眠っていないで、外に出て、誰かの助けになることをしましょうと言うはずだ。私に何かできることはありませんかとたずねるはずだ。

自分に都合の良い彼女を作り出し、その世界に浸っていると、本当に輝いていた現実の彼女の姿がおぼろげになる。幻想のエスメが、あたかも本物の彼女であるかのように錯覚してしまう。

「それは、エスメ・アシュレイルというひとりの人間を、否定する行いであるということを陛下は勘づいておいでです」

サミュエルの心の内に付け足すようにして、エスメは続けた。

「エスメ」

「時が経てば経つほど、私は私でなくなるのです、陛下の中で」

「……」

がらがらと、どこからか耳障(みみざわ)りな音がする。

そして、犬の遠吠え。あれはアンだ。扉の前で吠え立てている。

「私が陛下をおいさめする意見を述べたということは、陛下がもう目覚めかけられている証拠です」

「お前のいない世界で、生きていく自信がない」

「大丈夫です、陛下。もう昔のあなたじゃない。立派なひとりの国王であらせられる」

エスメの姿は薄くなってゆく。エスメであってエスメでなかった、ほんのわずかな夢が見せた姿が。

「陛下。私の見られなかった未来のイルバスを、必ずご覧になって」

「エスメ」

エスメは、サミュエルの両手をしっかりとにぎりしめた。

その手は透き通ることなく、不思議とぬくもりがあった。

エスメはささやいた。

「……サミュエル陛下、イルバス、万歳」

アンが、扉に爪をたて、必死に訴えかけている。

使用人たちの声が聞こえる。アンは彼らに吠え、威嚇(いかく)しているようだ。

サミュエルは、ゆっくりと立ち上がった。目がくらみ、足元がおぼつかない。鐘をついたかのようなひどい頭痛と、吐き気がする。だが歩きださなくてはならない。

扉を開く。使用人たちが驚愕の目でサミュエルを見つめている。

アンは、なにかを踏んづけていた。紐だ。前脚でしっかりと守っている。

サミュエルはそれに手を伸ばした。紐をほどき、くるまれた布を開く。

レイピアだった。

アシュレイル家に伝わる、時代遅れな武器。エスメがいつもたずさえていた、彼女の象徴。

「……何でだよ、何であいつなんだよ……」

サミュエルは、レイピアを抱きしめて、嗚咽を漏らした。

エスメは、サミュエルに王冠と愛情を与え、そして流れ星のように消えてしまった。

あまりにも早く。

現在イルバスを統治しているベルトラム王家、その王位継承に対して異議を申し立てる――。

＊

ジュスト・バルバの声明は、イルバス国だけではなく、大陸のすべての国にとどろいた。エスメ・アシュレイルの国葬を五日後に控えたその日。この機をうかがっていた赤の王冠は、国葬の中止と正当なる者に王位を委譲するよう要請した。

カスティア国王、アドンの後ろ盾を得たジュストは、カスティア軍をイルバス王都へ向かわせる。

一万ものカスティア兵が、イルバス王都へ進軍していた。

ギャレットを伴い城の中庭に出ると、ベアトリスは歩きだした。

石の彫刻が置かれた庭を、縫うようにして歩く。執務室の中で考え込んでいるよりも、思考がすっきりと整理されてゆく気がした。分厚いコートとブーツが、凍つくような風から彼女を守っていた。

ベンジャミンが彼女を見つけると、つかつかと歩み寄ってきた。

「女王陛下、こちらにいらっしゃいましたか」

「ベンジャミン、悪いわね。探させてしまったかしら」

「いえ。ご報告でございます。カスティア軍によりブラス地方は完全に陥落。北方の軍がそれより先の侵攻をくいとめていますが、苦戦を強いられています」

「そう。北方の軍は撤退をさせなさい。王都に誘い込みます」

ブラスが落ちたか。よく持った方である。近くのスエフト山脈にはウィルとクローディアがいる。無事に避難できているといいのだが。

エスメの国葬を執り行う大聖堂には、多くの兵士を配置している。棺は空で万一のことはないが、ベアトリスは指一本、この棺に触れさせるつもりはなかった。

「大砲、火薬、銃。すべて所定の位置に配置できているわね？」

「もちろんでございます」

「私の銃を」

ギャレットが、ベアトリス専用の銃を手渡した。

連続で弾を放つことができる最新型だ。

試し撃ちをするために、持参していたのである。

重さをたしかめ、引き金をひく。空を切り裂くような銃声と共に、衝撃で体を震わせる。

石のオブジェに銃痕が穿たれた。

もう二発、三発。

「お見事です」

「なまってはいないわ」

さらに一発、ねらいをさだめたところで、ベアトリスははっとして銃を下ろす。

「サミュエル……」

ベッドから抜け出してきたのだろうか。薄いシャツ一枚、上着も羽織っていない。やせこけたサミュエルが亡霊のように、さ迷い歩いている。

——外に出られるようになったのか。

ベアトリスはわざと、突き放すようにして言った。

「どうしたの。王冠を返上する気になったのかしら」

彼女は目ざとく注目した。

ふらふらとした足取りではあったが、その右手には、エスメのレイピアがしっかりと握られている。

「姉さま」

サミュエルは、じっとベアトリスを見た。

その瞳。苔のようなまだらの緑の瞳が、ぬらりと光っている。

「僕は、王冠を返上しません。ご迷惑をおかけしたことは謝罪します。僕は……王で、いる。イルバスに、エスメが見たかった未来をもたらすために」

「生半可な覚悟では、玉座に戻らないで。あなたが私情に負けて、家臣や民を再びないがしろにするようなことがあれば、今度は私があなたを処罰しなくてはならなくなる。私は本気よ。もうお兄さまはいない、あなたに甘い姉ではいられないの」

「わかっています」

ベアトリスは確信した。

エスメである。

闇に閉ざされた彼の心を救い出したのは、星のような彼女の魂のまたたきだ。

「姉さま。行きたい場所があるのです」

「どこへ？」

「エスメが眠っている場所へ……」

「――わかりました。行きましょう」

この後の公務は押すことになるが、付き添わなければならないとわかっていた。

ギャレットはうなずき、自分のコートをサミュエルにかけてやった。


王と王杖たちの墓地、通称『王墓の森』は、その名の通り王宮のすぐそば、静かな森の中にある。

サミュエルが外出するとの知らせに、ベンジャミンやフレデリック、クリスがこわごわとついてきた。

「クリス。あなた出発を遅らせたのね」

「はい。すみません、ベアトリス陛下。アンがレイピアを返してくれなくて……でも、返してもらわなくても、よくなったみたいです……」

た。

サミュエルはクリスを見るなり、動揺したような顔をしたが、すぐにその視線をそむけた。

エスメの名が刻まれた墓石の前で、サミュエルはたたずんでいた。

エスメの生まれた年と、亡くなった年が、記されている。

残酷なほどに短い人生。

「サミュエル陛下。お花をご用意いたしました……」

ベンジャミンが白百合の花束を取り出したが、サミュエルはそれを受け取らなかった。

ふらふらと、墓石の前に進み出る。

「サミュエル陛下？」

彼はしゃがみこむと、わけのわからないことをつぶやきながら、墓石の下を掘りだした。

「サミュエル陛下、おやめください」

「サミュエル陛下！」

サミュエルはやめない。土くれだらけになっても、指の先から血を流しても、彼の手は止まることはない。

「好きにさせなさい」

ベアトリスがそう言うと、家臣たちは彼女の表情をうかがった。

「誰か、スコップを持ってきてあげて。あの子のやりたいようにさせてやるのです」

「陛下、しかし」

「サミュエルには別れの儀式が必要です。本人もそれをわかっているからこそ、ここへ来たいと言ったのです。あの子はもう正気よ。ギャレット、付き合ってやりなさい」

「御意」

ベアトリスは小さくなった弟の背中を静かに見守った。

スコップが運ばれる。はじめは、ギャレットが。そしてベンジャミンが。続いてフレデリックが。サミュエルと共に土を掘りだした。

「あなたはいいのよ、クリス」

どうすべきか迷っているクリスに、ベアトリスは声をかける。

「戻って。暖かい部屋で休んでいなさい」

クリスにとっては辛いだろう。せっかく送り出した妹の亡骸を掘り返すことなど。

クリスは、くちびるをかみしめた。

「いいえ、ベアトリス陛下。僕も……もう一度、あの子に会います」

クリスが輪に加わる。ベアトリスは祈りを唱える。

その姿を暴くことを、どうか許して、エスメ。

カミラがいたなら怒りくるったことだろう。せっかくきれいにしてあげたのに、別れの儀式にやってこなかったのはどこのどいつよ、とサミュエルの胸ぐらをつかむであろう。

——でも、きっと。

エスメもサミュエルを案じている。そして彼の顔を見て、安心したいと思っているような気がするのだ。

まだ土はかたまりきっておらず、すぐに棺が姿を現した。

釘がぬかれる。

サミュエルは、棺の蓋を、ふるえる指先でずらす。

エスメの骸（むくろ）を前にして、サミュエルは、しぼりだすような、か細い声で泣いた。彼女に覆（おお）いかぶさるようにして、泣き叫んだ。彼の細い体が切り裂かれてしまいそうだった。

サミュエルは、エスメから目をそらさなかった。

腐乱した匂いも、すでに変色した皮膚も、虫の湧く彼女の姿も、記憶に焼きつけるかのように。

エスメの左手の薬指にはめられたままの指輪をみとめると、サミュエルはかがんで、そこにくちびるを落とした。

「誰か、ナイフを」

美しかったエスメの髪は、まだ残っていた。それをひとふさ手に入れると、大事そうにハンカチでくるむ。

「僕の王杖も妻も……一生、お前だけだ。エスメ」

泣きはらした瞳で、サミュエルは物言わぬエスメを前に、そう誓った。

第二章

弔いの鐘が鳴る。

エスメの国葬を前にして、王都は守りをかためていた。

しかし、その数は心もとない。

長引いた反乱騒ぎ、そして終わりの見えない『形見分け』との戦い。健康で力のある若い男の兵隊は、じわじわと減らされている。

対し、カスティア軍は目と鼻の先。彼らは行く先々で街を破壊し、略奪の限りをつくしながら、王都へつながる街道を進撃していった。

「すでに領民たちの避難は終えておりますが、被害は甚大です」

「建物の修復は後ほどいくらでもできます。人の命には代えられない。できるだけ王都に引きつけて」

大砲の発射準備はすでに整っている。後はベアトリスの合図しだいだ。

（カスティア王、アドンの方が私より経験豊富だわ。あちらはニカヤを取り損ねたとはいえ、今度もまた勝てるという保証はない。我々の兵はすでに消耗している）

そこで気力体力十分のカスティア兵を追加投入されているのだ。いたずらに兵を疲れさせないために王都での籠城戦に踏み切ったが……。

王宮の露台から、ベアトリスは遠くの街道をにらみつけていた。

今のところは、過去に取り残されたかのように静かな街並みが広がっているだけだが、ほどなくしてこの灰色の街も、業火に包まれることになるだろう。

予想よりも早く敵軍は進んでいる。エスメの国葬は中止せざるをえなかった。日を改めて自分が彼女の葬儀の続きをしてあげてやれるかどうか、わからない。

吹きすさぶ風が、ベアトリスの髪を乱す。彼女はそれにかまわず、じっと敵の到着を待った。

ドレスを脱ぎ、深紅の軍服を身に着けた彼女の背中には、銃が背負われている。

兄がいる限り、ベアトリスは軍服に袖を通さずともすんでいたのだ。

しかし時代が、彼女を華やかなだけの女王にしていることを許さなかった。

赤、青、そして緑。王都に残ったすべての兵を統括するのは、今やベアトリスである。

「ベアトリス陛下。サミュエル陛下はどちらに」

ギャレットにたずねられ、ベアトリスは答える。

「クリスと共に特効薬の研究施設へと向かわせました。ここで私が死んでも、王はひとり残るわ」

「ベアトリス陛下」

「冗談よとは言えない状況よ。でも、あの子がこの日までに立ち直ってくれてよかった。私に何かがあったとしても、ベンジャミンと協力し、適切に指示を下しなさい」

「――御意」

すずやかな顔で、ギャレットは答えた。ベアトリスの真意をくみ取り、彼女の求める受け答えをしてみせた。

そう、ギャレットはきっとできる。問題は私よ。

弟の取り乱しようを見ているからこそ、ベアトリスは自分が恐ろしかった。ギャレットを失っても、こうして女王の顔を保っていられるだろうか。

「敵兵を確認」

望遠鏡をのぞき込んでいた監視兵が、緊張をともなって報告する。

「大砲の発射準備を」

ベアトリスが新しく作らせた青銅製の大砲は、軽量で散弾も扱えた。リルベクの精錬所で、長らくベアトリスが開発していたものである。騎兵を蹴散らすには十分かと思えたが、まだ試作段階で、その数が足りなかった。

「大砲の規格を統一して、型を作らせてから日が経っていない。ようやく安全性の検証を終えたばかり、初陣にしては荷が重いわよね」

「追加の弾はニカヤ軍に運搬を頼んでおりますが……」

ギャレットは渋面である。

砲撃が始まったが、進軍は止まらない。弾は確実に被害を与えていたが、敵兵の数がそれを上回っているのだ。

「ニカヤの海軍に合図を。海から挟み撃ちにするのよ」

「第一防衛線が突破されました。敵がさらなる援軍を投入したもようです」

「援軍……カスティアはすでにかなりの数の兵を投入してきたように思えたけれど、まだ隠していたの」

「いかがなさいます、陛下」

「……作戦通りに。翻弄されてはだめよ。地雷を設置した場所へ敵を誘導して」

ベアトリスが仕込んだのは杭打ち式の地雷だが、たいした足止めにはならないだろう。火薬が集まり切らなかった。また工兵も人手不足だったのだ。

じりじりと、追い詰められてゆくのがわかる。

しかしベアトリスは眉ひとつ動かさない。ここで浮き足立っては、兵の士気に関わる。

「あなたは義勇軍をお願いね、ギャレット」

「かしこまりました」

エスメの仇（かたき）を討つために立ち上がった自警団。彼らの代表であるセオドラとギャレットがメンバーを編制しなおし、義勇軍を創設した。

彼らは各地に散って、物資の調達や情報の伝達の任にあたった。正しい情報を共有させることで、無実の人間を攻撃したり、赤の王冠たちに返り討ちされるようなことのないようにした。独断で動いていたころよりも事故は減り、代わりに組織の一体感が生まれた。

また、土地勘があり、街にとけこみやすい彼らの利点を使い、形見分けの新たな被害を阻止するべく対策を打った。見知らぬ人間が共有の水場や宿に出入りした際には、それとなく監視の目が張りついた。

今やギャレットの間諜たちでは入り込めない場所においては、その代わりを務めてくれている。

前線に出る義勇軍にベアトリスが渡したのは擲弾だった。小型の爆弾で、扱いには気をつけなければならないが、近くの敵に投げるだけで爆発する。銃や剣よりも、技術なくして戦える。畑の種まきで鍛えた肩を持つ者は、より遠くまで飛ばすことができた。

今、腕に覚えのある義勇兵たちは、王墓の森の警護を担当している。エスメを守らせることで、彼らの士気も高まる。

万が一、ジュストはエスメの亡骸そのものを狙ってくるかもしれないが、あくまで狙いはベアトリスだろう。

「王墓の森の伝令兵より、ご伝言です。城の裏手に敵兵の気配はないとのこと」

「助かるわ。そのまま監視を続けるようにお願いして。それから王宮の使用人たちの避難も手伝ってもらいなさい」

「了解しました」

義勇軍はベアトリスたちの指示のもと、正規軍と連携を取り、より細やかに動いてもらう。緊急の軍議にも参加してもらうよう、ベアトリスがとりはからった。

国のために役立ちたいという彼らの思いをくみ取り、急遽作られた組織だが、今や作戦の重要な部分を担っている。

「第二防衛線が突破されるのももうじきです、陛下。まもなく王城に、カスティア軍が攻め寄せてきます！」

「義勇軍に連絡を。擲弾を切らしたときのために、身を護るための塹壕を掘りなさい」

地雷原も突破された。残るは兵たちのぶつかり合いだ。

（やはり、私の戦は広範囲の屋外向きではないわね）

手勢も少ない中、よく持ちこたえたほうだろう。

ベアトリスは銃を抱えた。

「私が、兵を指揮します。全軍私に続きなさい。このイルバス王宮を、赤の王冠に渡してはなりません」

＊

クリスが慎重にデータを書きつけている。

スコットが彼のもとに到着し、投薬実験が始まった。ひどい嘔吐や下痢などの拒絶反応が彼を襲った。

特効薬ができあがるまで、スコットはけして形見分けの毒から回復してはならなかった。クリスが成分をまねて作った形見分けを投与する。死なない程度に、慎重に調整して。本人の了解を得ているとはいえ、吐瀉物にまみれ、高熱に浮かされてうわごとをくり返す彼はあまりにもむごたらしい有様であった。

「申し訳ありません、申し訳……」

スコットは苦しそうに胸を上下させ、クリスに手のひらを見せた。

謝る必要はない。その意思表示を見て取ると、クリスは「スコットさんに休憩を、痛み止めの薬を」と指示を出す。

「形見分けを体に入れてしまったら、一度、その毒を排出する必要があります。それに時間制限がある。今の薬では、毒が全身にまわる前に投薬しないと効果がとぼしいみたいだ……」

しかし、毒を出し切るには強い副反応を伴う。体力が持たずに亡くなってしまうかもしれない。

「――この研究所にある材料だけでは足りないんじゃないか」

サミュエルが、クリスの実験報告書を視線でたどる。

「スコットの症状を見る限り、毒が排出しきれていない。おそらく形見分けの無毒化に効果的な成分があるはずだが」

「いろいろ試しているんですが……大陸にない素材が必要なら、お手上げです」

「形見分けがカスティアで作られたものなら、解毒に有効な成分をふくむ素材もカスティアで採れるものでよさそうだが……」

しかし、ジュストは貿易商だ。未開の地でとれた猛毒が使われていたらお手上げである。

サミュエルは壁にたてかけたレイピアを見やる。

それから椅子に腰を下ろし、テーブルに広げた研究資料をながめた。土や草花、魚介や家畜にいたるまで、あらゆる素材を洗ったが、最適解は見つからなかった。

（……なにが正解なんだ）

あれから少しずつ、サミュエルは自分を取り戻していった。

エスメを喪（うしな）った悲しみは癒（い）えたわけではない。いまだに眠れぬ夜が続き、寝入ったかと思えば、悪夢を見て覚醒する。クリスの顔を見るたびに、そしてレイピアをながめるたびに、胸が詰まって息ができなくなりそうになる。

そして同時に、思い出す。まぼろしのエスメが去っていたときのことを。

思い出の中に彼女を閉じ込め、自分の願望でゆがめてしまうことは、彼女を愛することから程遠い行為であることを。

「あの、いまさらですがサミュエル陛下。エスメの国葬、出席されなくていいんですか……？」

おそるおそるといった具合に、クリスがたずねてくる。

「お前だって欠席しているだろう」

「そうですけど。でも」

「お前の懸念していることはわかる」

改めて葬儀の場に出席したら、サミュエルはまた立ち直れなくなるのではないか。だから欠席したのではないか。

クリスの心配は、もっともである。

「国葬の棺の中は空っぽ。遅れたが、僕はエスメに別れの挨拶をすませた。王都では姉さまの兵たちが敵を迎え撃っている。僕はお前の手伝いと、ジュストの考えを推測することが自分にできることだと思った。それだけだ」

サミュエルは、首から下げたペンダントをいじった。

細い筒状のチャームには、エスメの遺髪がおさまっている。手先の器用なベアトリスが、彼のためにこしらえたのだ。

かつてエスメの髪を飾っていたエメラルドの石は、丁寧に加工されて、チャームの中央に花びらの形を作っている。

「……僕、もう少し薬の処方、変えてみます」

クリスは洟をすすり、カルテをにらみつける。

とはいっても、解毒剤の開発はあと少しのところで頓挫しかけている。ロエール村の住人たちもどこへ行ったかわからない。カミラがあちこち探し回っているが、形見分けの瓶を拾った場所からいくら追ってもそれらしき者たちを見かけなかったのだとか。ジュストは村人へ投薬実験を行って形見分けをさらに改良し、複雑怪奇にさせるつもりであるらしい。

地図に印をつけながら、サミュエルは考える。

はじめ、赤の王冠たちは国境近く……イルバス東部ブラス地方に現れた。

その後、カミラがコンリィ地方で違法賭博場を見つける。

その近くのロエール村で火薬が見つかる。この火薬はジュストがみずから処分している。

「……この軌跡、どこかで」

ペンをすべらせる。サミュエルは自国の年代記のページをめくる。アデール女王時代のものだ。この情報がすべて正しいとは言えないが、ジュストを追う上で何かの手掛かりになればと持ってきた。

注目したのは、ジュストの母親、ミリアム王女の記録である。

早逝（そうせい）した彼女の記録はけして多くない。女王になった姉や妹との関係性もあまりよろしくなかった。革命を逃れて亡命し、レナート・バルバ氏と秘密結婚するまでの記録はほぼ白紙だ。彼女がどこを転々として、どこで夫と知り合ったのか、それすらわからない。

革命後、ミリアムがイルバスに再び姿を現したとき、男児をふたり生んでいた。マリユスとジュスト。ミリアムは姉ジルダの戴冠式に駆けつけたのち、まだ赤ん坊だったジュストもふくめて、家族四人でイルバス中を旅していたのだ。

（これはただの旅行か？　女王となった姉のもとへ戻ったのなら、国中を遊びまわってい

るのは目につくはず。そして当時のイルバスは貧しく、旅行してもたいして楽しくともなんともないはずだ）

ジルダは後継者にミリアムや彼女の子どもたちを指名しなかった。姉に黙って秘密結婚したことに、ジルダは相当腹を立てていたという。王族の結婚は外交の大事な切り札になるため、君主の許可なく結婚することは認められていなかった。

レナートは大商人の息子ではあったが、貴族でもなく、もちろん王族でもない。ミリアムはレナートに爵位を要求したが、それすら女王は突っぱねた。

エタン王配の出身であるフロスバ伯爵家を中心としていた、王宮の力関係が崩れてしまうからだろう。

（ミリアム王女は、味方を募るためにイルバスほうぼうを巡っていたのではないか？）

旅行と称して、自分に味方をしてくれそうな貴族に交渉をもちかける。当時のイルバスはジルダ派とミリアム派に分かれ、王宮内が剣呑としていたことは、サミュエルも耳にしたことがある。

この時、ミリアム王女と話をした貴族は、いったい誰なのだろう。

きっと今のイルバス王宮にはいないのかもしれない。ミリアム王女は時代から見捨てられた女だ。

当時の貴族名鑑を洗った。祖母の代にそれなりの地位にいて、現在は廃された家。

「これは……」

彼らの領地を結びつけると、ひとつの事実が浮かび上がった。

病気が蔓延している地域と、廃された貴族たちがかつて統治していた領地が、ぴたりと重なるのである。

「……ジュストは、母の思い出の地をおとずれて、赤の王冠のメンバーを増やし、形見分けを流しているのか？」

まだ赤ん坊だった彼は、ミリアム王女が各地を巡っていたときの思い出など、記憶にないに違いない。

だが郷愁に浸っている。彼の足取りを追うならば、ミリアム王女に協力的だった貴族たちを探し出せばいい。そこにロエール村の住人たちが隠されている可能性は十分にある。

もしかしたら、特効薬の手掛かりも。

憑(と)りつかれたように、サミュエルは指先を動かし始めた。

「サミュエル陛下……？」

クリスが話しかけても、サミュエルには聞こえていなかった。

つかみかけている。あと一歩だ。

サミュエルの指先は、ひとつの家名の上で止まった。

プラナ子爵。イルバス南部にかつて領地を持っていた貴族だ。

湖の近くに邸宅を構えるこの家に、かつてミリアム王女は家族と共にたずねていったという。

　そして、アデール女王がまだ王女であったころ、イルバス南部に学校建設を試みていた時期があった。近くの教会にアデール王女が訪問したという記録がある。

　重なる——時期的にぴったりだ。

　プラナ子爵家は途絶え、立派だった屋敷は廃屋となっている。

「ここだ」

　ナグトンにも近い。ロエール村の住民に、避難だと告げて移動させるとしたら妥当な線だ。

「馬を出せ。僕はプラナ子爵邸へ向かう。クリス、お前は研究を続けろ」

「サミュエル陛下、プラナさん家ってどこですか？」

「ここからはそう遠くない。迷うかもしれないが、どうにかなる。カミラと姉さまに早馬を。ロエール村の住民を、助けに行く」

　コートを羽織り、レイピアをつかむ。休んでいたアンは伸びをして、ぶるぶると体を震わせた。エスメにかわり、どこまでも主人についてゆくつもりだ。

「乗馬は体力を使われます。それにアンも乗れない」

「うるさいことを言うな」

「ぜったい馬車にしてください！　護衛もたくさん連れていってくださいよ！　襲われたらどうするんですか！」

　クリスはこぶしをにぎりしめ、むきになっている。

鏡を見て、サミュエルは苦笑した。

ひげはそったものの、世捨て人のような顔つきは変わらない。

体重は戻らず、やつれた顔は王というより浮浪者だ。クリスが心配するわけである。

護衛たちを連れ、サミュエルは一刻も惜しいと言わんばかりに、表に馬車を用意させた。

＊
「地雷区域の第二地点、突破されました」

「東地区、負傷者多数。撤退を始めます」

「敵軍、第三の地雷区域はすでに通過。あまり数を減らしていません」

「砲兵たち、負傷者多数。陣地に乗り込まれました」

「女王陛下、次はいかがなさいましょう」

ベアトリスは、顔を上げた。

「負傷兵はすぐに引き上げさせなさい。医療班を派遣し、野戦病院へ撤収を」

「攻撃に関しては、いかように」

待っても、助けはやってこない。持ちこたえるだけの戦はもうできない。

「動けるもので隊を編制しなおして。小銃と小型爆弾で戦います」

ここまで押されるとは思わなかった。自分は戦上手ではない――わかっていたが、軍事を兄任せにしていたつけがまわってきたのだ。

「女王陛下……カスティア国王アドンより、使者がやってまいりました。謁見をお許しになりますか」

翡翠王アドン。ここにきて使者をよこしたか。

開戦前に、ベアトリスはアドンに使者を送っていた。攻撃をやめるように訴えたが、アドンは使者など相手にせず、なしのつぶてであった。ベアトリスの使者を生きて帰してくれただけありがたいと思ったが。

「会いましょう」

ほどなくして、アドンのよこした使者が現れた。堂々とした武人だ。背筋を伸ばして顎をそらし、自信に満ち溢(あふ)れた表情である。もしかしたら殺されるかもしれないなどという怯(おび)えを、一切感じさせないたたずまいだ。

使者はアドンの側近の一人で、甲冑(かっちゅう)を鳴らし、朗々と述べた。

「イルバスの女王陛下に、我が国王からのお言葉です。降伏されるなら、今であると」

ベアトリスは眉ひとつ動かさなかった。

「なぜ私が降伏しなければならないの？」

「これから我が王はさらに二万の援軍を、このイルバスへ送り込むおつもりです。しかしアドン陛下は慈悲深いお方。イルバスを属国とするのはたやすいことですが、ジュスト・バルバ氏に王位を明け渡してくださるのなら、援軍の投入はとりやめると」

のか。


「お帰りなさい。降伏などいたしません」

話にならない。国民に毒をまき散らし、多くの兵を死傷させ、黙って王冠を譲れというのか。

国民は誰ひとりとして納得しないだろう。

アドン王は、ベアトリスの戦のやり方を見て、あなどっているのだ。

苦手な戦を前にして右往左往する女王を憐れんで、この男をよこしたのであろう。

「女王ひとりで、この国を護り切れるとお思いか」

案の定、使者はそのように続ける。

ベアトリスは目を細めた。

「私ひとりではありません。国民ひとりひとりが、私の……イルバスの味方です」

「国民の力など……」

言いかけて、使者は口をつぐんだ。

ギャレットは使者の様子を静かに見守っている。彼の眼光に圧されたのか、使者はわずかに後ずさる。

「後悔なさいますな。次あいまみえるときは戦場においてです。女性に手荒な真似はしたくない」

ベアトリスはほほえんだ。

「女性ね。今ここにいる私は、ただの女ではいられません。あなたがたの侵略から国民を守るために立ち上がった国主です」

　そして、強い口調で言い放った。

「我が国の領土を荒らす者は、誰であろうと私がこの手で地獄へと送ります。あなたを殺して首を城門に吊るしてもよろしいのですが、私の使者を生きて帰してくださった、お優しい翡翠王に免じて見逃します。しかし次会ったときは最後、私の愛銃があなたの体に風穴をあけるでしょう。アドン陛下にもそのようにお伝えくださいな」

　使者を返してしまうと、ベアトリスは考えた。

　降伏など言語道断だが、この状況から逆転することはできるのか。

　戦況はかんばしくない。二万もの兵を投入されたら終わりだ。くちびるをかんだその時だった。

「女王陛下」

　セオドラが、ベアトリスの前で膝をついた。

「靴の修理人に扮して、情報を集めてきました。ついでに敵のブーツに細工して、靴底がはがれやすくしてやりました。雪の中歩いたら、すぐにしもやけになりますよ」

「地味な嫌がらせだけど、意外に効きそうね」

　ベアトリスはようやく苦笑した。

　敵の使者の前に肩がこわばっていたが、セオドラのような一般市民がベアトリスを信じて動いてくれているのだ。ここでおびえてどうする。

大胆にも、セオドラは危険を冒して敵軍の陣地の周りをうろついていた。彼は元は兵士だが現在は靴職人だ。得意の靴づくりを生かして、急行軍でだめになった敵兵のブーツを修理してまわっていたのである。民間人のセオドラに油断し、末端の兵がぽろりと情報を漏らすことがあった。

「それで、情報とは？　逃げ遅れた市民がまたいたのかしら」

「女王陛下。信じがたいような知らせですが、でも真実なのかもしれません」

彼の口ぶりは、興奮をかくしきれないような、いてもたってもいられないような、熱のこもったものに変わってゆく。

「どうしたの？　敵の動きになにか変化が？」

「違います。東から……イルバス東部から、すさまじい勢いで、新たな軍勢がカスティア兵を攻撃しているのです。背後から追われて、カスティア兵は今、均衡を崩しつつあります」

ベアトリスは耳を疑った。

「東部地域に正規軍は残っていないわ」

「イルバス国軍青旗、そして義勇軍旗、ふたつの旗が確認されています」

「なんですって？」

イルバス国軍、青旗。兄の陣営の旗だ。

ギャレットが、たしかめるようにしてたずねる。

「ガーディナー公の援軍か？　翡翠王が使者を送ってきたのは、そのせいか？」

アルバートの捜索に出たまま戻らなかったウィルが、ようやく動き出したのだろうか。思わぬところでしてやられたアドン国王が、ベアトリスたちが態勢を立て直す前に使者を送ってきたのかもしれない。

「敵の増援の見込みはないけれど、はったりをかけてきたということ？」

「その可能性はあるかと」

「ガーディナー公はいまどこに？」

「ガーディナー公だけではありません。アルバート陛下もです」

セオドラは、こぶしをにぎりしめた。

「アルバート陛下とガーディナー公が、義勇兵を集めて、陥落したブラス地方を取り返しました。彼らを引き連れて、猛攻撃をしかけているのです」

＊

「なかなかじゃないか、トリス。俺に隠れていつのまに最新式の大砲など作っていたのだ」

アルバートは青銅の筒を撫で、満足そうにうなずいた。

「軽量で持ち運びに人数もいらない。質にこだわるあいつらしい。それに連発式の小銃も。

俺にひとことあっても良いはずだが、まあいい。作るのはお前、使うのは俺だ」

「陛下。あまりそういうことばかりを言っていると、人望を失いますよ」

「はっ。しかし事実だ。犬死にしようとしていた義勇兵どもをいっぱしの軍人に仕立て上げたのは俺なのだからな」

ウィルにたしなめられても、アルバートは鼻で笑いとばした。

左腕と右足を失い、回復までに長い時間を要した。魔女たちの献身的な世話をもってしても、命をつなぐのは絶望的ではないかと言われていたアルバートだが、クローディアの泣きはらした顔を見るなり、目を覚ました。

エスメ・アシュレイルが戦死し、弟は心神喪失。かわいい妹はひとりで戦うという。

そのような中、寝床とねんごろになっているほど、アルバートは愚かではない。

「クローディアの……そしてたったひとりの妹、トリスの危機だ。俺が行かなくて、誰が行くというのだ」


ブラス地方を我が物顔で占領していたカスティア軍。彼らに攻撃を試みようとしていた義勇兵たちを見つけると、アルバートは彼らと合流し、夜襲をしかけた。

占領軍たちは、まさか今から攻撃を受けるとも思わず、百年も前からそこに住み着いていたかのような顔をして油断しきっていた。アルバートたちは敵兵を倒し、馬や銃弾を奪い取った。その噂を聞きつけて、有志の民や流行り病で静養していた将兵たちが集まってきた。

アルバートは、義勇軍をさらに大きく編制しなおしたのである。

「俺の寝ている間に、イルバスの民は骨のある連中ばかりになったようだ。たまには違う顔ぶれで戦うのも悪くない」

「陛下。あまり無茶をしてはなりませんわ」

手足を失ったばかりのアルバートは、ちょっとしたことで体勢を崩しかける。クローディアが彼を支え、馬へと押し上げた。

どうしたらこの体で馬を操り戦に出ることができるのか——奇跡としか言いようがないと、戦場の医師たちは言った。実際、彼は信じられないほどの精神力でこの戦をこなしていたのだ。

「なに、この体にもずいぶんと慣れた。トリスに義手と義足を作ってもらおうじゃないか。王都へ急ぐぞ」

「本当にお気をつけくださいませ。わたくしとはここでお別れですわ。魔女の水仙をクリス卿にお届けしなくては」

療養中の兵に、水仙を煎じた薬を飲ませたところ、回復の兆候が見られた。特効薬の開発に、役立てることができるかもしれない。

「どうぞご無事で」

「俺はそうそう死なん。クローディア、夜に移動しろ。お前はその方が安全だ」

ふたりは熱い抱擁とくちづけをかわした。魔女の隠れ家にいたアルバートの様子に、いつのまにかクローディアは嫉妬の念をかきたてられたのか、ふたりの仲が進展するのも早かった。

男女の色恋についてうとかったクローディアには、衝撃的な出来事だったのであろう。今までじらされたぶんが報われたようである。

ウィルが咳ばらいをしたが、アルバートは無視をした。彼らが気にとめる様子がないので、さらにウィルは絡んだ痰を切るように咳を放った。

「うるさいぞウィル。年寄りかお前は」

「いけませんわ、わたくしったら。失礼いたしました」

クローディアは我に返り、はずかしそうに小柄な馬に乗り換えた。

アルバートは舌打ちをしたが、ウィルは淡々とクローディアの荷の確認を手伝ってやっている。

「急いでわたくしを運んで。イルバスの民の未来がかかっているのです」

クローディアは馬のたてがみを撫で、腹を蹴った。

ついていってやりたかったが、今のアルバートには優先すべきことがある。

「ウィルよ。俺の勘は当たっただろう。ブラス地方にねばって正解だった。特効薬の手掛かりもつかめたし、トリスと共に敵を挟み撃ちにすることもできたではないか。やはり俺ひとりで十分だったな」

馬の手綱を引き、アルバートは自信に満ちた笑みを浮かべる。

「陛下ひとりで十分であるかはさておいて、悪運の強さはすさまじいです。今回ばかりは、さすがと言わざるをえません」

ウィルは、自分たちが率いる兵たちをながめる。

イルバスのために、身分も生い立ちも関係なく、誰しもが己の武器を取った。

「アルバート陛下。義勇軍に出撃の号令を」

群青のマントがなびく。アルバートは声をあげ、剣を抜き放ち太陽にかざした。

「さあ、全員俺についてこい。カスティア軍をひとりでも多く殺せ。ひとりひとりが、この国の王になったつもりで戦え。王の手本は、俺が見せてやる」

アルバートの演説に、兵たちはこぶしをあげ、各々の闘志を燃やしたのだった。

＊

サミュエルはカンテラを揺らし、ゆっくりとその場に足を踏み入れた。

プラナ子爵邸は、もう五十年以上も放っておかれたままだった。アデール女王の戴冠後しばらくして子爵家はとだえ、彼の住まいも引き取り手が見つからなかった。この地を管理しているのはアルバートの家臣だったが、彼も軍務で忙しく、めったに領地に帰ることはなかった。

放っておかれた子爵邸は、門をくぐれば足の踏み場もないほど背の高い草が生い茂り、建物には蔦が絡みついている。

草をかき分け、サミュエルは進んだ。カンテラを掲げ、地面に注目する。

(刈り取られている)

大の男がひとり通れるくらい。ほんの短い距離の間、一部の草がきれいに刈られているのだ。

最近になって誰かが手を入れたことは間違いない。

連れてきたアンが、熱心に地面の匂いをかいでいる。彼女の鼻先には、人が草を踏みしだいたような跡があった。

「お前たちは、屋敷の周囲をくまなく調べろ。僕はこのまま進む」

護衛兵に命じると、彼らは顔を見合わせた。

「しかし、陛下……危険です。応援の部隊を頼んだ方が」

「今は王都防衛に守りを集中している。余計な人員は割けない。それにもたもたしている間に、赤の王冠に僕たちの存在を気づかれてはまずい。優先すべきはさらわれた村人の救出だ。僕の護衛に数人をつけ、あとは周辺調査にまわれ。なにかあれば伝令を飛ばす」

サミュエルは手練れを連れて、屋敷の扉に手をかけた。鍵はかかっていない。きしんだ音を立てて、朽ちた扉はいとも簡単にひらいた。

屋敷を取り巻く蔦は建物の中まで侵入していて、壁や暖炉に枝葉を伸ばしている。冷気が屋敷に入り込み、たてかけられた全身鏡にはうっすらと霜がおりている。年代物の置物が放っておかれ、時を止めたかのようだ。

サミュエルはガラスの破片を踏み砕く。ぱきりとするどい音が鳴った。

「誰かいるか」

サミュエルの呼びかけは、ただ不気味にこだまする。

玄関ホールを抜けると、いくつかの扉が彼を出迎えた。

サミュエルは各扉のドアノブに注目する。埃をかぶってはいない。蜘蛛(くも)の巣も見当たらない。

一番奥まった部屋のドアノブをまわし、用心深く足を踏み入れる。

ソファとローテーブル。忘れ去られたチェスのセット。

割れた花瓶や、食器類。注意深く眺めれば、高価な品がいくつも転がっている。生前のプラナ子爵は羽振りが良かったのであろうか。

（客人をもてなすための部屋だな）

けして大きな屋敷ではないが、残された調度品にはこだわりがある。

「誰もいないのか。ロエール村の民はいるか」

誰かが出入りしたことは間違いない。もしかして、時すでに遅かったのだろうか。来訪者はどこかへ去った後か？

「陛下‼　伏せてください」

護衛が怒鳴り声をあげる。すぐさまそばの花瓶が粉々に割れた。

アンがするどく吠えたてる。

鉛の弾が、サミュエルの前にはねて落ちた。

何者かが銃を撃ったのだ。サミュエルは息を呑んだ。

護衛たちが銃をかまえ、サミュエルを背中に押しやる。彼はレイピアに手をかけ、その時にそなえた。

かつん、かつん、かつん。

落ちたガラスを踏み砕く音に交じって、耳障りな杖の音が響く。

「ウゥー……」

「アン。静かにしろ。大丈夫だ……」

なだめても、アンの威嚇はやまない。

杖の音が、止まった。

「意外なお客様がいらした」

しわがれた声。のんびりとした口調。現れたのは老人である。仕立ての良いコートとブーツを身に着け、そろいの生地の帽子をかぶっている。これから買い取る別荘の下見に来たかのようだ。

頭に血が上ってゆく。

ジュスト・バルバだ。

――こいつのせいで、エスメは。

玄関ホールから、幾多もの足音が聞こえる。

ジュストはひとりではない。彼の背後に武器を携えた屈強な男たちが姿を現す。サミュエルたちに弾を放ったのは、おそらくジュストの護衛のひとりだろう。

「どこでこの屋敷のことを知ったのです？」

「――お前の母親の、旅の記録だ。お前は母親に執着している。憎らしい敵ばかりのこの国で、協力者を探すとしたら、母親のたどった道筋をなぞるだろうと」

「なるほど。いやはや、そこに注目されるとは。忘れていました。あなたはごきょうだいの中でも知恵が働く方だ。その精神的な弱さですべてを台無しにされているだけで」

ジュストは愉快そうにほほえんだ。気味の悪い笑顔である。

「アン、そろそろここは危険だ。クリスのところに帰れ」

これ以上、忠義にあついこの犬をまきこめない。サミュエルの声掛けに迷ったようなそぶりをみせたアンだが、彼が背をたたくと、一目散に駆けていった。

杖をつき、近づこうとする彼に対し、サミュエルは懐から何かを取り出した。

「伏せていろ」

護衛兵に耳打ちをすると、それをジュストの方へ投げる。

ベアトリスがサミュエルに持たせた、小型の擲弾である。火薬の量は大したことはなく、相手の隙をついたり、護身のためのものだが、脅しくらいにはなる。

大げさなほど爆発音が響き、その音を聞きつけ、サミュエルの護衛兵は彼のもとへと集結する。

サミュエルの手勢が増えても、ジュストは顔色ひとつ変えなかった。

ジュストには傷ひとつついていない。服に焦げ跡すら見当たらなかった。

ジュストの部下たちが、鉄の盾で爆発の衝撃を防いだのである。

「そうですね。お味方は集めたほうが良い。この屋敷は包囲されているのです。私の仲間たちによって」

「ロエール村の住民を返せ。そしてお前の身柄を拘束する。ジュスト・バルバ。その先に待っているのは、破滅だ」

「拘束されるのはどちらでしょう。王と王杖、仲良くあの世へ行きますか」

サミュエルがねめつけると、ジュストはくつくつと笑った。

「しかし、私がはじめに相まみえる王がサミュエル陛下になるとは。国葬に出席なさっていないようなので、てっきり部屋にこもって泣き暮らしておいでかと。エスメ・アシュレイルはあなたの支えであったはずだ、サミュエル陛下。申し訳なく思いますよ」

「その汚い口を閉じろ」

「彼女もひとりで逝ってさみしいでしょう。彼女の遺言は、私が聞き取ったのです。彼女を看取った者として、お伝えする義務がある」

「聞こえなかったのか。その汚い口を……」

「『サミュエル陛下、イルバス、万歳』。なんともけなげな女性だ」

サミュエル陛下、イルバス、万歳。

サミュエルは、はっとしたような顔をして、ジュストを見た。

同じだ。まぼろしのエスメが、サミュエルに伝えた言葉とそっくり同じ。

（あの……最後にエスメのまぼろしを見たとき、やけに彼女の感触が、本物のようで……）

もしや、あのときのエスメは――……。

「呆けられて、いかがなさいましたか。私はあなたをますます傷つけてしまったでしょうか。立ち直れないくらいに」

ジュストは愉快そうに笑った。

「いや。――逆だ」

サミュエルは、すらりとレイピアを抜いた。

「お前は僕を強くした。エスメの墓の前に、お前の首をたむけてやろう」

ジュストは杖を、強く床にたたきつける。

それを合図に、敵味方の小銃から火が放たれた。

*

ブラス地方からやや南下する。アドン国王の放った新たな軍勢と、ウィルが率いる青の陣営が、互いに火花を散らし合っていた。アルバートは軍の指揮をウィルにまかせ、王宮へ向かったのだ。

簡単にイルバス王都へ達することができると思っていたカスティア軍の侵攻は難航した。もともと、ベアトリスは王都付近にいくつもの罠を仕掛け、敵を誘い込む戦法をとっていたのだ。それまでの進路は抵抗に合うことなく、人っこひとり見当たらなかったはずなのに、草むらや建物に隠れたイルバス兵が、銃弾や矢を放ってきた。

「イルバス兵のほとんどがろくな実戦経験もない民だというのに、なぜ苦戦するのだ」

敵方の将官はいらだったように叫ぶ。

義勇軍は、技術こそないが使命感だけは誰よりも熱く燃えていた。この技術の欠落を補塡したのがベアトリスであり、そして戦場でのふるまい方、身の守り方、知識を授けたのはアルバートとウィルであった。兵士たちと民間人たちは一体となり、兵士ひとりにつき民間人四人を組ませ、飛び道具による少人数でのゲリラ攻撃を行った。

大きすぎる組織の中にいると人は不安になるが、信頼できる上役がひとり、そばにいれば大胆な行動もとれる。

「よし、敵から装備を奪え。それで新たに部隊を組むんだ」

老人と女たちは後方支援にまわした。

弾薬不足であったが、狩りのおぼえがあるものには石や矢を持たせせた。

「いいか。敵は自前で水を持ってきている。水樽は破壊しろ。ブラス地方の井戸水は絶対に飲まないよう、彼らはかたく言い含められているはずだ。それならお前たちにもできるだろう」

　ウィルの命令に、義勇兵たちはうなずいた。彼らはカスティア軍の持参してきた食料、飲料水などの物資を片っ端から破壊した。

　火のついた矢をとばし、糧秣（りょうまつ）を燃やし尽くした。擲弾でワインやビールの詰まった樽を吹っとばした。

「ブラス地方周辺の井戸水には形見分けが混入している。飲めば自軍もただではすまない。兵たちの飢え渇きをしのぐためには、別の町へ移動するか、撤退するしかない」

　燃え上がる荷車を前に、敵兵はあわてふためいた。

「迂回（うかい）しろ。ブラス地方を通るな。海側から迂回するんだ」

　迂回路をとるカスティア兵たちを、追い込むようにしてウィルは進撃の合図を出す。

「敵を迂回させろ！　ピアス公の海軍に迎え撃たせるのだ」

　国王アルバート、出陣。

　その知らせを聞きつけ、ギャレットの取った行動は早かった。ウィルたちと連携を取り、カスティア軍を袋のねずみにしようというのである。

「カスティア側から二万の軍勢が新たに投入されるだと？　嘘かまことかはわからぬが、それならば今の兵を根絶やしにするほかあるまい」

　ベアトリスのもとに送られた使者が真実を言ったかはわからない。戦慣れしていない女王がおびえて、すべてを投げ出してしまえばいいと思ったのかもしれない。しかしベアトリスはそれほどやわではない。

アルバートはせせら笑った。

「男王がいなくなり、見くびったか。この国の女王は強いぞ」

敵を追い立てる。女王の黒鳥が、彼らを出迎える。

ウィルの率いる軍勢と、ギャレットの率いるニカヤ海軍が、挟み撃ちにする。

うろたえる敵は次々と討たれた。武器を捨てて逃げ出す敗残兵に、農具を持った民間人が襲い掛かる。

「ガーディナー公」

馬を駆け、ギャレットが現れた。ウィルはここにきて初めて相好(そうごう)を崩した。まるで何十年ぶりかの再会のように感じる。

「ピアス公。互いに無事でよかった」

「まったくです。アルバート陛下は……」

「ベアトリス陛下のもとへ向かった。俺も東部地域のカスティア兵を殲滅(せんめつ)したのち、陛下の後に続く」

「ガーディナー公が追い立ててくれなければ、こうもうまくいきませんでした」

「民が、みずからできることを探していた。俺たちはそれをほんの少し手伝ったに過ぎない。民に助けられたのだ」

「本当に……」

　ギャレットは、ほっとしたような、感嘆したような、なんともいえない表情で民の様子をながめている。

　敵を倒し、家族の安全を守り、達成感に輝く民ひとりひとりの顔。

「これからどうするつもりだ、ピアス公」

「俺は、義勇兵の代表と話し合いを重ねました。彼らは赤の王冠の統治を拒否しています。赤の王冠がイルバス中に形見分けをばらまいたこと、自分たちを苦しめ、弱者を踏みつけにして王位を得ようとしていること……民たちは許していない。敵兵を片付けたのち、彼らにジュストを拒絶する旨の表明をしてもらう」

　国民からそっぽをむかれる王。この王権を無理に後押ししようとするなら、カスティア王アドンとて、そしりを受けることは避けられない。

「王族と民が、一丸となって国難をはねのけるときです」

　ギャレットの言葉には、たしかな手ごたえがあった。

　ウィルは感慨深そうに言った。

「時代は変わったな。以前の民は、国のあるべき姿や、その実現に向けての自分たちの果たす役割など、考えたこともなかったのに。我が王たちが、彼らを変えたのかもしれぬ」

「良い時代になろうとしているのだと、俺は思います」

「しかし、そうなればいずれ王は不要になるか？」

「そのことも、考えていかなければならないでしょう。だがけして悪いようにはならないはずです」

ギャレットの言葉に、ウィルはうなずいた。

民なくして王はない。

だがイルバスの民が立ち上がったのも、国と王のためである。

＊

その日、研究施設にひとりの来客がやってきた。

粉雪をかぶった髪をふりみだし、馬にしがみついたまま荒い息をついているのはクローディア・エドモンズである。

空が白み始めたばかりのときだった。クリスはちょうど、気分転換がてら薪(まき)を割っていたところだった。部屋をあたたかくしたほうが、被検体になっているスコットの負担も軽くて済む。

徹夜明けの体はだるかったが、ゆっくりと眠る暇もない。

温かい飲み物を体に入れて、もうひとふんばりするかと背筋を伸ばしたそのとき、馬から転げ落ちそうになりながらクローディアが到着した。クリスは慌てて持っていた斧(おの)を放りだした。

「クローディア様。よくご無事で」

「ああ、アシュレイル卿！」

クローディアはいてもたってもいられないといった様子で、彼を抱きしめた。

クリスはびっくりして、がちがちに固まってしまった。

「ああ、あの、僕怒られます。アルバート陛下に本当にすっごく怒られます」

「大変な思いをなさって、アシュレイル卿。妹君のこと、お辛いでしょうにこうしてお国のために働いておられて、なんとご立派なことでしょう」

まっすぐにそう伝えられ、クリスは鼻を鳴らした。

「僕なんて、まだまだです」

クローディアはきっと、エスメを亡くして意気消沈している人たち全員を、こうしてなぐさめたかったのかもしれない。

「あ、あと、すみません。僕の肋骨(ろっこつ)がひしゃげちゃってる気がするんですけど」

「まあ、いけない。ごめんなさいアシュレイル卿。わたくし力加減が不得手ですの」

あやうく骨折するところだった――クリスは胸をなでおろす。

「いけませんわね。わたくし、力持ちと夜目がきくことくらいしか取り柄がなくて。このようなわたくしではどうにもできないこのお品、アシュレイル卿なら必ずみなさんのお役に立ててくださるはず――そう思い、届けにまいったのでございます」

クローディアは、たずさえていた袋を手渡した。

「アシュレイル卿。こちらをお試しくださいませ」

クリスは袋の中身をのぞき込む。

クローディアが差し出したのは、あざやかな紫色の粉末だった。

「これは？」

「水仙の花を煎じたものですわ。ただの水仙ではございませんの。カスティアの魔女たちが育てたものです。瀕死だったアルバート陛下はこれで一命をとりとめたのですわ」

「瀕死？　アルバート陛下は、生きていらしたんですね！　よかった……」

「ああ、そうですわね。こちらまで情報は伝わっておりませんのね。陛下は土砂崩れに巻き込まれ、重傷を負われました。左腕と右足をなくされ、あわや失血死なされるところでしたの」

想像以上に重傷だ。クリスは顔を青くする。

「ですが、カスティアの魔女――山の中に隠れ住んでいた女たちが陛下を手当てし、今はとてもお元気でいらっしゃいます。ベアトリス陛下のもとへ向かわれましたわ。アルバート陛下が服用されていたお薬の原料が、この水仙の花なのです」

たしかにその話を聞くと、魔女の水仙はとてつもない効能を秘めた植物には違いない。

「でも、形見分けに効くかどうか……」

言いかけて、クリスは言葉を飲み込んだ。

なんでもやってみるほかないではないか。研究はここにきて暗礁に乗り上げている。なにより、クローディアが一命を賭してこの水仙を運んだのである。

「わかりました。効果、効能はどれほどのものが……？」

「下痢や嘔吐などの症状にもよく効くそうですわ。量はだいたいでいいそうです」

「不安しかないけど、ひとまず試してみますね」

まずは小動物に投与してみよう。そこで手ごたえを得たら、スコットに使ってみるのだ。

「時に、サミュエル陛下は？」

クローディアが心配そうにたずねる。

「こちらにいらしているのではないのですか？」

「サミュエル陛下はしばらく前に出ていきました。なんでも、ロエール村の人たちの足取りがつかめたかもしれないと……あ、ロエール村というのは」

「ジュスト・バルバがさらった村人ですわね。ここへの道すがら、伝令兵にあらかた聞いてまいりましたわ。でも、そうですの。サミュエル陛下にお会いできると思ったのですが……」

クローディアはしばらく考え込んでから、顔をあげた。

「わたくし、そこへ向かいますわ」

「えっ、でも危ないかもしれないですよ」

「わたくしは、水仙を届けてからサミュエル陛下と行動を共にするつもりでいたのです。陛下のご様子だけでも確かめたいですわ。ロエール村の人たちが、もし救助を必要とされているなら人手がいりますし……義勇軍のみなさんも、一緒に来ていただいているのです。サミュエル陛下にご加勢いたしますわ」

クローディアは突然口をつぐみ、耳をすませた。

「なにか聞こえませんか」

「え?」

「ほら。なにか。遠吠えのような——」

ふたりは裏庭から、玄関口にまわりこんだ。白い犬が、体を土で汚して、必死で吠え立てている。

「アン!!」

サミュエルについていったはずのアンが、体を泥だらけにして、なにかを訴えかけている。

「え、まさかひとりで帰ってきたのか?」

動物の足とはいえ、プラナ邸からこの研究施設まで、それなりの時間がかかる。

サミュエルの身に恐ろしいことが起こったのだ。

「急いでサミュエル陛下のもとに、人を送ってください!」

クリスの訴えに、クローディアはうなずいた。

「わたくしたちが様子を見てまいります。アシュレイル卿、今は一刻も早く特効薬の開発を」

こごえるアンをひと撫でし、クローディアは覚悟をもった顔つきで立ち上がった。

＊

近くにあった植木鉢が粉々にくだけた。

どちらの放った弾なのか、すでにわからなくなっている。

「逃げるだけですか？　サミュエル陛下」

ジュストは決して戦闘に参加しない。配下の者に己の身を護らせている。

「ずいぶんと長引いて、待っているだけでもこの老体には響きますよ」

サミュエルがジュストにレイピアを突き付けてから、どれほどの時間がたったのだろう。

（くやしいが、一撃も浴びせることができないか）

室内の戦闘は不利だと判断したサミュエルは、草の生い茂る庭へと場所を変えた。

ジュストは部下にサミュエルを相手取るように命じると、自身は優雅に椅子に腰を下ろした。

庭に置かれた白いテーブルに肘をつき、背もたれに体重をあずけると、まるで子犬がじゃれているのをながめているかのように目を細める。

隙だらけに見えるジュストだが、手出しすることができなかった。赤の王冠の猛攻がサミュエルたちを襲った。

陽(ひ)が落ちて、視界がおぼつかなくなる。サミュエルはあせった。敵も味方も区別がつかない。

暗くなる中、ジュストは月をながめ、のびのびと言った。

「私を捕らえても、すでに手遅れですよ。今ごろカスティア軍がイルバス王都を制圧しています。女王ベアトリスは意地でも降伏を認めなかったが、時間の問題だ」

「……」

「この国は支配される。私に、カスティアという大国に。あなたがた王族は処刑され、私が王冠をかぶる。そしてベルトラム王家は……私のもと、新たな歴史を……」

サミュエルは、ジュストの言葉を遮(さえぎ)るように声を上げた。

「お前、ベルトラム王家の血を引いていないんだろう」

「……」

ジュストは黙っている。

「ミリアム王女は王の子ではない。だからジルダ女王はかたくなにお前の母親の王位継承を認めなかった」

「面白い作り話だ。私が、王家の特徴を持たぬからそのようなことを――」

金色の髪に、緑の瞳。太陽の一族と呼ばれる、ベルトラム王家の血筋によく見られる特徴だ。

「さあな。僕の目はフロスバ家のお祖父(じい)様ゆずりだ。絶対に遺伝するというものでもない。

だがミリアム王女が王の子でないことは、きっと何かしらの事情で明らかであったのだろう。お前の母親は悪役を演じさせられたのではない。もとから王となる役など割り振られていなかったのだ」

「ほう、なかなか。サミュエル陛下は想像力豊かだ」

ジュストは、はじめて表情を変えた。

「しかし、母を侮辱するのはいただけない」

サミュエルはレイピアをにぎりしめる。

(挑発に乗ったか?)

サミュエルはこのまま、会話を続けることにした。

「お前がこんなことをしているのは、母の無念を晴らすためか?　母のことなどろくに覚えてもいないんだろう」

「……」

「ミリアム王女のことなど、思い出して何になる。女王にたてついた女のことなど――」

「母親さえ殺されなければ、私たち一家は幸福であったのだ」

ミリアム王女は、イルバス王都近くのホテルで急死した。

その死はさまざまな憶測を呼んだ。ジルダ女王やアデール王女の関与が疑われた。

真相は闇に葬られた。だが――。

「どこへ行っても監視の目が付きまとう。母親を失ってから、我々は犯罪者のように追われ続けた。父は家を勘当され、私たちは貧乏生活を強いられた。兄は無気力ゆえに病気になった。私は生まれながらにして、日陰者の人生を生きることを余儀なくされたのだ」

「アデール女王は、まだ王女であった時代、暗殺されかけたことがある。その犯人はいったい誰だ？」

サミュエルは問いかけた。

ミリアム王女が死ななくてはならなかった理由。

それは、姉妹が刺し違えたからではないのか。

ミリアム王女は、ベルトラム王家の特徴を唯一引き継いだ妹が邪魔だったのではないのか。

「くだらぬ邪推で母を汚すな。私の母親は、優しく美しく、女王にふさわしい女だったのだ」

ジュストは、訪れたかもしれない栄光の未来に固執している。

想像し、自分の都合の良い妄想で、母に対する喪失感を埋めている。

まるで少し前の自分だ。エスメを失い、空想の中で彼女と共にいた自分。

あのときのサミュエルを止めたのは、記憶に残る、みずみずしいまでの本来のエスメだ。

だがジュストは本当の母親のことを覚えていない。だからこそ、我に返ることができなかった。母親はジュストが現実から目をそらすべとなり、彼の心のよりどころとなり続けた。

いつしか母親は偶像となった。

ジュストの作り上げたミリアム王女は、本物の母親のように、彼に真実を教えたりしなかった。

「毎日、自分の母親がもし女王になっていたらと想像した。きっとカスティアと良い関係を築いたはずだ。国民にも愛され、支持される立派な女王になったはずだ」

「お前の母親は、国民派遣計画と称してイルバスの民を奴隷にする計画をたてて、ジルダ女王と対立した。もし二つ名がついていたらこうだろう。奴隷商人の王女だ」

ジルダ女王とミリアム王女の対立が決定的になったのは、秘密結婚が原因ではない。

国民派遣計画——恐るべき奴隷派遣策を、ミリアム王女はおしすすめていたのである。

古い議会の記録には、ミリアム王女がイルバス国民の労働力を他国に売り渡す考えを主張したとある。

これに拒絶反応を示したのは当時の女王であったジルダだけではない。今まで姉妹の間で中立を保っていたアデール王女もそうだった。

「ミリアム王女の唾棄すべき計画は、他の姉妹たちによって止められたのだ」

「黙れ小僧」

「もし国民派遣計画が現実となっていたら、イルバスの民は今のように、国のために戦おうなどと思わなかった。王を護ろうともしなかった。お前の母親は、民を人とも思っていない。国の表舞台から排されたのは当然のことだ」

「黙れ‼」

「ミリアム王女はあさましい女だ。かつてジルダ女王は、彼女をドードーと呼んだ。愚かな鳥だ。悪知恵ばかりめぐらせて頭は大きくなり、羽ばたくこともできない」

「貴様……」

「私欲にまみれ、善悪の分別もつかぬ、金に汚いだらしのない女。それがお前の母親だよ」

するどい音がサミュエルの言葉をさえぎった。

ジュストがピストルを撃ったのだ。

「小さな銃だが、殺傷力は抜群だ。驚いたろう。まだ開発されて間もない品だが、私のようなおいぼれでも扱えるのだ」

手のひらに収まるほどの小さな銃だ。あれほど小型のものを、サミュエルは見たことがない。

（やはり、武器を隠し持っていたか）

手の内は見せてもらわないと困る。あのような小型の銃では、弾はせいぜい一発しかこめられないはず……。

サミュエルは草むらに身を隠した。二の腕に熱いものが走る。弾がかすったのだ。

「弾はどうせ一発しか撃てないと思っているだろう」

拳銃を捨て、ジュストは新らしいものをとりだした。

「だが数はいくらでもある」

　さらに一発。サミュエルの長い髪がはらりと落ちる。

「さあ観念しろ。時代遅れのレイピアなんぞ振り回しおって、私に敵うはずなどないのだ。そう、ベルトラム王家は時代遅れだ！　いつまでもイルバスにのさばる、悪の一族だ！　私の母親は呪われた血に染まらずにすんだのだ！」

　サミュエルはくちびるをかむ。

「サミュエル陛下。私たちがあの老人を押さえます」

　家臣がささやくが、サミュエルは首を横に振る。

「やめろ」

「しかし」

「銃はいくらでもあると言ったが、どれほどかはわからない。長い間緊張状態が続けば、相手に隙が生まれるかもしれない」

　イルバス国民は辛抱強く、頑健だ。

　サミュエルはイルバスで生まれ育った。体は弱く、心はもろかった。だがこの土地が、サミュエルを育んだ。

　――勝てるはずだ。

　イルバスを信じるなら。ベルトラム王家の太陽の力を、信じるならば。

「僕は、エスメに未来を見せたい。この国の未来を。そのためならば、意地でも勝つ。意地でも、生き残ってみせる。諦めが悪いのはあいつの良いところだった」

サミュエルの言葉に、味方たちははっとする。

「走れ。草むらの中を走り続けろ。相手に弾を無駄撃ちさせるんだ」

サミュエルの合図に、部下が散った。夜は更けていく。あちこちで火花が散る。

屋外の気温はみるみると下がってゆく。指先の感覚はとうにない。

引き金を引こうとして、ジュストはもたつくようになった。

サミュエルの見越した通り、敵の動きはにぶくなった。カスティア人たちが多く占める赤の王冠の部隊は、イルバス人ほど寒さに慣れていないのだ。

しかし、体の弱いサミュエルも同じように、じわじわと体力を消耗していった。倦怠感が襲う。彼はエスメの遺髪のペンダントを握りしめ、心の内で春の詩を歌った。

大丈夫だ。

暗闇が手を伸ばし、視界を覆ったとしても、光はかならず差し込むはずだ。

「どこへ逃げたのだ、このガキが」

ジュストは杖で草むらをかきわけ、進もうとする。護衛たちは主の不用意な行動を止めようとした。

サミュエルは、髪を束ねていたリボンをほどいて、みずからの右手とレイピアをしっかりとくくりつけた。

耳を澄ませる。ジュストの特徴的な足取りをとらえる。

しびれる足をふるいたたせ、サミュエルは地面を蹴った。

サミュエルはジュストに襲い掛かった。彼は銃をかまえたが、指先が強ばって動かない。

サミュエルはレイピアで彼の右手をはじいた。すねを蹴り、ジュストを転倒させる。

「おのれ!!」

彼の護衛がサミュエルに小銃を向けたが、弾を放つ寸前に、ぎょっとして動きを止めた。

屋敷を取り囲むようにして、新たな軍勢が現れたのである。

「サミュエル陛下を発見しました。敵を捕らえなさい!!」

馬上で叫んだのはクローディアである。

「このまま北西に進め！　夜陰に乗じて敵を一網打尽にします！」

クローディアは石を投げた。投擲は見事に、サミュエルを狙った男の頭蓋に命中した。

ジュストは息を呑むと、腹ばいになり、後ずさった。サミュエルはジュストの胸倉をつかみ、レイピアを首筋に当てた。

「ようやくお前を捕らえた。お前を……」

エスメは、この男のくだらない妄執のせいで命を落としたのだ。

この男のせいで、大勢のイルバスの民が毒に苦しみ、家族を失ったのだ。

「この武器が時代遅れかどうか、お前がその身をもって確かめるんだな」

サミュエルはくちびるをかみしめ、ひと思いにレイピアを突き刺そうとした。

義勇軍は活気づき、それぞれが武器を持ち直す。

「あいつがアシュレイル女公爵を殺した親玉だ」

「サミュエル陛下に助太刀しよう」

「ジュストを許すな。殺して血祭りにあげろ」

「首を斬り落として凱旋するんだ。そして王都に迫るカスティア軍を追っ払ってやろう」

――そうだ。こいつは大罪人だ。苦しめて殺し、遺体は引きずり回して、相応の報いを受けさせる。

サミュエルがレイピアを振り上げたときだった。

彼の脳裏に、ベアトリスの顔が思い浮かんだのだ。

『たとえ大切なものを失っても――それが己の王杖であっても、王としての責務をまっとうする。あなたも同じ気持ちで玉座についたのかと思っていたわ』

『生半可な覚悟では、玉座に戻らないで』

覚悟を決めた姉の、ベアトリスの顔。

そしてエスメの物言わぬ亡骸。

『……サミュエル陛下、イルバス、万歳』

まぼろしであったはずのエスメが、サミュエルを呼び戻した、その遺言。

「くそっ‼」

サミュエルはレイピアを振り下ろした。それはジュストの右の手のひらをつらぬき、彼を地面に縫い留めた。ジュストは悲鳴をあげ、陸に打ち上げられた魚のように体を跳ねさせた。

　サミュエルは荒い息を吐き、命じた。

「こいつを尋問しろ。ロエール村の住人の行方を知っているはずだ」

「サミュエル陛下」

「そして、正当な手順にのっとって裁判を行う。僕はここで、この男を裁かない。どんなに憎たらしくともだ。この男が為した悪事の一部始終を、僕だけではない、被害に遭ったすべての国民が――そしてこの世界に生きる人々が知るべきだろう。誰が正しい王なのか、はっきりとさせなければこの戦は終わらない」

　個人の憎しみよりも、王としての判断が勝った。

　サミュエルはこごえていた。もう手足の感覚もない。

　いきりたっていた義勇軍は、顔を見合わせている。彼らの中から、クローディアが進み出て、サミュエルの前で膝をついた。

　祈るようにして、彼女はサミュエルの前に頭（こうべ）を垂れる。

　クローディアに続き、イルバス兵たちは膝をついた。

　寄る辺（べ）なく立ちすくむ王。枯れ木のようにたたずむサミュエルは、頼りがいのある王ではけしてない。

　彼は傷ついた過去を乗り越えて、イルバスのために判断をくだした。

　その苦渋に満ちた決断を、ここにいる全員がかたずをのんで静聴していたのである。

「サミュエル陛下。賊は全員捕らえました。我々は、王に従います」

クローディアの口上に異を唱える者はいなかった。

ジュスト・バルバ、拘束。

その知らせはまたたくまに、戦火の燃え上がるイルバス王都へと伝えられた。

*

スコットの熱が下がるのを確認すると、クリスはへなへなと座り込んだ。

「すごい。すごい。絶対これだ。やりましたスコットさん、やりました‼」

スコットはしわだらけの顔をわずかにゆがめ、ほほえんだ。

クローディアのもたらした魔女の水仙。何度か実験を繰り返し、クリスは既存の薬と組み合わせて、適量を見つけることができた。

「これがあれば、今病に苦しんでいる人もきっと助かります。副反応もできるだけ抑えることができた。これは画期的な発見です。魔女の隠れ家に連れていってもらって、栽培方法を伝授してもらわないと！」

あとはこの薬の試作品を、カミラに手渡すだけだ。特効薬はカミラが適切に頒布(はんぷ)してくれる。

赤の王冠が新しい毒を開発していないことを、祈るしかない。

クリスは不安そうにつぶやく。

「もし、遅かったらどうしよう。形見分けが第二段階に入っていたら。そうしたら……」

新たな毒がまき散らされるかもしれない。クリスにはそれが恐怖だった。

「伝令です。サミュエル陛下がジュスト・バルバを拘束しました！」

目の下に隈（くま）を作り、意識がもうろうとしかけていたクリスだが、その知らせを聞いて目が覚めた。

「本当ですか⁉　やった、これで新しい形見分けの計画はとん挫する……⁉」

「それだけではありません。ロエール村の住人たちが、プラナ子爵邸の地下倉庫や厩（うまや）で発見されました。全員、例の毒物に侵（おか）されていますが、無事です」

「大変だ。さっそく薬を持っていってくれ」

クリスは急いで、調合した薬を瓶に詰める。

特効薬は完成した。ジュストは逮捕された。

この戦が終わるかもしれない。

その希望は、クリスの胸の中にあたたかく染み渡った。

けれど油断は禁物だ。

「ああ、でも本当に間に合ってるといいんだけど。すでに赤の王冠が新しい薬を作っていたら、またひどいことに」

「アシュレイル卿、大丈夫です。義勇軍は日に日にその数を増やしています」

伝令役をおおせつかった、義勇軍の若い男は言う。

「今はイルバスの義勇軍が井戸や川、パンのかまどにいたるまで、くまなく目を光らせている。はじめて形見分けを盛ったときのように、流行させるのは困難です。たとえ新しい毒ができていたとしても、俺たちが流行を食い止めます。見張りなら女や子どももできる。お任せください」

なんと頼もしい。クリスはうなずき、彼の手を取った。

「あ、ありがとうございます。……げっ」

――あれ。

クリスはみずからの喉を押さえた。

「あの、アシュレイル卿」

「す、すみませんお聞き苦しくて。でもあれ……ずっと、止まっていたのに」

緊張したり興奮したりすると、飛び出してしまうげっぷの癖。エスメが亡くなってからというもの、クリスの体にその症状が表れることはなかった。

「時が経ったんだ」

クリスは、ぽつりとつぶやいた。

エスメを失い、クリスの中で止まっていたままの時が、今ぎこちなくだが、たしかに動きだしたのだ。

＊

カミラは、エザント国ザビア領主、カラク・ナフハと対面していた。

「こちらが、開発されたばかりの特効薬です。名前は『アシュレイル』」

クリスと、そしてエスメの家名から名付けられたその薬。

レースの手袋に包まれた指先で、カミラはそれをテーブルに置いた。

カラクは小瓶に詰められた紫色の粉末に目をやる。

「赤の王冠が使う毒が『形見分け』、そして形見分けに対抗する薬が『アシュレイル』ですか」

「さようですわ」

「赤の王冠のリーダーは、とらえられたと聞きました。今後我が国がアシュレイルを必要とするでしょうか」

カラクは恐れている。カミラが次なる協力を要請することを。

物資の無心だけならまだいい。カラクが恐れているのは、この戦に巻き込まれることだ。

エザント国の中で、このザビアだけがイルバスに協力の姿勢を見せた。だがこれ以上は踏み込んではならない――老王を関与させてはならないと、カラク自身がよくわかっているのである。

「まあ、マグリ国王から多大な信頼を得られているカラク様から、そのような発言が飛び出すとは」

カミラは扇を口元に当て、ほほえんでみせる。

「ジュスト・バルバはこの毒について、まだ全容を明かしておりません」

「……」

「もしかしたらすでに他国に渡っているのかもしれません。エザント国をよく思わない国が、形見分けを手に入れている可能性もありますわ」

そうすれば、次はエザント国が形見分けの毒で苦しむことになる。

「あくまで可能性の話だ」

「ないとは言い切れません」

カミラは、力強く言った。

「いざというときの保険ですわ、カラクさま。なにごともなければそれでよろしいのです。これはあくまで、我が国の避難民へ医療と物資を提供してくださったことに対する御礼ですもの。でも、この薬に使われている材料……とても希少性の高い水仙を使用しておりますの。この水仙を育てるのに時間を要しますわ。薬の製造には人手もいりますし、これからもっと改良を重ねてゆく必要もあります。まだ安定した生産を成すにはいたっておりません」

「ほう。して、その話の行く着く先は……？」

カラクにたずねられ、カミラは答えた。

「ジュストは捕らえられましたが、まだ多くのカスティア兵が我が国に残っております。翡翠王アドンは兵を引くに引けなくなりました。あとは泥沼の戦いですわ。敵が戦意を喪失するような、きっかけがほしいのです」

「我が国が形見分けの被害に遭ったときには安定した薬の供給を約束するかわりに、我々に参戦するようにとおおせか？」

「──その通りですわ、カラクさま」

カミラの言葉に、カラクは苦笑した。

「我が王は高齢だ。戦争をする体力もありません。物資の援助や医療の手助けはできるかもしれない。さりとて……」

「脅しかけてくださるだけで十分です。他国がイルバスに味方した。この筋書きが必要になるのです。カラク様、イルバスは今変わろうとしています。民はただ王に従うだけの人形ではない。ひとりひとりが意志を持ち、立ち上がっているのです。王は民を先導する者から、彼らの精神的なよりどころになりつつある。イルバスと近しいエザント国も、ほどなくして似たような変化に直面するはずです。そのときは、歴史に名を残す王が必要になる。民がみずから心を寄せたいと思う王でなければ、いずれ玉座から引きずり下ろされることでしょう」

「……」

「今のあなたがたの王……マグリ国王は、民の心を満足させることができますか？」

「カミラ元王女殿下。それはあまりに」

「私は、民の変化を見逃してはならないと思っています。玉座は余りにも高く、民の動きを見落としやすい。王が民からの崇敬を得るには、彼らが好みそうな美談が必要ですわ」

「それが、隣国の危機にかけつける老王というわけですか」

「いかにも」

カミラは自信に満ちた笑みを浮かべている。

「もちろん、どうしてもとはお願いできないですわ。貴国の安全も保証できない。しかし、カラクさま。我が王サミュエルの交渉に乗ってくださったのは、本当に特効薬だけが理由でしょうか。自国の未来を慮り、我が国とのつながりに新たな可能性を見出したということは——万に一つもございませんの？」

「……」

「もし協力してくださるというのなら、ただ優先的に薬をお譲りするだけではございません。この薬の製造方法を伝授しましょう。エザント国と合同で製薬会社を作るのです。オーナーは私。共に経営してくださるなら、あなたがぴったりだわ、カラクさま。もしエザント国で形見分けが流行せずとも、他国の危機にはアシュレイルを切り札に有利に交渉を進めることができます。水仙の生産地をエザント国にし、我々がそれを買い取るのです。水仙は汎用性が高く、アシュレイル以外にも役立つ薬を作れますわ。これは貴国の安全を確保するだけではない、きちんと経済的な利益も伴います」

開発者のクリスと、販路に乗せるカミラ。役割は決まっている。

あとはこの事業に、どれだけ多くの参同が得られるかどうか。カミラの腕の見せどころだ。

「カミラ元王女殿下。あなたはなかなかの交渉上手だ」

いいでしょう、とカラクはうなずいた。

「我が国のマグリ国王に、かけあってみましょう。ただし、すべては国王の御心（みこころ）次第です」

カミラはこぶしをにぎりしめた。

「ぜひ、交渉の場に私をお連れください。イルバスの調停者として、ぞんぶんな働きをしてみせますわ」

＊

「ベアトリス陛下。アルバート陛下でございます」

ベアトリスは、はっと顔をあげた。

小型望遠鏡をのぞきこみ、イルバス国軍青旗を確認する。

「お兄さまが戻っていらしたわ。彼らを王宮に通して」

すみやかに伝令を飛ばすと、ベアトリスは彼らを出迎えるため、マントをひるがえした。

だ。

軍神のごとく突き進んできたアルバートは、とうとうイルバス王都へとたどりついたの

ジュスト・バルバ逮捕の知らせがもたらされたのはほんの少し前だ。サミュエルは、あの男を感情のままに殺さなかった。

サミュエルがジュストと対峙したと聞いたとき、ベアトリスはある程度覚悟をしたのだ。この戦は、サミュエルの行動次第で何カ月も……何年も、長引くかもしれないと。

ジュストは逮捕されたが、生きている。これはイルバスにとって何よりの朗報だった。

この情報がかえってカスティア軍のまとまりを失わさせた。

カスティア軍にとってジュストの存在は戦の大義名分だ。正しい王に正しい統治をさせるというもの。

（捕らえて裁判を起こされ、正式に……彼が王位の後継ぎとしてふさわしくないと立証されてしまえば、カスティア軍は戦う理由を失ってしまう。よくやったわ、サミュエル）

いっそジュストは殺された方が、カスティアにとってはよかったのだ。そうすればベアトリスたちが悪役となり、王権の簒奪許すまじ、というジュストの主張をたてにイルバスの王たちを処罰しなければならないという、新たな機運が作れた。

しかしジュストは生きて捕らえられた。

このことにより、カスティアに残されたのはいばらの道であった。

ジュストを取り返し、玉座を手に入れるか、それとも撤退するか。

迷いあぐねた彼らの背後にはアルバートが迫っていた。すでにカスティア軍はあげたこぶしをおろせない状態になっていたのだ。

進むしかない彼らはベアトリスを倒さなくてはならなかったが、アルバートの生還、ジュストの逮捕と、イルバス側ははじめの動きからは想像のつかないほど勢いを増していた。ベアトリスをあなどっていた敵兵たちは、足をすくわれはじめた。

正面玄関口に、馬が乗りつけられた。

ウィルの手を借りながら、アルバートは馬からようやくの思いで降りる。

「トリス」

「お兄さま……」

欠損した左手と右足が痛々しい。よく馬に乗り剣をふるっていたものだ。

「まさか、そのお姿で前線に出ていたのですか」

「当たり前だ。民草に命を捨てさせ、えらそうにしている王になど誰もついてこない。俺たちの手勢は義勇兵が大半だぞ。戦い方がわからない連中ばかりだ。俺が手本を見せずしてどうする」

形見分けの毒により、多くの兵が前線からの後退を余儀なくされた。アルバートのもとに残っていたのは、各地に散っていた義勇兵やわずかな人数の残存兵力だけだ。

「ジュストはサミュエルが捕らえたか。腑抜けた奴だがたまにはやる」

「ええ。今ジュストは、サミュエルたちが王都へと護送しています。形見分けに対する特効薬が完成したことはお耳に入っておいでてでしょうか？　クリス・アシュレイル卿が開発に成功しました。それをカミラが――」

「トリス」

話したいことがたくさんある。早口になる妹を、アルバートはさえぎった。

「これまでよくやった」

アルバートは、片腕で妹を抱いた。

「よくひとりで耐えた。俺が来たからには、もう大丈夫だ」

ベアトリスは、兄の冷たい鎧に頬を寄せ、肩をふるわせた。

この戦において、彼女はよく支えられてきた。家臣に、民に、多くの人々に。

だが、眠っているときでさえ彼女は息を抜けなかった。ベアトリスは精神的に追いつめられていたのだ。

アルバートは、すべてを見透かしているのである。

「お兄さまには敵わないわ」

「お前がかたくなな顔をしているときは、言葉にせずともわかる。王都の守りは俺に任せろ。その間にお前は休んで、俺の義手と義足を作ってくれないか。それから俺の刻印入りの小銃も」

「アルバート陛下。それでは結局、ベアトリス陛下は休めていませんが」

ウィルにたしなめられ、アルバートは嘆息する。

「トリスは何か作っていたほうが落ち着く性分だ。そうだろう?」

「ええ、そうね。職人を呼び寄せて、お兄さまのために新しい手足を作りましょう。しばらく気が滅入りそうですから、かえって助かるわ」

　ベアトリスは、涙のにじんだ目元をぬぐった。

「王都の戦いは、青の陣営に託します。私はギャレットと民の声を聞き、そしてジュストに会いましょう」

＊

　ジュストはほどなくして、王都からやや南西にある、山奥の要塞に護送された。

　たとえ彼の居場所を知っている者がいたとしても、要塞へたどりつくことは不可能だった。侵入者にはさまざまな罠が待ち受けていたし、雪に閉ざされたその山は、人々の方向感覚をくるわせた。

　堅牢な守りを誇る要塞は、ねずみ一匹通ることすら許さなかった。

　ジュストはただの犯罪者ではない。彼を裁くそのときまで、取り返されてはならなかったのだ。

　裁判は急がれた。だがベアトリスは、その前に彼に会っておきたかった。

　地下牢に収監され、幾多もの鎖につながれたジュストは、ベアトリスを見つめていた。

かまされていた猿轡が、ベアトリスの命によってはぎとられる。

開口一番、ジュストは余裕の挨拶をしてみせた。

「このようなむさくるしいところに、ようこそ女王陛下」

彼の態度は、犯罪者のそれではなかった。まるで旧友に道端でばったり会ったかのような気安さだ。

ジュストは一見、無害そのものの好々爺。

その印象は、たとえ逮捕されても変わっていないようだ。いっそ不気味なほどに。

「あなたの裁判の日取りが決まりました。三日後よ。我々は死刑を求刑します。弁護人はつけられるの？」

「弁護ができるものは、赤の王冠内におります」

「赤の王冠の構成員は、多くが逮捕、拘留されています。犯罪者は弁護人につけられないわ」

「それではカスティア国王アドン陛下より、弁護人を巡遣していただきたい」

「アドン王は、その要求を拒否しました」

「そうですか」

ジュストはなんともないことのように返事をした。

いずれ、自分が切り捨てられることはわかっていたのだろう。

ジュストはしわがれた声で言った。

「私は国王サミュエルに殺されるべきでした。そうすればイルバスは混迷に包まれた。今や自決する手も封じられた。牢番が寝ずに私を見張っているのです。食事の間も、着替えや排泄(はいせつ)する際も、私が眠っているときでさえ、絶対に目を離そうとしない」

「そうでしょう。あなたを生きて法廷に引きずり出し、あなたの王位継承の可能性をひとつ残らず叩きつぶすことができれば、私たちの勝利なのです。私が命じました。どんな時でもあなたから目を離してはならないと」

手巾一枚、ペン一本、ジュストのそばには置かなかった。自害のきっかけになりそうなものはなにひとつ。

ジュストは鎖でがんじがらめに拘束された。食事も介助の人間がついた。用を足すときは三人の見張りが彼のそばに立った。

「法廷ではおたずねしないことを、今聞いておきます」

ベアトリスは、みじめな姿をさらすジュストをながめて言った。

「たとえばの話です。あなたはこの国の王になって、心から満足できたのでしょうか？」

「……面白いご質問をなさる。形見分けや私の母親についてはたずねないのか？」

「それは公の場で明らかにされるべきことです」

「私の母親の死について、明らかにされて困るのはそちらだ、ベアトリス陛下」

「あなたの主張には、なんの証拠もない。ミリアム王女を殺したのが我々の祖父母であるというのは、あなたの想像で、立証できるものではない」

そうは言ったものの、ベアトリスはおそらくこれだけは真実なのではないかと思っていた。若く健康な王女が突然死する原因が見当たらない。

ミリアム王女の死に、女王たちが関与していたかもしれない。

証拠は湮滅(いんめつ)され、後(のち)の戦争でうやむやになった。

しかし、ベアトリスは思うのだ。

もしジュストの言うことが真実であったのだとしたら、やむにやまれぬ事情があったのではないかと。

(きょうだいがいなくなることがどれほど辛いか……なにも感じなかったはずがない。特に私たちに共同統治制度を課したお祖母(ばあ)さまが)

きょうだいで協力して国を治めるように。

アデール女王がこの複雑きわまりない共同統治制度を残した理由は、いったい何だったのか。

アルバートと、サミュエル。ふたりの国王を失いかけたベアトリスは、祖母の意志をはじめて明確に感じ取ることができた。

アデール女王はミリアム王女に引き続き、時を置かずして姉のジルダ女王を亡くしている。

姉妹の喪失がなければ、共同統治制度は誕生していなかったのではないか。

「立証できないから、自分たちは正しいとでも？」

ジュストは、昏（くら）い瞳でベアトリスを見つめた。

彼の表情や口調から、余裕がそぎ落ちてゆく。

「私の母親は、お前たちの祖父母によって貶（おとし）められたのだ」

「そう。復讐のために私たちから王位を奪い取り、お母さまの名誉を回復して、聖女になさろうというわけね」

ベアトリスの言葉に、ジュストは口をつぐんだ。その通りなのだろう。

「王になるというものは、形式的な栄光を得るということではありません」

ジュストの真意を聞いておきたかったのは、赤の王冠に与（くみ）したイルバス人がいたからだ。

今の王政に不満を持つ者。その理由はさまざまだったが、三人の王が存在したことにより、取りこぼされてしまう者たちがいたことは確かだった。王が複数いれば、君主制はより複雑になる。貴族たちはその栄達に明暗が分かれた。

そして、ただひとりの王に忠誠を誓うというやり方に、彼らは魅力を感じたのである。

——間違ってはいないかもしれない。だがその王は、この男ではない。

ベアトリスは、鮮やかな新緑の瞳でジュストをねめつけた。

「あなたは王の器（うつわ）ではない。血筋や過去のしがらみのせいではない、あなたの人間性そのものが、王冠にふさわしくないのです。たとえ王冠を手にしたとしても、あなたはすぐにそれを取り上げられることでしょう。私の祖母が、私たちの父母が、そして私たちの守ってきたイルバスの民は、それほど愚かではありません」

「うるさい！　アデール、この姉妹殺しが、黙れ！」

ジュストは興奮し、しわぶきを飛ばす。

「私はお祖母さまではありません」

「お前らは悪人だ。呪われた玉座だ。私の母親は正しい。お前らが間違っているんだ」

鎖を鳴らし、彼は興奮して四肢をばたつかせる。

ベアトリスは、ジュストに背を向けた。

哀れな男にかけるべき言葉が、彼女には見つからなかったのである。

＊

アルバートの指揮により、翡翠王アドンはじりじりと後退せざるをえなくなった。

アルバートはどの王よりも戦慣れしていた。そして生存が絶望的であった国王がブラス地方を奪還して凱旋し、民を奮い立たせた物語は、またたくまにイルバス中に広められた。

ひとり、またひとりと義勇軍に名を連ねる者が増えていった。

森に隠れ、身を潜めているアドン王たちにも、声高に叫ぶ民の声が聞こえてきた。

「あれは何だ。調べてこい」

斥候兵は王のもとへ戻ると、あきらめたように言った。

「イルバス人による、ジュスト・バルバ追放運動です」

追放運動を先導しているのは、ベアトリスの王杖、ギャレットである。ビラをばらまき、声を張り上げる民衆を、彼の部隊が守っている。

「ジュストの処刑を求める声が日に日に高くなっています」

「赤の王冠の主要メンバーは逮捕。裁判は近日中に行われます」

「やはりジュストに弁護人はつけないのですか、陛下」

アドンは腕を組み、考えていた。

弁護人などたてたところで、もはやジュストに勝ち目はない。赤の王冠の多くのメンバーが逮捕されたことにより、形見分けと流行り病についての因果関係がはっきりと明示されてしまったのだ。自国民に毒を盛った男が玉座につくなどありえない。

「裁判の日までにジュストを取り返すことができなければ、奴を玉座に押し上げることは不可能だ」

ジュストを奪還するか、裁判を前に死んでもらうか。イルバスを手に入れる大義名分を得るためには、そのふたつしか道がない。

「しかし、ジュストはどこに護送されたのか皆目見当がつきません。イルバス中を探し回るしか――」

「イルバスの民はいつどこでも目を光らせている。我々がジュストを探そうとしようものなら、すぐに見つかり、追い立てられる」

あなどっていたのだ、この国の力を。

ジュストはいつも言っていた。イルバスの王は共同統治制度でまとまりを失い、政治は穴だらけ。少しつつけばたやすく傾くと。

だが、イルバスの市民層の国に対する忠誠はむしろ盤石だった。アドンが王都の攻略から兵を退くやいなや、どこからともなく情報が伝わり、国王アルバートの率いる部隊がアドンを出迎えた。からくもその場を逃れれば、女王ベアトリスの大砲が隊を襲った。アドンたちの行動は、すべて見はられていた。民のひとりひとりが、王たちの目になっていたのだ。

「アドン陛下、ご覧ください」

「どうした」

あわてふためく兵に引きずられるようにして、アドンは見晴らしの良い丘へのぼった。

「あの旗です。南から近づいてきています」

小型望遠鏡を差し出され、アドンはそれをひったくるようにしてのぞき込んだ。

「大変です。あの軍勢はエザント国からやってきたようです」

「エザント国、まさかマグリ国王か」

けして表に姿を現さないという、老王マグリ。

彼の紋章をかたどった旗がなびいている。

アドンの家臣たちは鼻白む。

「エザント国など取るに足らない小国です。しかも王は高齢でろくに戦えない。加勢があったところで……」

「お前は阿呆か。ことの重大さがわからないのか。半世紀近くも動きを見せなかったマグリ国王が動いたのだぞ。イルバスに味方するという明確な意志を見せた。エザント国の周囲は小国の集まりだ。ずっと様子をうかがっていた国々は、はじめに行動したマグリ国王に追随するやもしれぬ」

眠ったように動かなかった老王が出陣するという。

エザント国の将兵たちは、我が耳を疑った。だが同時に、闘志に火をともした。生きる屍と化していた自国の王にまだ統治者としての気概が残っていたことを、純粋に喜んだのである。

「アドン陛下、北よりイルバス軍です！」

アドンは剣を抜き、深く息を吐いた。

「国王アルバート率いるイルバス軍が、こちらに向かっています」

老王との挟み撃ち。もはやアドンに逃げ場はなかった。

「これまでか」

アドンは剣を抜き、最後のひとあがきをするべく、叫び声をあげた。

第三章

翡翠王アドンがアルバートの手に落ち、拘束された。

朗報はイルバス中をかけめぐった。カスティア国軍は白旗をあげ、監獄は戦争捕虜で満員となった。

終戦の知らせを待たぬ中、ジュスト・バルバの裁判が行われた。

イルバス各地の井戸や土壌に毒物『形見分け』をばらまき、王室に対して武力による打倒を企てた。また王杖エスメ・アシュレイルの殺害や多数のイルバス人に対する誘拐、詐欺など、罪状はきりなくあげられた。

死刑の求刑に、誰も異をとなえなかった。ジュストには形ばかりの弁護人がついたが、判決をくつがえそうとすることはなかった。

ジュストの公開処刑が決まると、ベアトリスは彼の最期を見届けるべく、処刑場をおとずれた。

アルバートが義足をさわがしく鳴らし、用意された物見席にゆっくりと腰を掛ける。

ベアトリスも兄王の隣に腰をかける。処刑場には粉雪が降り始めた。

こごえるような寒さだったが、処刑場は見物人でごったがえしていた。イルバスの中で、今この場所だけが異様なまでの熱を発していた。

サミュエルの姿はない。

(感じやすい子だから、見ない方がよいでしょう)

杖や上等な衣服を奪われたジュストは、かつての威厳がうそのように失われていた。殺す価値もないみじめな老人にしか見えなかった。やせこけた足は震えあがり、階段につまずいて転倒しかけた。処刑人が彼の腕を引き上げ、強引に絞首台にのぼらせる。

「言い残すことはないか」

ジュストの首に縄がかけられる。

「……」

ジュストはなにごとかをぶつぶつとつぶやいていたが、刑の執行人たちには聞き取れないようだった。

ベアトリスに合図を求めるべく、視線を送る。

「執行させてもよろしいですか」

兄にたずねる。

「さっさとしろ」

カミラが腕を組み、ベアトリスのかたわらに立つ。

「死ぬとなったらあっけないわね。これだけ私に苦労させたのだから、殺す前に腹でも蹴らせてくれればよかったんじゃないの」

「あなたはその程度じゃ気持ちがおさまらないでしょう」

「そうね」

カミラは言葉を切った。

「終わるのね。ようやく愛しい夫のもとへ帰れるわ」

――終わらせるべきだ。これ以上時間をかけるのはジュストにとっても酷である。彼の死刑はくつがえらない。

ベアトリスが処刑人に向かって右手をあげようとした、そのとき。

物見台にひとりの男が現れた。

「サミュエル……」

深緑のマントを羽織り、金の王冠をかぶるその姿。祖父エタンにそっくりの面差しはやつれていても健在だった。

祖父によく似たサミュエルと、祖母アデールによく似たベアトリスの並ぶ様子を見るなり、ジュストの顔に憤怒の表情が見えた。

自分の母親を殺した人間たちの姿が、連想されたのかもしれない。

「俺が合図をしよう」

アルバートが手をあげようとするのを、サミュエルは制した。

「兄さま。僕が」

彼は右手をかかげ、処刑人にうなずいてみせた。

「執行してくれ」

ジュストの体を支えていた粗末な台が、引き抜かれた。

悶絶する彼の表情を、三人の王とひとりの元王女は、目をそらさずにながめた。長い舌と共に唾液を垂れ流したジュストの顔は紫色に染まり、ぶらついた足の間からは糞尿を垂れ流していた。人々の歓声が広がった。

「大丈夫？　サミュエル」

ベアトリスがたずねると、サミュエルはうなずいた。

「僕は、この場で奴の死を見届けなければならなかった。エスメのためにも」

彼はそう言うと、ジュストの遺体に背を向けた。

ベアトリスが目配せをすると、控えていたベンジャミンがサミュエルに付き添った。

祖母の世代からまとわりついていた、ひとつの因縁がこれで終わったのだ。

カミラは淡々と言った。

「まだ翡翠王アドンが残っている。カスティアはアドン王の身柄の返還を求めているわ。これからが忙しくなるわよ、ベアトリス」

ジュスト・バルバの処刑は事実上の終戦宣言だったが、カスティアとの交渉は長引くだろう。むしろ、ベアトリスはぞんぶんに長引かせるつもりだった。簡単に敵国の王を返すわけにはいかない。それなりの条件を呑んでもらうまでは。

「今度は三人そろって、戦うわ」

ベアトリスはそう言うと、席を立った。イルバス、万歳。国王陛下ならびに女王陛下、万歳。ベアトリスの顔を見ようと、多くの人々が彼女の前へ押し合いへし合いしていた。その中に、アシュレイル家の紋章を縫い取った旗が見えた。エスメのために、民がこしらえたものだろう。

サミュエルは、あの旗を見ていたのだろうか。

歩くのに苦労をするアルバートを支えながら、ベアトリスは処刑場を後にした。

*

イルバス東部地域、ブラス地方。イルバスとカスティアの国境付近のこの街で、交渉が行われた。

カスティアは、イルバス側が拘束した翡翠王アドンの返還を求めていた。

アドンの母親であり、国王代理のブランシュが交渉の席についた。

引きつった顔をしたブランシュの前で、ベアトリスは優雅にほほえんでみせた。

「国王をお返しするのには、条件があります。まず我が国の経済的、人的損害を賠償していただきたい。これが試算した賠償金です」

ベアトリスの提示した金額に、ブランシュは息を吞む。

「こんなに……」

「即金でお支払いいただくことが条件です」

「とても無理です。我が国の国庫はすでに底をつきかけています」

そうだろう。ニカヤに引き続き、イルバスを取り損ねた。自国の国民の生活保障すらままならないはずだ。

「お支払いを待っていただくことは」

「なにを勘違いされているのか理解しかねますが、ブランシュ殿」

アルバートは腕を組んだ。鉄製の義手が見えるよう、わざと袖口をまくりあげる。

「こちらはカスティアの侵略行為により、相当な被害をこうむったのだが」

「ですが、あまりにも高額ですわ。それもすぐにだなんて」

ブランシュは泣きそうな顔をしている。

「ならばご子息の命はないと思っていただきたい」

アルバートはきっぱりと言い切った、ブランシュはくちびるをかむ。

彼女の連れていた家臣が、見かねて口を開く。

「せめて、支払を少し待ってもらうことはできないか。その間に補塡できるものがあれば」

「一時たりとも待つつもりはない。アドン国王は、ブランシュ殿の血を引く唯一の後継者だ。金銭で取り返せるなら安いものだと思うがね」

カスティア前国王には幾人もの寵姫がいた。アドン国王が戻らなかった場合、他の寵姫の産んだ子供たちのうちの誰かが後を継ぐことになる。アドン国王が戻らない方が都合が良いと思っている者もいるだろう。

「ジュスト・バルバはイルバスに恨みを抱いていた。そもそも我々は利用されたのです」

カスティアの家臣たちは、精一杯そのようなことを言うが、アルバートは鼻で笑う。

「ジュスト・バルバはカスティア国の援助がなければ我が国に牙をむくこともなかった。こちらから言わせていただくなら、アドン国王がジュストをそそのかしたのです。多くの民が命を落とした。カスティア国の行いは、今なお世界中から誹りを受けている。まあ、貴国は懸命に火消しをなさっておいでのようだが」

カスティアでのアドン国王は、イルバスの正義を守るために立ち上がったことになっている。反イルバス感情を高めようという狙いで、自国民への言い訳はこれからも続けられるだろう。

しかし、エザント国の老王マグリがイルバスに味方したことにより、そう簡単に世の風向きは変わらないように思える。沈黙を貫いていた老王が重い腰を上げるほどの出来事だったのだ。

「我が国に対する誹謗中傷を行っているのならば、さらにその損害分を上乗せしてもいいんですよ。真実は神がご存じのことだ」

サミュエルはブランシュをねめつける。

「賠償金をお支払いできないのなら、翡翠王や共に捕虜になった兵士たちの処罰はこちらに一存していただくことになります」

ブランシュは絶望的な顔になる。

カスティアの国庫の状況から、賠償金の都合はつかないはずだ。

国が助かる方法はある。アドン王と、重い戦争犯罪を犯した彼の側近たちが侵略行為の責めを負って死ねば良い。

だがブランシュの立場も共になくなる。

「それに、僕たちは貴国が支払えないとは思っていない。ブランシュ様。母国のフレジス公国は、相当にうるおっておいでなのではないですか？　世界中に質の良い絹織物を輸出されていますよね」

「それは……」

フレジス公国では織機（しょっき）が発明され、工場での大量生産に成功。蚕（かいこ）の糸を安く仕入れ、低賃金で雇える女性職工を起用した。

今では国を代表する産業のひとつであり、フレジス産の衣服は老若男女、身分を問わず人気の品だ。

「お父上に事情をお話しになってはいかがですか。フレジス王はあなたのことをたいそうかわいがっておいでだとか」

サミュエルは、ブランシュに借金を背負わせようとしているのだ。

「お支払いできないのなら、アドン国王はイルバスの法廷で裁かせていただきます。結果がどうなるかは、先に判決の下ったジュスト・バルバの例で明らかかと」

「……」

「それとも、あなたがアドン国王の代わりに我が国の捕虜になりますか？　寒さの厳しい我が国の監獄は、相当にこたえます。カスティア人は、イルバスの寒さに慣れていない。ブランシュ様のようなか弱い女性はたちまち音を上げるでしょう」

真冬のイルバス。監獄の収監者たちに与えられるのは、すりきれた毛布や冷めたスープだけだ。

蝶よ花よと育てられた苦労知らずのブランシュには、想像を絶する地獄である。

ブランシュはくちびるをわななかせ、目にたっぷりと涙をためこんでいる。

「サミュエルよ。ご婦人をおどかすのはよくない。申し訳ありませんな。なにしろ弟は我が身を切られるよりもひどい心の傷を負ったのです、どうぞ容赦してやってください」

アルバートは言葉とは裏腹にちっとも申し訳なさそうな顔などしておらず、義手を鳴らして妹の方を指し示した。

「トリスよ。お前の名案でアドン陛下を救いたまえ」

「ええ。とても良い取引を思いつきましたの」

ベアトリスは、ギャレットに目配せをした。

カスティアの地図がテーブルに広げられる。

ギャレットの指先が、巨大な港町を指す。

「賠償金のほかに、領土をお譲りいただきたい。このブラス地方と接する国境線から、カスティアのダーングル港周辺までの割譲を希望します」

面積はカスティアの領土の十五分の一だが、この場所を指定したのは国境付近をおさえること以外にも意味がある。

ブランシュの家臣たちは立ち上がり、地図をのぞきこんだ。

蒼白な顔をしている。

「その場所は、貴重な真珠が採れる海域で……」

ベアトリスは、髪を耳にかけた。

その小さな耳には、まるまると大きな白真珠のイヤリングがつけられている。

カスティアの家臣たちは、はっとした。

「ええ、素晴らしく質のいい真珠が採れる海域であることは、存じております。だからこそ希望しているのです。我が国が真珠を確保いたします。カスティアの漁師は、私が直接雇用し生活は保障しましょう。ただし真珠に限らず、この海域で採れたものはイルバスに所有権があります」

すでに真珠は自分のものだと言わんばかりの態度に、ギャレットははらはらとした様子だったが、咳払いをして席につく。

当然、港もすべてイルバスの管理下に置かれる。ベアトリスはここにニカヤ海軍を駐留させ、三国での監視体制を整える心づもりでいた。南からは老王マグリの圧力がかかり、東にニカヤ海軍、そして北はベアトリス、西はサミュエルが護る。中央にアルバートを置けば、盤石な守りの布陣が完成する。

「どうか情けを、ベアトリス陛下。我が国の国民は食べていけなくなってしまいます」

「では、カスティア国民は全員、イルバスの国民になりますか？　私は歓迎しますよ。ちょうど新しい労働力を欲していたところです。ジュストの甘言に乗り、多くの自国兵に血を流させてしまうような王に愛想をつかしている国民は、きっとたくさんいることでしょう。あなたがたの宣伝活動を信じているのは、ごく一部の国民だけです」

イルバスの支配を受け入れるか？

その質問に、ブランシュたちは息を呑む。

「我が国は勢いに乗っています。力ずくでダーングル周辺を制圧することも視野に入れるかもしれません。この戦争で失ったものを取り返さなくてはなりませんから」

ベアトリスの言葉に、ブランシュはとうとうわっと泣きだした。

家臣たちは、王母の機嫌をなだめようとハンカチを取り出し、ブランデーを飲ませ、少しの時間彼女を休ませたいと願い出た。

「どうぞ、ごゆっくり。しかし時を置いたからといって我々の意見は変わりません」

ベアトリスはブランシュを冷ややかにながめていた。

＊

イルバス王宮、議会の間。

王と王杖たちの着席する円形のテーブルを取り囲むようにして、三陣営の家臣たちが腰をかける。緑の王杖席には、白百合(しらゆり)の造花が生けられていた。

議会の召集者はベアトリスだ。王杖のギャレットが、先だってのカスティア国との交渉内容を読み上げる。

「先日のカスティア国との交渉で、賠償金の満額支払い、そしてダーングル港周辺の土地、それにまつわる権利の譲渡が無事可決されました。カスティア国のブランシュ王太后(おうたいごう)から賠償金の支払いを受け、アドン国王をはじめとする捕虜の明け渡しも無事に完了しました。こちらにはアルバート陛下に付き添っていただいたかと思います」

「ああ。トリスに火急の用事があるというので、俺が出向いてやった。あの王太后、やはりある程度の資産を隠し持っていたな。こんなに早く支払いに応じることができるとは」

母国に泣きついたにしては早すぎる。イルバスが金銭を要求してくることは、もとより覚悟の上だったのだろう。

ダーングル港の漁師たちにも話をつけた。今後はベアトリスの監督のもとで働いてもらうことになる。カスティア国よりも良い労働条件を提示し、真珠の取引先にニカヤが加わったことで、彼らの暮らし向きは良くなってゆくはずだ。

土地を奪うからには、そこに住んでいた国民にできるだけ不利益な思いはさせたくない。次のジュストを生まないためにも。

ベアトリスはこれから、国民感情にもっとも気をつけていかなくてはならないのだ。

「それで、今後のことで相談とは何だ、トリス」

アルバートはうっとうしそうに前髪を払った。

「カスティア国との交渉も、アシュレイル女公爵の国葬も終わったばかり、落ち着いてもいないが、早急に決めなければいけない事案か？」

先日行われたエスメの国葬には、多くの人々が詰めかけた。

エスメのために、花嫁衣装が縫われた。西部地域に住む女たちの呼びかけで始まった。民の気持ちが一針ごとにこめられたその衣装は、今は大切に宝物庫にしまわれている。惜しまれながらエスメが送られる様を見て、ベアトリスは気持ちを新たにした。

「ええ。今だからこそ議会が必要です。私たち王の在り方を、いまいちど考えたいと思って」

サミュエルが、神経質そうな視線を向けてたずねる。

「王の在り方とは？　まさか、共同統治をやめるなどとは言わないですよね、姉さま」

「もちろんそんなことは言わないわ、サミュエル。でもお兄さまは、今まで通りというわけにはいかないでしょう？」

「俺は別に、引退するつもりは……」

彼は金属製の腕を、重たそうにテーブルにおろしている。

義手と義足にはすっかり慣れ、服を着て歩くアルバートの姿に不自然さは見えない。ただし走ったりかがんだりすることはできず、常に介助を必要とした。

「侍医は心配していてよ。私の紹介した技師と連絡をとりあっているのだから、ご様子は耳に入ってきますわ、お兄さま」

「侍医が何を吹き込んでいるのか知らんが、俺はぴんぴんしている。生まれたときからこの手足だったかのようだ。なあウィルよ」

「アルバート陛下は、火事場の馬鹿力で赤の王冠との戦いを乗り越えていました。しかし終戦をむかえて気が抜けたのか、日々手足の痛みを訴えておられます。特に寒い日はこたえるようで、クローディア様にべったりです。侍医の判断でも、戦場に出ることはおそらく難しいと」

ウィルがあっさりと裏切ったので、アルバートは目をむいた。

「おい、ウィル。余計なことを言うな」

「ご自身でおっしゃるのはプライドが許さないはずだと思いましたので、僭越ながら俺の口からありのままの事実をお伝えしました」

アルバートは舌打ちをしている。

「なんだ、トリス。俺をクビにしようというのか」

「いいえ。ですがクビという意味なら、全員クビです。私たち王族による統治を、国民の代表による統治に変えてはどうかと提案するつもりで、今日の議会を開いたのですから」

議会の間に、衝撃が走った。

これはイルバスの国家制度をひっくり返す行為だ。国の根幹がまるごと変わってしまう。

「思い切ったことを」

アルバートはため息をつく。

「トリス、お前の家臣は労働者階級層の出身者ばかりだ。リルベクの職人たちを含めてな。しかし俺とサミュエルの家臣は古くからイルバスに仕える名家だぞ。お前の思いつきみたいな案に賛成すると思うか」

「貴族たちの地位や名誉を奪うわけではありません。やる気のある労働階級の者たちと共にイルバスのために働いていただくだけです。むしろ今までの経験や知識が積み重なっている分、貴族階級の者たちには有利であると思います。本当に実力がおありになるならね」

ベアトリスの言葉には多分に含みがあった。

「民を政治に登用して何になる。理想ばかりあげつらね、国の政治をめちゃくちゃにするかもしれんぞ」

「そこを正すのは、私たちの役目です。イルバスは、ベルトラム王家の国ではない。ここに根ざすすべての民のための国です」

アルバートは腕を組む。

「物のわからぬ民に、手取り足取り教えてやれというのか」

「しかし、お兄さまはお気づきのはず。今回の戦、民の協力なくしては赤の王冠に勝利することは適いませんでした。銃も撃ったことのないような一般市民を、立派な戦士に仕立て上げたのはお兄さまですよ」

「それと統治者が変わることは話が別だろう」

「民と王が結びついてこそ、強い国が作れるというものです。私はイルバスから王侯貴族を排除しようとしているのではない。すべての階級が手を取りあって生きていくべきだと言っているのです。私のギャレットが良い証明だわ」

　貧しい家庭で育った彼は、今やベアトリスの信頼のおける王杖に成長しているのだ。

　ベアトリスに水を向けられ、ギャレットは咳払いをした。

「恐縮ではありますが、民主政治に舵を切り直すのは、共同統治制度を守るためにも有効な手段かと思っています」

「有効な手段というと?」

　サミュエルがたずねる。

「ジュストというひとりの男にこれほどまでに振り回されてしまったのは、やはり三王による統治制度の隙をつかれたことが大きい。その隙を、今回は国民が埋めてくれた。国民の感情がひとつになったのは、アシュレイル女公爵の戦死が大きなきっかけのひとつでした。国のために若い女性が命を落としたという事実が、彼らにイルバスを護るとは何かという命題をつきつけたのです」

「もちろん、それは良いことではない。エスメの犠牲があったおかげで勝つことができたなどとも思いたくはないわ。だからこそ、そんな不幸がなくとも、国民ひとりひとりにイルバスで生きることに対する信念を持ってもらいたい。それが強い国を作ることにつながる——私はそう思ったのです」

　ベアトリスの言葉に、アルバートは嘆息する。

「言いたいことはわかるが、民に政治をさせて、俺たちはいったいどうする？　今度は俺たちに畑でもたがやしていろと言うのか？」

「私たちは、民の心の支柱となります。民の支えとなり、民に寄り添います。イルバスの王は民になり、王族は民の王杖になるのです」

　前代未聞だ。議会の間はしんと静まりかえった。

「どういうことなのか、まったく想像がつかないのですが、姉さま」

「そうね。カミラのことを想像してみなさい、サミュエル。彼女は王族でありながら、危機に陥った民の声を聞き、みずからの立場や経験を用いてイルバスの助けになりました。王族としての尊敬を集めながら、国のために献身するその姿は、今後の王族の新しい姿として良い手本になります」

　カミラを苦手とするサミュエルは気にくわなそうな顔をしているが、ベアトリスの意見を理解する手がかりにはなったらしい。

「まあ、今回は僕が、あいつに一番助けられたからな」

ベアトリスは弟に苦笑してから、顔つきをひきしめる。

「すぐにとは参りません。私の案に国璽を押してくださるかどうかは、各陣営で話し合ってください。赤の陣営はイルバスの民主主義化を推します」

「民主主義とひとくちに言っても、国民の代表はどう立てるんだ。いきなり経験のない人間を、この議会に出席させるつもりか？」

「適任ならいるだろう、兄さま」

サミュエルは、ベアトリスのかたわらに腰をかける、ギャレットを見やった。

「労働者階級出身者で、義勇軍をまとめた男。姉さまのそばで経験をつみ、ニカヤでも確固たる地位を得ている。そしてなにより、女王の夫だ。国民の代表として申し分のない男が」

民主主義・イルバスの初代宰相として、ギャレット・ピアスを。

アルバートは肩を揺らして笑った。

「──考えたな、トリスよ。さすが我が妹だ。おいしいところはすべてかっさらうか」

「私の夫だから、この案を推し進めているのではありません。ギャレットよりふさわしい人間が現れたのなら、その方に次のイルバスを託します」

ウィルは「納得の人選ですね」と前置きした。

「ピアス公は青の陣営、緑の陣営が動けない中、国民の暴走を押さえ、彼らの声を聞いてまわりました。身分や階級を越えて、今や絶大な信頼を得ています」

　そして、ギャレットはどちらの立場も理解している。民の代表としても、ベアトリスの夫としても。権力を手にしたとしても、彼は王侯貴族に牙をむくようなことはないだろう。

　そうは言っても、家臣たちは落ち着かない。

「しかし、そうなれば私たちの立場はどうなる」

「立場など気にせずとも、今まで通りの統治を続けていけばよいのではないか？」

「それでは民に土地を奪われるかもしれませんぞ。所領はどう分けるつもりなのだ」

「税金はどうやって集める？」

　議会はすでに収拾がつかなくなり、嵐のようなありさまとなった。

　しかし、ベアトリスは確信していた。

　この案はおそらく可決されるだろう。アルバートも、サミュエルも、赤の王冠の事件を通して少しずつ、国と民のありかたについての考えが変化しているはずである。

　国とは、王のものではない。

　この土地に生きる、すべての命のためのものなのだ。

エピローグ

　ベアトリスは、王宮の庭園をゆっくりと歩いている。

　ゆったりとした深紅(しんく)のドレスに身を包み、そろいのマントを肩にかけている。真珠の飾りのついたステッキは、彼女の勝利のあかしだ。

　石のオブジェが並ぶ、冷たい庭。リルベクから出てきて、久々の風景だ。

　彼女の顔には新しい皺(しわ)がいくつか刻まれていたが、そんなものはただの記号に過ぎなかった。ベアトリスはもうすぐ四十路(よそじ)に差し掛かろうとしていた。年齢を重ねても、まばゆいばかりの金色の髪と、新緑の瞳は健在である。

　庭園で子供を遊ばせていた母親たちは、ベアトリスの登場に目を輝かせる。

　ここ数年、王宮の庭園の一部は一般開放している。政治を身近に感じてもらいたいという、ベアトリスのはからいだ。

　困りごとがあれば、市民はこの場に集まる。政治家たちはその言葉に耳を傾け、議会の草案をまとめている。

　ここ十年で、この庭園から活気のあるサロンがいくつも誕生した。

「女王陛下、お久しゅうございます」

「お久しぶり、みなさん。お変わりないですか」

「おかげさまで」

　本日は議会の開催日だ。王宮は、あの日――赤の王冠と戦うためにベアトリスが舞い戻ったあの日からは、想像もできないほど賑やかになった。国民の熱気があふれる議会をとりまとめるのは夫のギャレットで、ベアトリスたち王族は、交替でその様子を見守っている。

　しかし、ベアトリスはしばらく暇をもらっていた。王宮に足を踏み入れたのは半年ぶりのことだ。

「女王陛下。雪が降りそうですわ。これからどちらに？」

「エスメの命日なのよ。年に一度、この日だけは、私たちも王宮に集まることにしているの」

「まあ、お手伝いすることはありますか」

「大丈夫よ。でも、少しあなたがたに教えてもらわないといけなくなるわね。この年にして初めての子だから」

　まさか、結婚して十五年もしてから子を授かるとは。

　ベアトリスとギャレットは忙しい夫婦だ。結婚してしばらくは、互いの顔も見ずに一日を終えることも珍しくなかった。

子どものことは、諦めてもいいかもしれない。そう思った矢先の妊娠だった。

「それならばクローディアさまのほうが、よほど経験豊富でいらっしゃいますわ」

「確かにそうね」

クローディアは、ベアトリスよりもずっと前に三つ子のきょうだいを生んだ。その後も立て続けにひとり、またひとり。現在も彼女は妊娠中だとか。アルバートは多くの子どもたちに囲まれ、そのほとんどを、男女問わず軍人に育てるつもりらしい。若い時の彼は、女を男の添え物程度にしか思っていなかったが、クローディアの影響が想像以上に強かったのだろう。

アルバートは怪我を理由に、王立騎士団をウィルに託して引退した。

そして彼は次世代の教育に力を入れることにした。イルバスに軍事学校をつくり、理事長を務めている。

貴賤の隔たりなく入学することのできる軍事学校には、イルバスの未来を担う多くの若者が入学を希望している。

「サミュエルは先に来ているかしら」

「お見かけしましたよ。クリス・アシュレイル伯が付き添っておられました」

サミュエルは、エスメの故郷スターグで暮らしている。

そして、数年前に病気で亡くなったベンジャミンの研究を引き継いだ。サミュエルとベンジャミンの共同作品であるスターグ産のイモは、西の民の生活を支えた。ひっそりと暮らす偏屈な王の様子が気になるのか、西の民はサミュエルをそっと見守っている。そのせいか来客が絶えないらしい。

エスメの兄、クリス・アシュレイルはサミュエルの研究助手兼侍医であり、秘書のような役割を務めている。

孤独なサミュエルの将来は、ベアトリスも気にかけている。だが本人は、孤独を楽しんでいるようにも思える。

母親たちに礼を言うと、ベアトリスは機嫌よく歩きだした。

「女王陛下、置いていかないでください。ピアス公のかわりに御身をお守りしなくては……」

「しっかり守って頂戴ね、ローガン」

マノリト王の護衛官として長く務めていたローガンは数年前にニカヤから帰国した。マノリト王が成人し、ベアトリスの庇護は不要となったのだ。

マノリト王は、今や名君としてその手腕をふるっている。ニカヤは観光事業に乗り出し、経済成長の真っ最中だ。この立役者のひとりにカミラがいるのだが、彼女は相変わらず忙しく、お気に入りの化粧品と共に世界中を飛び回っている。

王墓の森の前には、すでにふたりの王がいた。

アルバートはいらいらと声をあげる。

「トリス、お前が最後だぞ。たまには俺よりも先に来て待っているくらいのことはできんのか」

「女性を待つのも男の器量のうちだと思いますけど、兄さま」

――ベアトリスは、くすりと笑った。

「別に、大遅刻ってわけじゃない？」

懐かしいやり取りだ。三人がそろう議会のとき、いつもベアトリスはほんの少し遅刻していた。兄と弟は、赤の女王がやってくるのを、ぎすぎすと言葉を交わしながら待っていたのだ。

粉雪が降ってきた。風が吹いて、握りしめていた白百合の花びらが散る。

ベアトリスは目を閉じる。過去に思いを馳せ、そして未来を想う。

あのときの私たちはまだ、国を背負うには幼すぎた。自分の殻にこもり、王冠をかぶる重責に押しつぶされかけていた。

「――私たちは、良い嵐になれたかしら」

ベアトリスの問いに、アルバートとサミュエルは目をまばたかせる。

「今、議会ではお前の放った民主主義の嵐が吹き荒れているんじゃないのか。トリスよ」

「吹き荒れているのは姉さまでなく、兄さまです。僕は、兄さまのように議会で派手に暴れたりしません。必要な時に嵐を起こすのが、我々の役割というもの」

「お前のようにお上品に座っているだけでは。議会はつまらないんだよ」

すきあらば言い争うふたりに、ベアトリスは苦笑する。

「カミラが議会に出るときが、実は一番人気なんですって。ふたりともご存じ？」

「「……」」

妊娠初期にカミラに代理を頼んだが、彼女が議会に出席する日は、見学希望が後を絶たなかったそうだ。

――私は嵐になる。

アデール女王はそう誓って、ベルトラム王家を存続させた。そして、ベルトラム王家の嵐は三人の王が引き継いだ。

政治の主役は民になったが、ベアトリスはこの国を護るためならば、またいつでも嵐を纏うつもりでいる。きっと、アルバートやサミュエルもそうだろう。

「エスメ、久しぶりね」

大きな腹を抱え、苦心するベアトリスから花を受け取ると、サミュエルが代わりに白百合を供えた。

廃墟だったこの国を統べるのは、もはや誰でもない。

たくましくなったふたりのきょうだいの背中をながめ、ベアトリスは髪をかきあげる。

「……歴史は、移り変わるわ。でも変わらないものもある」

冷たい雪が国を覆い、辛い別れが人の心を傷つけても、必ず春はおとずれる。

今このときも、王たちの心に、統治者の魂はしっかりと息づいているのである。

※この作品はフィクションです。実在の人物・団体・事件などにはいっさい関係ありません。

集英社オレンジ文庫をお買い上げいただき、ありがとうございます。
ご意見・ご感想をお待ちしております。

●あて先
〒101-8050　東京都千代田区一ツ橋2-5-10
集英社オレンジ文庫編集部 気付
仲村つばき先生

集英社
オレンジ文庫

ベアトリス、お前は廃墟を統べる深紅の女王

2023年4月24日　第1刷発行

著　者　仲村つばき
発行者　今井孝昭
発行所　株式会社集英社
〒101-8050東京都千代田区一ツ橋2-5-10
電話【編集部】03-3230-6352
【読者係】03-3230-6080
【販売部】03-3230-6393（書店専用）
印刷所　株式会社美松堂／中央精版印刷株式会社

ISBN 978-4-08-680498-1 C0193